DAS BUCH
DER VERBRANNTEN
BÜCHER

焚书之书

Volker
Weidermann

[德]福尔克尔·魏德曼————著
宋淑明————译

中信出版集团·北京

图书在版编目（CIP）数据

焚书之书 /（德）福尔克尔·魏德曼著；宋淑明译 .
—北京：中信出版社，2017.6
 ISBN 978-7-5086-7243-4

Ⅰ. ①焚⋯ Ⅱ. ①福⋯ ②宋⋯ Ⅲ. ①作家评论－德国－现代 ②文学史－史料－德国－1933 Ⅳ. ① I516.065 ② I516.095

中国版本图书馆 CIP 数据核字（2017）第 006872 号

Originally published in the German Language as Das Buch der verbrannten Bucher by Volker Weidermann
© 2008, Verlag Kiepenheuer&Witsch GmbH & Co. KG, Cologne/Germany
Simplified Chinese translation copyright © 2017 by CITIC Press Corporation
ALL RIGHTS RESERVED
本书仅限中国大陆地区发行销售
本简体中文版翻译由允晨文化宝业股份有限公司授权

焚书之书
著　者：[德] 福尔克尔·魏德曼
译　者：宋淑明
出版发行：中信出版集团股份有限公司
　　　　（北京市朝阳区惠新东街甲 4 号富盛大厦 2 座　邮编　100029）
承　印　者：北京汇瑞嘉合文化发展有限公司

开　本：880mm×1230mm　1/32　　印　张：13.5　　字　数：273 千字
版　次：2017 年 6 月第 1 版　　　 印　次：2017 年 6 月第 1 次印刷
京权图字：01-2017-3495　　　　　广告经营许可证：京朝工商广字第 8087 号
书　号：ISBN 978-7-5086-7243-4
定　价：45.00 元

版权所有·侵权必究
如有印刷、装订问题，本公司负责调换。
服务热线：400-600-8099
投稿邮箱：author@citicpub.com

目录

前言 001

导言 五月的一个夜晚——事件前因 005

01 神奇三侠 019

赫尔曼·埃西希　　古斯塔夫·迈林克　　亚历山大·莫里茨·弗赖
Hermann Essig　　Gustav Meyrink　　Alexander Moritz Frey

02 孤寂斗士 035

鲁道夫·盖斯特　　阿明·T. 韦格纳
Rudolf Geist　　Annin T. Wegner

03 战争中的五个男人和一个女人 047

埃德莱夫·克彭　　路德维希·雷恩　　阿诺尔德·茨威格
Edlef Koppen　　Ludwig Renn　　Arnold Zweig

奥斯卡·韦尔勒　　阿德里纳·托马斯　　埃里希·玛丽亚·雷马克
Oskar Wdhrle　　Adrienne Thomas　　Erich Maria Remarque

04 流亡者不识妥协之道 071

F. C. 魏斯科普夫　　亚历克斯·韦丁　　恩斯特·格莱泽
F. C. Weiskopf　　Alex Wedding　　Ernst Glaeser

卡西米尔·埃德施米德　　克丽斯塔·阿尼塔·布吕克
Kasmir Edschmid　　Christa Anita Brück

05	死亡在瑜伽大师之前就已到来		087
	彼得·马丁·兰佩尔 Peter Martin Lampel	古斯塔夫·雷格勒 Gustav Regler	莉萨·特茨纳 Lisa Tetzner
	库尔特·克莱伯 Kurt Klaber	鲁道夫·布劳内 Rudolf Braune	玛丽亚·莱特纳 Maria Leitner
06	流亡途中的中央咖啡馆		103
	亚历山大·莱尔内特－霍勒尼亚 Alexander Lernet-Holenia		理查德·贝尔－霍夫曼 Richard Beer-Hofmann
	吉娜·考斯 Gina Kaus		弗朗茨·布莱 Franz Blei
07	属轰动等级的真相		119
	恩斯特·托勒 Ernst Toller		瓦尔特·哈森克勒费尔 Walter Hasenclever
	奥斯卡·玛丽亚·格拉夫 Oskar Maria Graf		埃贡·埃尔温·基施 Egon Erwin Kisch
08	墨水里的金龟子		133
	瓦尔德马·邦塞尔 Waldemar Bonsels		阿希姆·林格尔纳茨 Joachim Ringelnatz
09	跟世界告别		143
	路德维希·鲁比纳 Ludwig Rubiner	伯恩哈德·克勒曼 Bernhard Kellermann	阿尔布雷希特·舍费尔 Albrecht Schaeffer
	拉赫尔·桑察拉 Rachel Sanzara	格奥尔格·赫尔曼 Georg Hermann	
10	有信念的人请站出来！		159
	弗里茨·冯·翁鲁 Fritz von Unruh	埃米尔·费尔登 Emil Felden	卡尔·施罗德 Karl Schroder

11　这本书会成为大热门！..171

阿图尔·霍利切尔
Arthur Holitschner

京特·比肯费尔德
Günter Birkendeld

雅各布·瓦塞尔曼
Jakob Wassermann

阿图尔·施尼茨勒
Arthur Schnitzler

12　你们那些被遗忘的书..189

库尔特·平图斯
Kurt Pinthus

弗朗茨·韦费尔
Franz Werfel

海因里希·爱德华·雅各布
Heinrich Eduard Jacob

卡尔·格林贝格
Karl Grünberg

13　与卡夫卡在草丛里..207

维克多·迈尔·埃克哈特
Viktor Meyer-Eckhardt

马克斯·布罗德
Max Brod

赫尔曼·凯斯滕
Hermann Kesten

特奥多尔·普利维尔
Thodor Pliever

14　你真的不需要成为共产党员！........................223

海因茨·利普曼
Heiz Liepman

阿尔弗雷德·席罗考尔
Alfred Schirokauer

约瑟夫·布赖特巴赫
Joseph Breitbach

利翁·福伊希特万格
Lion Feuchtwanger

阿诺尔德·乌利茨
Arnold Ulitz

15　有一点吵..243

维尔纳·蒂尔克
Werner Turk

格奥尔格·芬克
Georg Fink

弗里德里希·米夏埃尔
Friedrich Michael

恩斯特·奥特瓦尔特
Enrst Ottwalt

库尔特·图霍尔斯基
Kurt Tucholsky

16 千金散尽换美酒 261

海因里希·库尔齐希 阿尔贝特·霍托普 埃里希·埃贝迈尔
Heinrich Kurtzig Albert Hotopp Erich Ebermayer

施伦普 伊万·戈尔
Schlump Yvan Goll

17 我们没有尽到该尽的义务 283

亨利希·曼 阿尔弗雷德·德布林 贝托尔特·布莱希特
Heinrich Mann Alfred Döblin Bertolt Brecht

约翰内斯·R·贝歇尔 埃里希·克斯特纳
Johannes R. Becher Erich Kästner

18 您的烟斗在哪里，斯大林先生？ 299

汉斯·左策韦 恩斯特·约翰森 莱昂哈德·弗兰克
Hans Sochaczewer Ernst Johannssen Leonhard Frank

阿尔弗雷德·克尔 埃米尔·路德维希
Alfred Kerr Emil Ludwig

19 戈特弗里德·贝恩以及其他毒品 317

奥托·林克 贝尔塔·冯·祖特纳 安娜·西格斯
Otto Linck Bertha von Suttner Anna Seghers

伊姆加德·科伊恩 克劳斯·曼
Irmgard Keun Klaus Mann

20 死或者攻击 335

约瑟夫·霍夫鲍尔 理查德·霍夫曼
Josef Hofbauer Richard Hoffmann

罗伯特·诺伊曼 B. 特拉文
Robert Neumann B. Traven

21 燃烧的蝴蝶 353

马克西姆·高尔基　　伊萨克·巴贝尔　　伊里亚·伊里夫
Maxim Gorki　　　　Isaak Babel　　　　Ilja Ilf

伊利亚·爱伦堡　　　沙洛姆·阿施　　　欧内斯特·海明威
Ilja Ehrenburg　　　Schalom Asch　　　Ernest Hemingway

约翰·多斯·帕索斯　　厄普顿·辛克莱　　亨里·巴布塞
John Dos Passos　　Upton Sinclair　　Henri Barbusse

雅罗斯拉夫·哈谢克　　德永直
Jaroslav Hasek　　　Sunao Tokunaga

22 与莨菪一起飞翔 379

马克斯·巴特尔　　汉斯·海因茨·埃韦斯　　卡尔·雅各布·希尔施
Max Barthel　　　Hans Heinz Ewers　　　Karl Jakob Hirsch

莱奥·希尔施　　弗里茨·布莱　　阿图尔·吕曼
Leo Hirsch　　　Fritz Bley　　　Arthur Rümann

埃娃·莱德曼
Eva Leidmann

23 恐怖统治！ 403

斯蒂芬·茨威格　　　　　　　　约瑟夫·罗特
Stefan Zweig　　　　　　　　　Joseph Roth

后记：格菲芬一所房子里 415

前 言

这些人到底是谁？这些到底是什么奇特却默默无闻的名字？汉斯·左策韦（Hans Sochaczewer）、奥托·林克（Otto Linck）、赫尔曼·埃西希（Hermann Essig）、玛丽亚·莱特纳（Maria Leitner）、阿尔弗雷德·席罗考尔（Alfred Schirokauer）、恩斯特·约翰森（Ernst Johannsen）、阿尔贝特·霍托普（Albert Hotopp）、鲁道夫·盖斯特（Rudolf Geist）、亚历克斯·韦丁（Alex Wedding），还有更多更多的名字吗？今天，他们都被遗忘了。他们每个人都写过书，这些书让75年前纳粹掌权者和他们的拥护者如此惊惧，非得把这些书从图书馆、书店以及古书店通通揪出来并当众烧掉才安心。这些人的名字必须从历史书里抹去、从国家的记忆里抹去，他们的书最好无声无息消失——永远消失。

这个计划几乎得逞。直到德国在战后终于想起它流落在外、著作被焚烧的作者，时间却已经过了好久。记者于尔根·泽尔克

（Jikgen Serke）在 1976 年专访了几位幸存者，并发表了一部《焚烧的诗人》(*Die verbrannten Dichter*, 1977)，成为这些人物的特写。当时，这本书不仅获得极大的回响，同时，在焚书 45 年之后，德国必须承认，当时纳粹致命性的政策居然直到现在仍有巨大影响。而且，一些著作被焚的诗人作家仍然藏匿地苟延活着，在被遗忘的阴影下残喘，没有人对这些人或这些文学感兴趣，这个事实对德国造成的震撼真可谓不小。泽尔克的书虽然搜罗了一些作品与作家，例如女作家科伊恩（Irmgard Keun），唤起了人们与读者的回忆，但是，泽尔克所挑选出来的，只是所有牺牲者中很小的部分，大多数受害的文人仍笼罩在阴影中。

这本书则不再只是浮光掠影。我毫无遗漏地追踪了被登录在首批文学作品黑名单上的所有作家，而哪本书该被丢入火堆，所依据的就是这份名单。榜上有名的包括 94 位以德语写作的作家、37 名以外语写作的作家。并不是所有这些生命从出生到离开人世都能被完整地重组建构，也不是所有的作品都能被重新找到。庆幸的是，留下的缺漏很少，在史料记载与各式追踪资料里，几乎没有一个是完全没有留下痕迹的，而只出现名字的谜团也不多。但是在这本书中，所描述的生平经常以"不知所终"或"正确死亡日期不详"作为结尾，实在是因为在那样的时代，人们经常无故便不知去向，既没有先兆，最后的痕迹也无从查起。本书的重点放在德国作者身上。对这些作家而言，作品被挑出来烧毁一事，严重威胁到他们的存在。对他们来说，这代表他们所有的一切。他们大部分因此失去了读者、家园，甚至生命。

在收集资料的过程中，我常常在阅读时情不自禁，沉浸在他们的生命故事里，忘情于他们的书写。这些书很大一部分真的不复存在于图书馆，如果不是借由在网络上搜寻与订阅的可能性，以及位于柏林杜德街（Dudensttasse）上的托德（Tode）古书店里无尽的宝藏，这本书根本无法以现有的规模出版。有一段时间，邮差几乎每天早上都来按门铃，为我送来被遗忘的、稀有的、图书馆里找不到的书。这里的每一本书都是一个英雄典范，是一个小小的胜利以及一次反抗的证明。每一本都是幸存者，原本已经应该被销毁，却仍顽强存在着。

我一读再读，无法释卷。这里面有太多事物等着我去发现。有太多作者的名字我不曾相识，而他们写的书，我正握在手中，看得津津有味。当然其中有些书并不那么有趣，也有写得不怎么好的、媚俗的，或者立意虽好却碍于文笔表达不出的。事实上，不是每一本在这场历史大火中被焚毁的书都是大师之作。有几个作者如果不是因为1933年这场火刑，今天恐怕早就被淘汰遗忘。即便如此，他们的生平与所写的书我同样感到兴趣非凡。"所有著作被第三帝国焚毁的作家，我都致以无限敬意"，自身也是作品被焚毁的作家之一的约瑟夫·罗特（Joseph Roth）在1935年写道："即便事发之前我不认识这些名字，但是这场大火照亮、荣耀了他们，拉近了我与他们的距离。"

这就是本书写作的目的。让被遗忘的从遗忘中走出来，把他们的生命、他们的著作呈现给今日的读者——你们。把焚书之人的胜利转成溃退惨败，重新光耀当时被焚烧的书籍，重写当时多数文人悲惨的生命——他们面临公义道德的勇敢抉择与他们的流亡生活。这些生命在五月的那个夜晚所受的伤，是一个永远无法被疗愈的伤口。

本书的寄意所在，并不是文学作品理论分析，而是读后感言，尝试将这些被焚之书完整而忠实地呈现在读者眼前。这本书描述的事件都是戏剧性的。一些重量级人物，如布莱希特（Bertolt Brecht）、福伊希特万格（Lion Feuchtwanger）或者是亨利希·曼（Heinrich Mann），描述他们的章节常常比名气较小的作者来得短，原因是这本书主要介绍的，是不为人所熟知的人、事。各个作家所占篇幅页数的多寡，代表的不是他们的意义或重要性，而是我阅读后，从作者生平与著作中所整理出来新的、我个人觉得值得一提的细节的累积。

对我而言，写这本书的工作带给我新的视野，教我如何去看待这个国家似乎已经结束了的时代与书写。我希望，这个新视野在以下章节的字里行间仍能被发现。

导言
五月的一个夜晚——事件前因

熊熊大火边站着一个脸颊被烤得通红的胖女人，她的视线定在一张随风扬起、已经烧掉半边的书页上，她紧紧握着身穿棕色衣服的丈夫的手，对着人群激动地大喊："伟大的时代！美丽的时代！"俄国《真理报》的记者就站在她身边，等着第二天把报道传回俄国。这是1933年5月10日，午夜刚过。在柏林的歌剧广场上，这场惊心动魄的事件正如火如荼地进行着。火光从远处就能看见。火舌高蹿达十一二米高，主事者将生火的预备事项委托给一间烟火技术公司。他们用几米长的木柴堆置出八座庞然大物。堆放之前，还小心地在地上铺上厚厚的沙，以保护地上的砖瓦，使之事情完毕后不致受损。晚上9点30分的时候，天上开始下雨，准备浴火仪式的技师们略微紧张了一下。在要被送上火堆的物品还没到达之前，他们不厌其烦，不断地把淋湿的木柴擦干，因为这些木柴必须要维持火焰的高炙。

虽然顶着雨势，仍集结了几千人来到现场。各大报纸几天前已经得到通知。没有人确切知晓，到底有什么事要发生，但是，极有可能又像十天前一样。十天前，五一劳动节那天，希特勒在他自己所建的滕珀尔霍夫机场（Tempelhofer Feld）安排了一场灯光秀，在百万听众面前保证了德意志民族大团结。就连法国大使，事后也感动不已地说："所有的人呼吸到的空气都是好的、气氛欢快的、愉悦共享的。没有什么让人感觉到压迫。"

希特勒政府才刚刚掌权三个月。它想尽办法利用各种国家资源，来巩固政权以及执政党的权势——还通过训练冲锋队（SA）及党卫军（SS）进行威胁恫吓。德国人那时一窝蜂要加入国家社会主义德意志工人党（简称纳粹党，NSDAP），在这三个月内，纳粹新成员数目冲破150万。忠贞的85万老党员转眼变成党内的少数。为了阻止所有国民都变成纳粹党员，1933年5月1日紧急暂停新会员的吸收。

新政府虽如日中天，却还是尝到败绩。1933年4月1日首次对犹太人的迫害行动失败。犹太商店的营收归缴中央的不多，人民的反应大部分是负面的。有关当局决定，近期不再筹划类似的行动，改为通过不引人注意的施政措施将犹太人排挤出正常的社会体系。再来就是举办正面的集会活动、公共演讲、灯会与火炬游行。

所以事情如今已很清楚，历史资料研究学家也已经有一致的看法。5月10日，不只在柏林一地，而是在几乎所有德国的大学城所发生的焚书事件，并不是宣传部部长戈培尔（Joseph Goebbels）、希特勒自己，甚至不是政府部门任何一位首长策划的。这个构想来自活跃的"德国大学生组织"（DSt），他们不但将计划巨细靡遗地付诸实行，还带着极大的热情。早在魏玛共和时期，大学里便弥漫着反动、排外与民族沙文主义。而且从1931年开始，"德国大学生组织"经过民主投票，正式由"纳粹德国大学生联盟"（NSDStB）的代表领导。不需要再多做什么，1933年便完成了"大学生主动一致化"。当德国政府3月决定成立"帝国国民宣传教育部"时，大学生便马上主动成立了自己的"德国大学生新闻宣传总部"。随即在1933年4月6日发刊的"1号通函"（Rundschreiben No.1）上，领导人第一条先公布新闻宣传部成立，第二条即是："宣传部组织第一个牵涉全体学生会与德国公办单位的活动，为期四个星期，1933年4月12日开始，5月10日结束。活动详细内容后续公布。"

两天后，第二份通讯上才具体刊出，新宣传部的措施：第一，"由于世界犹太文化对德国的敌意，德国高等学校学生会组织将公开焚烧犹太书籍"。通讯中首先要求德国大学生自己"清除"由于"糊涂或无知所增添的书籍"。第二，所有的大学生都有责任清理所认识的人的书架。第三，学生会的责任是将所有图书馆或书店，从"那种书籍"里"解放"出来。第四，每个人在他的影响范围内，都要"放胆进行教育活动"。

所有的活动都要求马上进行，立刻见效。大学生们希望以迅雷的速度组织起一个所谓的"报道服务"机构。他们在某一期通讯中，呼吁作者帮助他们与新的军队，书写一些宣传文字，作为进行反对犹太精神活动,以及支持德文书写民族主义思想情感的准备。4月10日作家们收到命令,4月12日作品就必须完成。这项要求导致就算是新的民族主义作家群中最勤奋的人,也无法交稿。E. G. 科尔本海尔(E.G. Kolbenheyer)便断然拒绝,回以"碍难从命",请他们重印他之前的两篇专文,"可以为现在的战斗路线所用"。另一位对新时代的到来兴奋不已,但已经为新时代奋斗得疲累不堪的文人韦斯伯(Will Vesper),则回答学生说,"我所写的全部作品都是为了这个使命",但是"可惜我因工作过度,已经精疲力尽,医生强迫我一定要静养一段时期,我无法再写"。这个运动的响应虽然并不太理想,可还是有三流和四流的作家以及几个根本没有被邀稿的作家,提供了一些文稿给学生会编辑发表。

这个机器继续运转着。4月12日与13日,学生会"反'不符德国精神'的12条纲要"下达各大学。纲要第五条宣告:"犹太人一使用德语书写,就是说谎。"第七条说:"我们要视犹太人为外人,我们要严肃对待我们自己的民族正统。所以我们要求审查制度,让犹太人的作品只以希伯来文出现。如果发表的语言是德语,必须将之视同翻译作品……德语只有德国人有资格使用。不符德国精神的,都必须从图书馆中清除。"

针对这种听起来荒谬胡闹,而且几近滑稽的纲要,并没有引起任何抗议。柏林大学校长科尔劳施(Kohlrausch)教授犹豫地说:"这些话是夸张了一些,但是,这些只是为了颠覆不符合德国精神的战斗而做的文字宣传。"而且他解释,他对自己所提出的问题,以及这些纲要是否可能被撤销,"会去征求部长的裁决。"科尔劳施教授不会真的天真到认为,部长戈培尔会将这12条纲要撤销。另外,科隆大学校长则对负责这项行动的领导单位"纳粹德国大学生联盟"提出要求,"请给予书面保证,5月10日在焚烧犹太书籍的集会演说里,不会提到这些纲要,尤其不能提出'犹太人一使用德语书写,就是说谎'这一条。"这就是新政权刚上台第一个月的情况。堂堂大学校长竟然还必须拜托学生会组织,避免在焚书集会上提出这种荒谬的、违反人权的、可笑的纲要。学生会则大方地答应。而科隆大学校务会议也通知:"校务会议连同校长决定一起参加该集会(焚书大会)。服装:黑色礼服,抑或制服。校长不须穿戴链章。"

德国的大学里没有人抗议。学生没有,教授也没有。违反德国精神的论纲,准备焚书仪式的工作,一切都毫无阻力地进行得很顺利,而且也没有反对言论。只有很小一部分城市,教授们在想办法保存图书馆的藏书。他们的做法是,即使并非德意志的书也是"研究用"书籍,必须保留在图书馆中。

不是只有学生想到利用这个大好时机,一劳永逸地将这些不具德国精神的书籍从德国人的文学里驱逐出去。甚至在"书市协会"(Börsenverein)组织起来的德书商会也早就看出时势,1933年4月12日《德书商会实时议案》决定:"德书商会支持民族主义提升,为达目标极力配合,并将意愿付诸行动。"哪些目标必须被极力配合,等作家黑名单一公布,就真相大白。首先,5月

13 日在《文讯报》(*Börsenblatt*)里公布第一批最具威胁性、最不符合德国精神的作者名字——借此达到渐次效果,包括福伊希特万格(Lion Feuchtwanger)、格莱泽(Ernst Glaeser)、霍利切尔(Arthur Holitschner)、克尔(Alfred Kerr)、基施(Egon Erwin Kisch)、路德维希(Emil Ludwig)、亨利希·曼(Heinrich Mann)、奥特瓦尔特(Ernst Ottwalt)、普利维尔(Theodor Plievier)、雷马克(Erich Maria Remarque)、图霍尔斯基(Kurt Tucholsky),以及阿诺尔德·茨威格(Arnold Zweig)。而且三天后,即 5 月 16 日,由图书馆员沃夫冈·赫尔曼(Wolfgang Herrmann)所拟,长达 131 个名字的名单正式付印发表。这份名单是焚书以及日后纳粹德国禁书的基本依据。

纳粹新政施行不久,柏林便成立了一个德国国家图书馆员协会理事会,也就是所谓的"柏林市与国家图书馆新秩序理事会"。它的目标是对抗"布尔什维克主义文化",以及贯彻有关"布尔什维克主义、马克思主义、犹太文化"书籍借阅的禁令。这个计划的主脑是柏林施潘道区市立图书馆馆长马克斯·维泽尔博士以及沃夫冈·赫尔曼博士,后者不久前才坐上国家图书馆员协会中"民族书籍德国中央部"的领导位置。这个赫尔曼早先已在鼓吹德国文学应该帮助"国家军备重整"做宣传。1932 年,在图书馆员杂志中以"新民族主义及其所属文学"为标题,刊载发表了第一批为国家图书馆筛选的书单。

现在他的机会来了,这是赫尔曼一辈子所梦想的光荣时刻,他掌握决定权，可以决定哪一本书是现代与未来端正的德国书，哪一本不是。赫尔曼不假思索地迅速利用这个机会。也许当时他已经察觉，就像这个掌权机会突然从天而降，他也很快就会被甩出权力核心。

列出此份名单的人到底是谁？谁是沃夫冈·赫尔曼？1983年柏林艺术学院展览"焚书之书"时，西格弗里德·施利布斯（Siegfried Schliebs）在展览目录中描述此人的生平。赫尔曼，1904年生于萨勒河（Saale）畔的阿尔斯莱本（Alsleben），学生时代就已经是德国民族青少年队的一员。他在慕尼黑大学完成近代历史系学业后，1929年到布雷斯劳（Breslau）市立图书馆任职。当时他就已经发表了不少关于德意志民族主义图书政治的演说，攻击"被自由与共产意识污染"的图书馆，反对"购买纳粹刊物摆在市立图书馆阅览室"的犹太负责人。1931年，他换到斯德丁（Stettin）市立图书馆，同年10月又被解雇。赫尔曼走投无路，他申请加入纳粹党。他替纳粹独裁出版社的杂志写稿，可是却——如他自己所言——"是一个29岁营养不良的病夫，徒增父母的负担"。这是他列出第一份名单的时期。而这第一份名单日后证明也危害了赫尔曼自己。当时赫尔曼不仅有职业上的危机，也有意识形态上的危机。他属于纳粹党施特拉斯同情者派，他早期的名单中不但推荐讽刺希特勒的文章——恩斯特·尼基施（Ernst Niekisch）写的《德国的灾难》（*Ein deutsches Verhängnis*）以及米尔滕贝格的魏甘德（Weigand von Miltenberg）写的《阿道夫·希特勒，威廉三世》（*Adolf Hitler,*

Wilhelm der Dritte），而且他还批评希特勒的《我的奋斗》(*Mein Kampf*）说："希特勒写的自传是最具权威性的资料来源。但它完全没有思想上的创见，在理论上也没有成熟的想法。"这个人如何能写了这些东西后，仍能坐上后来的位置，的确令人百思不解。但显然，1933年他所拟定的名单，事实上只是给图书馆禁书用的。这时候焚书的主意还没有一点影子。但是把焚书当成目标的学生，却紧紧跟上来。结果是，德国学生会跟赫尔曼取得联络，赫尔曼乐得把名单双手奉上。与此同时，在阿尔弗雷德·罗森贝格（Alfred Rossenberg）的领导下，纳粹的"德国文化战斗联盟"也开始按照名单行动。1929年开始，在战斗联盟的通讯上，就有德国"真正敌人"详细的特别速写。但是彻底把这些人以名单的方式列出，赫尔曼则抢先了一步。而对4月开始的学生集会活动而言，赫尔曼的名单是唯一在手上的资料。

5月19日，离焚书大概一个多星期之后，大德国新闻部（Die Großdeutsche Pressedienst）发表标题为"名单错列？"的文章来反对赫尔曼，其中也引述赫尔曼早期对希特勒《我的奋斗》的评论。多么可耻！多令人生气！现在才公布这些数据。赫尔曼已经料到，这个抨击所自何来。5月24日他写信给一个朋友，说他早就知道，"反对我的这些资料，几个星期前便在斯德丁……从柏林战斗联盟（Kampfbimd）转交给德国文化部处理"。而事实似乎果真如此，阿尔弗雷德·罗森贝格领导下的战斗联盟跟赫尔曼争相列立黑名单，结果落后，便借此令赫尔曼威信扫地。5月26日，赫尔曼写信给战斗联盟，附上一大叠资料，用以证明他对希特勒的忠诚。然而，赫尔曼的风光日子已经结束了。接下来针对书店、出版社以及分类名单的扩展工作，虽然以他的名单为基础，或者也有些单一例子和他的名单完全分歧，但是一概不准他参与。他得以免除党内审判，1934年被命令应征柯尼斯堡（Königsberg）市立图书馆馆长，他照做，也获得了这个职位。在那里，他的过去阴魂不散追赶上来。1936年秋天，当他被提名为政治领导人时，压力变得很大："因1932年发表对元首（希特勒）的不当批评，我请求对党做出解释，请求进行党内审判。"1936年12月12日，他必须对柯尼斯堡纳粹党地方领导提出自我检讨。审判一直延后，拖了很久，柯尼斯堡多次警告慕尼黑最高党法院加速审理，因为判决没有下来的话，无法对赫尔曼采取行动。终于，一年半以后，所有诉讼手续完结："基于元首（希特勒）1938年4月27日所做决定，赫尔曼一案停止审理。"从此他不再受到骚扰，在布雷斯劳（Breslau）的科恩（Korn）出版社出版名为《科恩文库》（*Kornkammer*）的多部"被遗忘者文集"（Sammlung der Unvergessenen），内有约翰·彼得·黑贝尔（Johann Peter Hebei）的《莱茵地区之友》（*Kheinischen Heusfreund*）。之后他从军上战场，1945年在战场上阵亡。

然而，当时，也就是1933年4月和5月，这个人还未满30岁，就已经经历他生命中最重要的大时刻。他把一张一张名单寄出，持续不断更新名单，在主要大名单之外，他还拟出包含131个作家的"纯文学"黑名单，包括"一般"、"艺术"和"历史"领域，发表基本文稿《黑名单之制作》和《按原则肃清公共图书馆》。他表现得几乎很得体，还在黑名单的前言里解释："本名单上列出的所有书名和作者，务必在肃清公共图书馆行动中将之扫除。这些作品是否应该彻底销毁，该清除到什么程度，视新的好作品需要多少空间而定。"

原来赫尔曼列出黑名单，是要把国家图书馆的馆藏汰旧换新。但是学生却将名单拿去做别的用途。国家新势力在最初，对"焚书"这件事的态度有所保留，并不代表这个行动不符合高层的心意。"肃清德国藏书"、"驱逐可恨作者"是高挂在榜上的议题。只是因为在4月1日迫害犹太人行动的经验不佳，所以当局担心会不会又一次在自己的土地上，在外国和自己人民面前丢脸。这是大家都知道的——而且当时的德国大学生组织主席格哈德·克吕格尔（Gerhard Kdiger）1983年在一篇文章中证实，宣传部强烈鼓动学生，使其将已经计划好的"小范围象征性焚书行动"变成"具有决定性意义的肃清运动"。学生组织虽然在他们4月初第一次通讯草案中，已经提名他为活动致辞者，可是显然完全没有料到这个活动会有如此奇效，5月9日戈培尔才决定现身："如你们5月3日在通讯上所言，今天电话通知大家，部长答应，5月10日24点，将在柏林菩提树下大街歌剧院广场为焚书活动致辞。"

这个行动准备得太成功。大部分的大学真的都准备好公开焚书，很认真地搜集"不符合德国精神"的书籍。只有规模小的大学拒绝行动。例如艾希施泰特大学（Eichstätt）持保留态度，只说明,"一个反对'不符合德国精神'的行动还不能有效展开",但是"也许比其他地方好一点",这场战斗在这里早就是理所当然。雷根斯堡大学(Regensburg)直率严厉地回答:"这种行动绝不可行,我们当然毫无'不符合德国精神'的书可以焚烧。因为图书馆中找不到这样的书。我们学校犹太精神早就铲除,未来也会保持如此,这是别的大学不能声称的。"在科隆(Köln)则是因为下大雨而临时延后。只有斯图加特(Stuttgart)传来明确的反对意见。符腾堡(Württemberg)学生会组织代表格哈德·舒曼(Gerhard Schumann)没有多做解释,便拒绝架起由柏林学生会对全国大学所发起的耻辱的火柱,也拒绝有组织性的集会或者书籍焚烧活动。火炬游行是法律禁止的,"因为斯图加特这个城市并不适合火炬游行,而且最近火炬游行不胜枚举,没有理由再举行一个"。但是日常生活中,一定会更加努力献身给对抗肮脏粗鄙的文学。

　　反对意见就这么一点。在其他城市里,则建立起收集站,约定好集会地点,以便让图书馆和学生把书送到那边。学生在冲锋队或警察陪同下,在地方图书馆搜集赫尔曼名单上的书目。赫尔曼督促大家提高警觉。大家不应该只注意"在书店门口或摆在橱窗里唾手可得的书,要多注意书架后面和后面的房间。现在图书馆里国家主义的书当然都摆在前面,但是几个星期前这些地方都还是文学妓院"。因为有人不小心,在搜索行动之前,把他的名单发表在一份图书馆杂志上。赫尔曼料到,图书馆会将这些书藏起来,并且否认有这些书。也因为如此,才更让人惊讶于安塞尔姆·福斯特

（Anselm Faust）1983年所写，关于焚书事件的杰出前行研究所确定的事实："学生的报告中，没有一件图书馆否认馆藏的案例。"这个威吓确实太彻底。即使图书馆跟新国家的想法和精神一样，并且赞同书籍清洗，但是这些书若被没收，还是代表巨大的财务损失，因为书被没收当然不会有赔偿。书店在这一波查书行动中，还不是目标。但是私人的租书店在魏玛共和时期，在阅读的群众间扮演极其重要的角色。很多小商店的主人都兼营一个租书店。

搜索书籍和没收行动稍迟才涉及书店以及古书店。有无数的文件数据是关于警察在调查时，对私自将禁书储存秘藏起来的书商愤愤不平的报道，例如在葛莱夫斯瓦（Greifswald）的汉斯·达尔迈尔（Hans Dallmayer）书店："店主克劳斯（Kmuse）陪同搜查时，言语恶意中伤。一开始他先拒绝接受我们没收82本书要开给他的证明，最后他终于解释道，他还是要把这份名单当作文化数据归档。"

公开的谴责在焚书之后非常罕见，那不会有什么作用。柏林"西部百货商店"隐藏在字里行间的谴责，是现存少数文件资料之一。在这份写给国家文书部图书馆处的信中说："我们通知您，今年（1935年）1月3日我们将上交八箱一捆，总共1329册书籍给西城收纳处。请容我们礼貌地提醒，这些书籍，如我们所列名单，是我们公司的财产。敬上。"图书处的回信，据称是没有，也不必期待私人财产的没收可能会有任何必须负责的后果。没收的书籍通常由受监管的公司捣毁，或者——尤其在刚开始的几个月——卖给外国的旧书商。这样做既有钱赚，又可以伤害流亡作家，他们的市场在国外本来就小，现在还有大量便宜的二手书流入市场，流亡作家更是没有活路。除了由于书籍平白被没收，得不到补偿而感到郁闷之外，最大的不满来自什么是禁书和什么不是禁书的界线完全不明确，以及这个界线在焚书之后公务单位如何继续执行。12月时，书商威廉·雅斯佩（Wilhelm Jaspert）不满地说道："上面所执行的政策，在买书的读者间，尤其是在书籍选择和出版社里所引起的慌乱不安，很明显无法计量。新国家有超过1000本书被21个部门禁止。我认为，现在是时候了，不是完全停止禁止行为，就是设立一个中央机构，可以在付印之前，将手稿送去审查，或者已经印行的书只能由这个机构统一禁止。"

这场混乱是人为制造的。混乱、不确定、惶恐不安，在新国家各个社会领域开始的几个月里，这些都是制度所需。在书籍文稿索引领域里，以及整个文化政治领域，借由这些在纳粹党内引发出剧烈的权力斗争。不只是阿尔弗雷德·罗森贝格和戈培尔在不断尝试扩张他们的权力，直到1937年戈培尔大获全胜，才出现可以独自裁定的国家"文字政策"。1938年12月16日他终于白纸黑字订下规则："请注意，现在开始由我一人亲自裁定一本书禁止与否，绝无例外。"

那天夜里，柏林歌剧广场的雨中，他还没有说出禁止两个字。他站在小小的讲台上，穿着浅色的大衣，在灯光下望着焚书大火，望着这个时刻，大学生们、冲锋队队员、充满期望的群众，宣布"过于膨胀的犹太知识分子文化"时代终止，"德意志革命"将清除德国道路的阻碍。他呼喊："当纳粹运动1月30日夺取政权时，我们还不知道德国的清扫会这么迅速、这么彻底。"

我们甚至可以相信他这一番话。焚书演说的那个时刻，他自己确实也无法相信，德国人已经准备好了。他们已经准备好将他们最好作家的作品丢进火堆焚烧。

那一夜，德国文学在全世界的注目下被驱逐，从国家的记忆中，从过去、现在和未来被熄灭抹去。这一个夜晚对列在不符合德国精神黑名单上的131个作家来说，是生活中一个巨大的裂痕，一个划穿他们生命、他们作品的裂痕，也是一个划穿国家历史的裂痕。

来自阿尔萨斯（Elsass）的作家热内·席克勒（René Schickele），作品虽然不在焚书名单上，但之后还是从图书馆被移除，他在流亡时写道："如果戈培尔成功地将我们的名字从德国的黑板上擦掉，那我们就死了。我们成为孤魂野鬼，身处水草不生之地。下一代也不会理会我们。"这就是他们的目的。五月这一场焚书之火，为的就是要达到这个目的。这个目的是所有把书往火里掷去的人的目的。他们没有成功。

01

神奇三侠

—
赫尔曼·埃西希
来自史瓦本（Schwaben）的梦幻存在，柏林艺术界的最终清算。

—
古斯塔夫·迈林克
布拉格怪杰银行家，看穿云层的天眼。

—
亚历山大·莫里茨·弗赖
倒霉，与希特勒死同穴。

赫尔曼·埃西希
Hermann Essig

最终，他全盘皆输，剧本被拒演，最后的支持者离他而去。第一次世界大战终了，来自施瓦本、出生在亚伯山小镇特鲁赫特尔芬根（Truchtelfingen auf der Alb）的诗人**赫尔曼·埃西希**（**Hermann Essig**，1878—1918），因为肺病在柏林与世长辞。葬礼上，他最后的朋友，也是最后一位支持他的艺术的人，发表了一篇动人的祭辞。这个朋友名叫赫尔瓦特·瓦尔登（Herwarth Walden），是德国《狂飙》（*Der Strum*）杂志发行人，也是埃西希作品最后几年的发行人。他在致辞中说，唯一配得上埃西希的荣誉，是与大文豪海因里希·冯·克莱斯特（Heinrich von Kleist）并列为"真实诗人"（Dichter der Wirklichkeit），他极力赞扬埃西希的天赋，指控不懂埃西希世界的人。瓦尔登激动沉重地总结："我们信任你，赫尔曼·埃西希。我们爱你，因为你启发我们。你不但启发我们，更启发这个世界。你的艺术与世界同在。"但是，仅仅一年之后，甚至从瓦尔登口中,对这个剧作界的天王,也只剩下恶意中伤。原因是,直到这时,埃西希的第一部,也是唯一的一部小说《飓风》(*Der Taifun*)才出版。而这部小说所讲述的内容,不是别的,正是清算《狂飙》杂志与其发行人瓦尔登。瓦尔登深受伤害地表示:"到埃西希临死前,我都认为我们是朋友。他死后,这部小说出版了。这部小说是一个企图将现实的表现方式变成艺术作品的失败尝试,给我们逾越人性的卑劣印象,是一个无法达成艺术标准的艺术家的悲剧。"

卑鄙——没错!但是瓦尔登所作的艺术评价,在这个例子上却完全错误。如果说,埃西希能够留名青史,都要归功于这部揭露当时艺术潮流的小说,毅然决定拜倒在这个巨大、为艺术疯狂的首都脚下。一个通过招摇撞骗、刚愎自用以及一点点艺术技能的艺术潮流,却能够让都市万般迷醉,似乎不愿再接受道德批判,尽管骨子里仍只是小市民心态。这是一种享受,让思绪跟随埃西希充满想象力的文笔飞扬,阅读他的小说如何观察这一群谜样的人物,例如弗朗茨·马克(Franz Marc)、马克·查格尔(Marc Chagall)、埃尔泽·拉斯克(Else Lasker-Schüler),以及医生作家阿尔弗雷德·德布林(Alfred Doblin),当然尤其还有瓦尔登这些人的生涯、对自己过高的评价以及奇特的性生活。一个持续堆叠的人工神话,大家心知肚明,下一秒这个神话大泡泡就要破了。在《飓风》中的艺术家们,最后在抽象理想持续增长中卖出一幅没有图像的画。这个笑话80年后法国女剧作家亚斯米纳·雷察(Yasmina Reza)仍继续将它搬上剧院舞台演出。同时书中每一处惊悚写实的畸形艺术市场过度生长，都惊人地充满现代感。

这部小说不同于埃西希一向以来的戏剧作品。埃西希的作品不是不获青睐，就是被禁演，再不就是上演时被观众嘘下台，他的作品很少不在混乱中结束。这些作品都是怪异的乡谈、恐怖的童话，百无禁忌。在性事上可以做文章的——多P、鸡奸、兽奸、性虐待，埃西希一一搬上舞台。眼睛眨也不眨，埃西希可以让它们全部上场演出。可惜这些作品毫无结构、冗长、杂乱、欠缺风格而且古怪，甚至让当时最前卫、最有接受力的观众也因受惊吓而退却。

归根结底，始作俑者是埃西希自身难解的性格。保罗·卡西雷尔（Paul Cassirer）血本无归出版他的第一部剧本，并制作他的第一出戏《幸运母牛》（*Glüchkuh*, 1910）。而埃西希却白眼相向，责怪卡西雷尔无能导致他的失败。埃西希还扬言，不如自己成立出版社自费出版。埃西希的剧作生涯一开始便有贵人护航，诸如克尔（Alfred Kerr）、埃勒塞尔（Arthur Eloesser）以及弗朗茨·布莱（Franz Blei）均对他的作品赞不绝口，而且让他成为唯一连续两次获得颇具盛名的克莱斯特文学奖（Kleist-Preis）的艺术家。但是原地踏步的艺术发展以及他毫不掩饰的自大，让他最后的支持者也离他而去。这个内心深处保守，对家乡感情深厚的施瓦本剧作家，是很可以被理解的；然而，他当然不读与他同时期的文学作品，不进戏院，完全拒绝接受他这一行的操作模式。当他第一次瞥了一眼尼采的书之后，就宣称自己不但早就想出这样的理论，而且比尼采精彩尖锐得多，而今天这种理论早已陈腐过时。埃勒塞尔在他的文学史中批评埃西希："他没有判断能力，没有品味。他所讲述的所谓奇闻逸事，自己笑得最大声，创作技巧差劲，让所有的笑点都消失殆尽。"而弗朗茨·布莱在他的《现代文学动物寓言集》中则记载："埃西希，好比一支施瓦本土产的小瓶好酒，当瓶盖还没打开时，是香醇的。但它在柏林不入流的酒馆'风暴'被打开、搁置太久了。"

埃西希没有来得及享受他最大的成功。《飓风》这部小说是当时新共和国畅销书排行榜第一名。他为这部小说所付出的代价是，连最后一个朋友也变成敌人。当纳粹在1933年5月把他的书丢入火焰中时，埃西希和他的作品早已被遗忘，而埃西希也已经去世15年了。

古斯塔夫·迈林克
Gustav Meyrink

他的职业生涯开始于银行界。他不但是银行家,在布拉格还拥有自己的银行——以及自己的风格。**古斯塔夫·迈林克(Gustav Meyrink**,1868—1932),真实姓名古斯塔夫·迈尔(Gustav Meyer),是宫廷女演员玛丽亚·迈尔(Maria Mayer)和奥地利外交大臣卡尔·冯·瓦恩比勒(Karl von Varnbüler)在维也纳所生的私生子。有很长一段时间,非婚生子女的这个污点令迈林克很受伤。这应该是日后他放弃规律富裕的生活成为作家、追寻符号的意义、吸毒以及追求新世界的原因。迈林克很早就开始特立独行、反抗平庸、崇尚波西米亚式的生活内涵。他在布拉格的银行家中,有如一颗宝石,熠熠发光。他化腐朽为神奇,锋芒毕露,擅长讲故事,是夜生活的天王。卡尔·沃尔夫斯克尔(Karl Wolfskehl)描述他是"一个新世代的现象,修炼有术的瑜伽行者,教养良好的隐士"。他的居所充满造型新奇的家具。迈林克的仰慕者马克斯·布罗德(Max

Brod）第一次造访迈林克时，因为令人赞叹的室内设计，几乎无法离开。迈林克系着鲜艳夺目的领带，穿着的西装样式标新立异，鞋子更是超越流行。他家不但有养得太肥的狗、一整笼的白老鼠，还有很多他拿来当宠物的珍禽异兽。世界不是只有一个，这个道理他早就发现，他直言不讳，透过"天眼"他可以看见死后的世界。1893 年，因为失恋，他试图结束自己的生命。用他自己的话说，"渡冥河去也"。他留给母亲的遗书写好之际，门忽然簌簌作响，接着一个男人在他眼前出现，那之后迈林克总是称这个人为"蒙面领航员"。蒙面人从门缝下塞进来一本题为《死后生活》的书。迈林克将准备用来自杀的左轮枪束之高阁，从此不再提起，并且下定决心，不再相信世上有偶然。他在此生中寻找来世，用天眼扫描内心，吃遍各种毒品，有时甚至服下惊人的数量，寒冷中坐在伏尔塔瓦河（Moldau，又称 Vltava）边几个钟头，等待着他期望的幻象出现。他不惜一切代价去尝试新的事物，希望借此能揭开更深一层的生命真相。"然后我过了三个月有若狂人的生活，只吃蔬菜，夜里睡眠不超过三个小时，一天两次服用一汤匙溶解于水中的阿拉伯树胶（Gummi Arabicum，此物据说对开发天眼有超强效能！），准时在午夜做疼痛的阿萨那（Asana）瑜伽动作，双腿交叠，屏住呼吸，直到满身大汗，直到致死的窒息感撼动全身为止。"

一个令人惊叹的银行家。即使是作家朋友如罗达·罗达（Roda Roda）之流，也说迈林克在金钱的管理上，完全是一个白痴。纵使如此，如果不是有一天，一个军官在街上拒绝向他的夫人致意，他在布拉格缤纷多彩的银行家生涯还会继续下去。当时，迈林克非常愤怒，他向这个军官提出决斗的要求。这个过激的反应，可以追溯自迈林克不光彩的出身。"心结无法透过决斗来解"——多么怪异的一役。事实上那个年轻的军官非常惧怕这次决斗，因为迈林克喜欢决斗，而且常常因为小事就向人挑衅。有一次，迈林克甚至请出小鬼来帮忙。他预先在决斗的地点，一棵接骨木树下埋了一颗鸡蛋，让神怪的魔力能够在那里发生作用。决斗的时间还没到，迈林克的对手便在另一场决斗中丧命。迈林克充满感激地把蛋挖出来，据他说，蛋内的汁液已经不知去向。

这个年轻的军官虽然拒绝了迈林克决斗的邀约，但是新的事端因为迈林克容易受到侵犯的性格一再被挑起，直到他最后因为被控欺诈不得不尽速潜逃，离开了布拉格和银行界，搬到慕尼黑专事写作。慕尼黑周刊《辛波里西木》（*Simplicissmus*）接受了他一篇篇超自然、精彩绝伦的幻想故事，文中充满对小市民生活与他们狭隘道德观的蔑视，语意辛辣，剖析世界有见地，想象力丰富，用冷笑面对这个世界。这些故事之后以《德国乡愿之奇妙号角》（*Des deutschen Spießers Wunderhorn*, 1913）为名结集成册出版，同时代的文豪图霍尔斯基（Kurt Tucholsky）称赞此书是"魔鬼圣经"、"新古典"。最后一册最后一个故事名叫《乔治·马辛托希》（G.M.），述说惹人厌的德裔美国人乔治·马辛托希多年后重新回到故乡布拉格。他买下几栋房子后，随即把房子拆毁，并且放出消息，他这么做是因为利用现代科技的方法，发现这些房子底下埋着黄金。他故意让一张地图流出,地图上标示着城里哪几栋房子下面还埋藏有黄金。这些房子的拥有者欣喜若狂,一个一个带着发大财的心态把自己的房子拆了,当然在房子下面什么都没有找到。乔治·马辛托希这时早已远走高飞。但是他留下一张解释的名片。把房子拆掉的人遵照他的指示,坐上他留下的热气球,升到都市上空。他们看见:"黑暗的屋海中,房子已被铲平的几处四方形空地上,瓦砾沙堆闪烁着黄色的光芒,组成大写的字体: G.M.(乔治·马辛托希)。"这是迈林克送给把他驱逐出境的古城布拉格的警讯。他曾经写下他的人生方程式:"因思考而迅速崛起的人,必遭妒恨;沙漠之狐(隆美尔将军)似乎能够立即感应他的目标,因为他的一天是 38 小时,而且连眨眼的时间都不浪费地在追捕敌人。"

他最成功的小说,也是德语作家最早获得最大成功的奇幻小说《果人[1]》(*Der Golem*, 1915),场景也大都在布拉格。这部小说建构在犹太果人传说的传统上,内容是一个犹太教师根据传说,按照神秘教义的指示,用黏土做了一个供他使唤的假人。在迈林克的小说中,这个果人成为小说主角的第二个自我,不似主角自身只看见黑暗的世界,这第二个自我喜欢布拉格犹太区的光明面。这本书获得很大的成功,部分也归功于科恩沃尔夫出版社(Korn Wolff)在广告上前所未见的大方投资,广告圆柱上贴着色彩缤纷的巨幅海报,各种报纸杂志都刊登大篇幅报道。而且,士兵还能邮购特地为战壕

---

[1] 果人,犹太传说中指黏土做的、会变成活人的假人。

阅读环境所设计的野外包装。《果人》是第一次世界大战期间最受欢迎的书之一。透视另一个世界，死后的彼岸世界，是大家都想知道的。这本书当时卖出超过 20 万本。可惜那时德意志主义敌视犹太人的意识形态已经存在，迈林克不分青红皂白被看成是犹太人。但是他只是对犹太教的神秘主义有很大的兴趣，对犹太文化有很深的同情，本身并无犹太血统。直到第一次世界大战结束很久，他的书还在没收的名单之列。而且直到他死，非犹太的迈林克一直是反犹太主义者憎恨的对象。

之后他的创作速度飞快，但是再也没有能够得到如这本书般的成功。他隐居在施塔恩贝格湖（Starnberger See）边，练瑜伽、玩帆船，专心照顾家庭、修炼内心，梦想一个"蓝色革命"、一个浪漫的革命，将真正有自我意识的人的友谊联结起来。很快，迈林克就被遗忘了。

他的儿子在一次滑雪中意外伤了脊椎，于 1932 年不堪病痛而自杀。迈林克也因此丧失了活下去的勇气。同年 12 月他在施塔恩贝格湖边的家里自杀。死前不久，他对一个朋友说："这是生命另一个阶段的开始。也许这个开始并不太理想，但是谁能改变？……死的及时是一个恩赐，我很清楚。"

施塔恩贝格湖边他的墓志铭只写着："我活着（Vivo）。"

亚历山大·莫里茨·弗赖
Alexander Moritz Frey

　　如果他在第一次世界大战时，没有跟这个过分热心的二等兵躺在同一个战壕中，他的命运不会如此。这个惜命如金、只对低俗的英雄小说有兴趣、总是脸红脖子粗跑来跑去的通讯兵是他同部队的战友。这个人的嘴巴上留一撇胡子，把英国人的一点风吹草动都看成是对他个人的攻击。他只要喉咙有点发痒，就跑去找军医，只为了夸耀："在喉咙严重发炎的情况下，我还能坚守岗位。"是的，作家**亚历山大·莫里茨·弗赖**（**Alexander Moritz Frey**，1881—1957）的一生极有可能完全不同，如果他没有刚好跟希特勒一起服役，如果希特勒没有刚好对这个因为写了《隐身人佐尔纳曼》（*Solneman der Unsicbtbare*，1914）而声名大噪的作家有浓厚兴趣的话。因为他懂艺术，希特勒就总是不停地找借口接近他。但是弗赖不喜欢他。希特勒在部队里被看成是不可理喻、脾气暴躁的边缘人。除了后来曾帮希特勒出版《我的奋斗》及印发煽动性传单《国民观察》

（*Völkischer Beobachter*）的马克斯·阿曼（Max Amann），没有人肯跟他亲近。而这个阿曼，军队里的中士，弗赖的直属上司，在弗赖闲暇时，总是一直传唤这个年轻作家到他那儿，以便跟这个经验丰富的皇家刊物作家取经，汲取撰写传媒文章的技巧。弗赖很不乐意，但是身为下属无法抗命。战争结束后不久，他收到阿曼正式的邀请，要他主持《国民观察》副刊。弗赖予以拒绝。这份刊物的理念和他自己的世界观南辕北辙，他说。很明显，阿曼和希特勒很希望拉拢他。希特勒一再亲自邀请弗赖，这位昔日的亲密战友，一起投入新运动。弗赖一再拒绝。这一点希特勒和阿曼永远不能原谅他。

强势的纳粹这么看好弗赖，是一件很奇怪的事。因为如果仔细读过他的作品《隐形人佐尔纳曼》，就会知道，这个作家完全不明白什么是国家主义的自我吹嘘、心胸狭小的自大、好战以及种族仇恨。《隐形人佐尔纳曼》是一部优秀的讽刺小说，一个妙趣横生又令人信服的荒谬故事，书中描写一个陌生人，有一天来到慕尼黑，宣称要买下市中心的公园，只有住在那里，他才能找到宁静，才能躲开所有的人，躲开这个世界。他提出很高的买价，城市也接受了。等到这个陌生人开始在公园边缘围筑高墙，城里的小市民便开始议论纷纷，嫉妒、愤怒、恐惧等情绪一一出笼。他在他们之中住着，他是一个可以拥有私密乐趣的人，独自一人，彻底置身局外，而周围的人却完全看不到他，天大的秘密被置放在公众、没有私人隐私空间的正中央。"我支付150万，为的不只是买树和买水，更是为了要买能够单独一个人待着，不被干扰的权利，孤独的权利。

任何人都不是我的兄弟，任何人都无法引起我的好奇，我不需要任何人的照顾，任何人的关心。尤其是不需要关心，这是最重要的。"他解释给市长听了以后，就消失在他的公园深处。城里所有的小市民无所不用其极地想破坏他的孤独，他们无法忍受，在他们之中有一个神秘人物。"我们一定要消灭这种行为。"他们咆哮叫嚣，但是完全没有机会对付这个他们一点都无法了解的人。这个陌生人到最后留下一封告别信，还留下一个已经完全陷入疯狂的城市。

1909 年，当这位年轻的作家在慕尼黑的艺术家朋友圈中朗读他小说的第一章时，很快草草结束。第一排听众里，有一个年轻人站起来请求弗赖继续念下去，他很确定他道出了在场所有人的心声。弗赖受到的惊吓反而比鼓励还多，因为站在他面前的不是别人，正是大文豪托马斯·曼（Thomas Mann）。"我脑袋嗡嗡作响，只听见'下去'——我很惊讶，因为这也可能是轰我下台的意思。但是我动也不能动，只好继续念'下去'。"几年之后，弗赖才写完整部《隐形人佐尔纳曼》。但是自这次朗诵起，托马斯·曼和弗赖便成为朋友。他们经常碰面，托马斯·曼赞赏他所有的作品，在各个方面尽可能地支持他。尤其在弗赖流亡瑞士时期，身无分文也没有赚钱的可能性，托马斯·曼总是尽可能资助这位老友。托马斯·曼甚至想接弗赖到美国，但是根据弗赖的传记作者恩斯汀（Stefan Ernsting）的报道，弗赖始终无法下定决心。

让纳粹忍无可忍，终于触发禁忌的书是 1929 年出版的一本非常超现实、极其强烈而且毫不留情的战争小说《绷带箱》（*Die*

Pflasterkästen）。当时对这部小说的许多评论，都局限于雷马克（Remarques）的《西线无战事》（*Im Westen nichts Neues*）。事实上《绷带箱》的确是一部更一针见血、更为震撼的反战小说。内容很大一部分是他个人在战争中的经历和个人的观察，没有任何粉饰美化，巨细靡遗："前天对扛抬武器还有用处，今天就成了废肉，被刺刀捅、挨枪弹，倒入战壕。如果在这里还能做什么有尊严、有意义的事，那就是现在这件事：为大地施肥。"最终弗赖让书中的主角，弗赖的自我，勇敢地呐喊，一如作者自己在真实世界中的愿望："'我不干了，'他疯狂大叫。'不论我是健康还是有病，我要说出真相——我要说：军队和战争是天下最可笑、最无耻、最愚蠢的罪恶。'"

然后1933年来临。3月15日那天，弗赖去拜访他的同事阿尔弗雷德·诺伊曼（Alfred Neumann），在他坐落于罗森海姆附近的布兰嫩堡（Brannenburg bei Rosenheim）的家中喝咖啡、吃蛋糕。在那里，弗赖的管家通知他，冲锋队（SA）硬闯进来，把房子里的家具都捣毁了。他们还要逮捕弗赖，但是没有说为什么。当天晚上，诺伊曼把弗赖藏进车子的行李箱中，载着他偷渡过边界到达奥地利。弗赖这辈子再也没有踏上德国的土地。

艰苦的流亡生涯开始，他先落脚在因斯布鲁克（Innsbruck），很快又转移到瑞士。弗赖的生活跟很多流亡者一样，没有钱，没有发表作品的可能性，没有读者，没有国籍。生活如此艰难，他还是咬牙挺过来了。战争结束以后，他属于那些不以"被焚"之名而满足的作家，不愿意接受已经被遗忘的事实，他继续批判。他公开抨击墙头草机会主义者,例如瓦尔特·冯·莫罗(Walter von Molo)[1],在莫罗写给他同流合污的朋友伊娜·赛德尔(Imi Seidel)的信上,还抱怨过这个愤怒反对他的作家弗赖:"您是知道的,我们的好弗赖脾气从来不小,连我他都有可恨的地方,因为1930或1931年的时候,我没有给他的书《阿拉贝拉的牺牲》(*Arabellas Opferung*)他所希望的评论,因为这本书列在当时败坏风气妨害风化的清单上。再来,我只跟您一个人说,虽然我对这条律法并没那么感兴趣,但是这本书确实好不到哪里去。"焚书的精神,市民的口沫,这些把弗赖以及其他许多作家的书在1933年5月丢进火堆里的狭隘思想,还继续存留在社会中,留存在骄傲自大、看不起流亡作家的文艺圈里。1957年1月24日,弗赖在瑞士巴塞尔(Basel)默默无闻、一贫如洗地离开人世。死因是脑溢血。在他垂死之际,因为他不愿同化而拒绝他入籍20年之久的瑞士,终于给了他瑞士国籍。

---

[1] 瓦尔特·冯·莫罗,1933年88个签署效忠希特勒(Gelöbnis treuester Gefolgschaft für Adolf Hitler)声明书的作家之一。

02

孤寂斗士

—
鲁道夫·盖斯特
居无定所、一无所有,却梦想改变世界。

—
阿明·T. 韦格纳
骑着摩托车去巴格达给希特勒寄一封信,然后消失。"流亡就像已死去。"

鲁道夫·盖斯特
Rudolf Geist

当他的书在柏林以及德国其他城市被投进火焰之时,他走进图林根(Thikingen)森林里,将他所作的上百首诗词往空中一抛,任其飞舞飘散。这名奥地利正义诗人、生活艺术家、反战人士、叛逆的无政府主义者,盼望世界大同的**鲁道夫·盖斯特**(**Rudolf Geist**,1900—1954)正从柏林返回家乡奥地利的路上——步行。奥地利文学界特立独行分子中的奇葩正要回家。回到他所认为的安全的怀抱。但是在德奥边界,他遭到逮捕,罪名是替共产党做口头宣传。蹲牢房的时候,他仍坚持写作,随手抓来厕纸就写下拯救世界的伟大蓝图、终止战争的计划、歌颂生命的诗歌。盖斯特一生写作不辍。他大儿子位于德拉瓦河畔克恩滕州的施比塔尔(Spktal an der Drau)家中的一个房间里,装满几万页的小说、散文、故事、诗歌手稿,其中只有很少一部分在他生前出版。当出版商卡尔-马库斯·高斯(Karl-Markus)20世纪90年代有一次阅读盖斯特的部分文稿时，在一部装订厚重的大书中发现他 1950 年 50 岁时写下的艺术创作人生计划。其中单单只是构思中的小说、戏剧、电影脚本、诗歌和文学研究已经不下 735 个标题，还有角色的姓名、故事冲突的基本结构以及故事大纲。在这个盖斯特的史料室中，一个无尽的宝藏被开启。盖斯特不停地写，即使从没有成功。他是第一次世界大战的逃兵。大战结束后，他追随卡尔·克劳斯（Karl Klaus）为典范，创办名为《文撰》（*Schriften*）的个人杂志。杂志里的所有文稿，他几乎一手包办，包括表现主义诗歌、评论和政治批判，以及常常太过天真但却意志坚决的人生礼赞。"只有少数人还拥有庄严美丽的面貌，而我们是其中之一，高兴吧！"他在第一次流亡者大会上，发表了一场热情如火的演说，几十年后，当时参加的人仍津津乐道。"我们这些流浪之人，世界的漫游者，也要鼓起勇气，自由地生活。而这个勇气，我们要终生保持。我们不承认枷锁般的法律，逼迫我们参加战争的法律，压迫摧毁我们的生命力、离间我们与世界的法律。"盖斯特追求无国界的世界大同从不懈怠。他持续不断地写，为被排挤的人发表演说，写出一部电影剧本《我是吉卜赛人》（*Icb bin ein Zigeuner*），只要有机会，他一定不放过替失业者、穷人以及被歧视的人说话。他第一部，也是最成功的一部小说《西伯利亚人尼金》（*Niscbin, der Sibire*）发表于 1925 年，是一部描写苏联工人阶级的冒险小说。有关这部小说，当时的《劳工报》评论说："我们不需要布尔什维主义的卡尔·迈

（Karl May）[1]。"盖斯特从来不是路线正确的共产主义者。当苏维埃在战后禁止重印《西伯利亚尼金》的时候，他便马上退出才加入不久的奥地利共产党（KPÖ）。他是无政府主义者，拥有自由的精神，是正义的斗士。他总是带着他的话语马上到位，经常迅雷不及掩耳，虽然所写言辞太过激昂，却毫不间断。他的理想使他总是处于贫穷之中，自己都无法养活，更别说是他的六口之家。为了生活，为了继续写作，他挨家挨户推销自己写在贺卡上的诗词，他做过踩踏酸菜的酸菜制作工人、面包学徒和整理花园的园丁。战后，他属于少数几个强烈呼吁流亡的犹太人重新回奥地利定居的人之一。他期待一个新的奥地利，一个新的开始。在他无数的作品中，到生命的最终，他把希望全押在《世界社会性》（*Weltsozietät*）这本书上，强调取消国界，整个世界只用一条法律，在世界社会中所有的人都要为别人谋福祉而一起努力。他将这本书上呈联合国，寄给无数的出版社。没有人对这么理想化的理想主义感兴趣。"谁愿意把这本迈向圆满境界之路的书介绍给执政者和读者？成千上万对世界政治感兴趣的人都在自己的国家等着。"

没有人将这本书带进人间。这本书的手稿还躺在盖斯特的家中。就这样怀着愁苦的希望写完这本书一年之后，盖斯特离开人世。晚年他愈来愈借酒浇愁。在生命的最后一刻，他仍在写作。他

---

[1] 卡尔·迈（Karl May, 1842—1912），德国作家，以撰写冒险小说和幻想故事闻名，其作品是当时欧洲幻想北美洲白人与印第安人冒险故事的经典。

最后一批作品中的一首诗《最后一些日子》是这么结束的：

> 短促活着的，是盲眼的树，
> 强烈存在的，是流逝。
> 梦想一天飞行，
> 这个梦，最后是伤痛。
> 阳光死在我们的居室，
> 星族不愿再见。
> 地球最后一日仍哀求，
> 天空呀，请来帮助。

阿 明 · T. 韦 格 纳
Armin T. Wegner

1947年在柏林第一届德语作家大会上,清点死亡人数与幸存者时,他被宣布已经死亡。在第一批回顾流亡时期的书,例如F. C. 魏斯科普夫(F. C.Weiskopf)所写的书中,作家**阿明·T. 韦格纳**(**Armin T. Wegner**,1886—1978)的大名也被放在没能熬过流亡时期的作家名单里。但实际上他还活着,活在意大利的波西塔诺(Positano),那个1936年他到达并安居下来的地方。当时痛陈失去他的人,其实不是完全没有道理,因为作家阿明·T. 韦格纳这个名字,1933年时,就可以说已经是过去式。他自己早就知道。原先他并不想要离开自己的国家,"流亡等于死亡",他自己说。说出这句话的人怎么会是韦格纳,这个德语区最有世界经验、最熟知世界如何运转、旅行过无数国家、写过无数精彩的游记、冒险家与热爱世界的作家阿明·T. 韦格纳?他将第一次伟大的爱情宣言制成海报张贴在布雷斯劳(Breslau)所有的广告圆柱上,用大号字母昭告天下:"谁能怀疑阿明·T.韦格纳是天底下最幸福的男人?"他坚信自己早在表现派出现前,便是用强烈情感创作的诗人。他在第一次世界大战时,是苏俄前线的医护人员。然后在奥斯曼帝国,他又目睹亚美尼亚人大屠杀。就在此刻,他的道德感油然而生,成为正义的斗士,从此他将对抗不公、模棱两可与前景黯淡的责任都扛在自己肩上。他把可怕的景象、地点、万人冢拍摄下来,在无数的报道中描述、抗议,还公开给美国总统写了一封信,请求美国伸出援手,向他解释那里到底发生了什么事,哀求他不能再纵容这支邪恶的军队。可是他的抗议没有得到回应。战后他在德国组织反战团体,跟共产党走得很近,并且周游列国。无论步行、坐火车、骑摩托车或者乘汽车,他的夫人总是陪着他。韦格纳总是在旅途中。《在世界的十字路口》(*Am Kreuzweg der Welt*, 1930)是一本引人入胜的游记,记载他从里海经第比利斯、德黑兰、巴格达到达大马士革和开罗。这是一本探险之书,书中记载旅途中他和当地人交谈的语录,记录所经之处社会和政治的情况。他对苏联的政治情势感到失望,侥幸活下来的亚美尼亚人的命运让他唏嘘,他对苏联新的执政者与御用作家暴怒不已。但在作品中这些他只是用暗示的手法表现,非常艺术性、举重若轻而且充满智慧。多美妙的巧合,他的旅程一开始,在火车上就巧遇作家弗拉基米尔·马雅可夫斯基(Wladimir Majakowskij)。"当马雅可夫斯基看见我在写日记时,他用极好的英语说道:'您整天都在写作,一定赚很多钱!'他告诉我,俄语杂志给他一行一卢布的报酬,但是一般作家只有五十戈比。'这是共产主义的做法吗？'我问他。他说：'一个大作家相当于一个大工厂，而一个小作家相对就是小工厂。所以大作家也必须多赚点！'我无言以对。"韦格纳如此写道。

旅程快结束时，在埃及，他观察两个妇女，其中一个希望在看护下把面纱和大罩衫脱下，以便试穿一条短裙。她的丈夫勃然大怒，不但禁止这种行为，还指责她不知廉耻。韦格纳惊异地记录："一件代表自主和自由的衣服是不知廉耻？我看着她身上的连身长袍，从头包到脚。这只是一件微不足道，风一吹可能就会飞走的黑色罗纱。但是藏在这件罗纱背后的是多少年来的迷信、无知，并仍然不受干扰地做它们的春秋大梦。"

旅程结束，他回到德国，德国也灰暗下来。这个地方也在往几百年前倒退。但是韦格纳并不想离开这片土地。他想留下来跟这股正在发动的恶势力抗争。1933年复活节，全国性破坏犹太商店的灾难刚刚过去，他写了一封信给希特勒。这应该是一封公开信。当然，全德国已经没有一家报纸敢刊登。他把信寄出，那是他个人以作家身份在1933年复活节所书写的、给希特勒的警告。这是怎么样的一封信？多么可敬的勇气！

"元首先生！"韦格纳写的信如此开始。"在您今年3月29日所宣布的事项中，政府侮蔑了全国本该受到尊敬的犹太商店。"然后他继续天真地写下去，向希特勒阐述在德国的犹太人处境。他冷静坚定地解释，为什么德国需要犹太人，为什么德国人与犹太人的命运如此相连，为什么犹太人这么热爱德国，并引证犹太人对德国的贡献。"公义一直都是这个民族的光环,如果德国成为世界强国,犹太人功不可没。"韦格纳告诉希特勒,他从犹太人那里听来的故事,犹太父母为建设德国不遗余力,当儿女因为犹太人被迫害而决定离开德国时,父母反应道:"你们自己走吧!我们情愿死在这里,也不愿不快乐地生活在陌生的国度!"韦格纳质问希特勒:"这样的民族情感不令人敬佩动容吗?"这封信不论是从风格、人道还是辞藻,都是大师级作品,但同时又是无用、疯狂、质朴的作品!"元首先生,"韦格纳继续写道,"这不仅关系到我们犹太弟兄的命运,更是关系到整个德国的命运!以民族之名,我的坚持不但是权利而且是义务,每个热血国民都应该如此,如果我们的心因为愤怒而绞痛,我们就不应该白白浪费我们说话的权利,因为沉默而成为帮凶。我求您:请禁止暴行吧!"应该回信的马丁·博尔曼(Martin Bomiann)[1]对这封信一直没有响应。收信人希特勒的名字在元首头衔下,"所附上给元首(Führer)的信,有机会请上呈。以德国之名敬祝!"日期是1933年5月8日,刚好是韦格纳所痛陈的警告事项都成为事实的12年前。

韦格纳不是不知世事,当他把信寄出时,他很清楚自己在做什么。他的夫人已经离开德国,他们在施特希林湖边(Stechlinsee)的房子也已经处理完毕。韦格纳在哈弗尔河(Havel)岸边撑起两

---

[1] 马丁·博尔曼(Martin Bomiann),希特勒的秘书,当时纳粹党总理。

顶帐篷，等待着。一顶帐篷用来炊饪，另一顶用来写作与睡觉。纳粹没有让他等太久。他常去寄信件的咖啡馆主人跟踪了他一次，然后带两个秘密警察找到他的帐篷，指着说："他在这里。"随即他被关进恶名远播的"哥伦比亚集中营"（Columbia-Haus），在那里他被殴打刑囚，然后转送到奥拉宁堡集中营（Lager Oranienburg），之后再转送其他一些地方。因为某个幸运的机缘，1935年他居然被释放，允许出境。但是没过多久，他又回来。1936年他终于下定决心永远离开，定居在意大利波西塔诺（Positano）。

"流亡等于死亡。"在波西塔诺，他每天坐在书桌前，面对一大叠纸张。他太太如果经过，他便赶快从中抽出一张，似乎正在写些什么。有一天太太探头过去看了一眼桌上层层叠叠、谜样的纸山，所有的纸上都是空白的。在那之后，韦格纳曾说："我试了一次又一次，根本白费力气，没有一个作品我能写完。我既惭愧又理直气壮，自我安慰地想，当时在地底不见天日的黑牢中，无情的鞭打已经将我的笔永远封住。"

这当然不是安慰，对一个创作终止、在意大利活到1978年5月、完全被德国以及整个世界所遗忘的作家来说，最多只是一个解释。《星》（*Stern*）周刊记者泽尔克（Jürgen Serke）20世纪70年代曾寻找和报道还活着的焚书作家，他在罗马重新发现韦格纳，当时他见到的是一个"身负无法解除的孤独重担"的人，他的世界只是一间窄小的书房，一个堆满记忆、书籍、装满纸片的箱子及相片的"船舱"。照片上的韦格纳是一个充满无尽忧思、瘦长，有着深凹眼眶的黑色眼睛、握着极长手杖的男人。他不停地叙说，直到声音疲累得沙哑，再也说不出话来。当他第二天再见到这个记者和他的摄影师时，他拥抱他们说："我是世界上最寂寞的人。再留几天吧，我还有很多事情要告诉你们。为什么你们没有早一点来？"

03

战争中的五个男人和一个女人

埃德莱夫·克彭
来得太迟。

路德维希·雷恩
每本书都像一颗子弹。

阿诺尔德·茨威格
拒绝普鲁士的普鲁士人。

奥斯卡·韦尔勒
神经大师,把印度《爱经》和健行当成精神治疗。

阿德里纳·托马斯
前线的白衣天使。

埃里希·玛丽亚·雷马克
出逃兰西亚(Lancia)。

埃德莱夫·克彭
Edlef Köppen

反战小说是 20 世纪 20 年代末魏玛共和时代最畅销的文学。战争结束之后的几年，在无数的从军小说问世之后，接踵而来的是众多作者纷纷通过田野调查和参考文献资料进行报道，希望能从成堆的战争文件中留下人道历史的记忆。这些作者亲身经历战争的残酷之后，都将战争所带来的惊吓赤裸裸地、真实地呈现在他们的作品中。1927 年阿诺尔德·茨威格以《格里沙下士的争执》(*Der Streit um den Sergeanten Grischa*) 开启这个潮流，接着路德维希·雷恩的作品《战争》(*Krieg*) 获得世界性的成功，而一年后出现当年最成功的德语小说——《西线无战事》(*Im Westen nichts Neues*)，作者雷马克（Erich Maria Remarque）。

埃德莱夫·克彭（**Edlef Köppen**，1893—1939）于 1930 年出版的小说《军队报道》(*Heeresbericht*) 是这个潮流的最后一部作品。虽然作品获得极高的颂扬，但卖得还是不好。跟雷马克卖出一万本、获取七位数的版税相比,简直可笑。销售成绩不佳是因为时机已经错过。读者已经受够战争和反战。当作家托勒(Ernst Toller)写下:"读者们,请别说你们已经受够了以战争为题的书,你们已经不想再知道任何有关战争的事。实际上这是永无止境的,眼下对欧洲来说,战争虽然已经是过去的事,但是明天战争又将会成为现实。"他已经感觉到读者正在变化的兴趣。读者就是不想再看到战争。克彭的书出得太晚,虽然在反战作品这项类别中,《军队报道》是最现代的。变换倏忽的场景中,克彭在书中对照军方最高领导阶层的官方公告、媒体报道、广告、出自政府据称最新的战况报道,以及部队对峙和战线上的军队报道。作者利用完美的蒙太奇技巧,剪接出战争的真实。他描绘一个自愿从军的炮兵阿道夫·赖西格(Adolf Reisiger)如何经历多场战役,在战场上出生入死,从崇拜圣战的心态转成怀疑,身心破碎。这个炮兵最后和克彭一样,选择抗命,被关进精神病院。"如你所见,赖西格在那里,当他被带到总指挥官的面前时,他说,他认为战争是世界上最大的犯罪。之后他便被逮捕,关进了精神病院。"

第一次世界大战后,克彭在古斯塔夫·基彭霍伊尔出版社(Gustav Kiepenheuer Verlag)当编辑。稍后在柏林名为"广播时间"的电台担任文职工作,在这个电台他同时是很多广播剧的导演,并且帮助很多作家得到工作,但却耽误了自己的写作。《军队报道》依旧是他唯一的、比较大的作品。1933年他失去在电台的职位,因为他到目前为止的政治主张中,不包括任何时候都义无反顾地为纳粹效劳。他用笔名发表了一些文章，不久在电影公司又得到新的工作，开始着手写一部有关纳粹的小说，但最终无法完成。1939年克彭因"一战"中的旧伤发展成晚期肺挫伤在基森（Gießen）去世。

路德维希·雷恩
Ludwig Renn

同样的，**路德维希·雷恩**（**Ludwig Renn**，1889—1979）留在我们记忆中的，也只有一部作品，虽然他的写作量和不幸的克彭截然不同。他的书就叫《战争》（*Krieg*，1928），是一部报告文学。这本书写得肤浅、潦草，意图不明而且不知所云。"在这里一个简单的士兵，一个在前线的士兵第一次有机会发出声音。只有他才有资格说：'战争原来如此'。"出版社将这段文字添加在封面上，结果这本书大卖。"嗒嗒嗒嗒！"扫射的时候，枪发出这种声音。或者"砰！砰！砰！"，当火花四处飞溅时发出轰炸的声音。很多描绘前线战事的地方，雷恩的书写方式几乎是孩子气的天真。1928年当这本书出版时，作者当时的名字还是阿诺尔德·弗里德里希·菲特·冯·戈尔森瑙（Arnold Friedrich Vieth von GolBßenau），属萨克斯贵族中的一支。战争中，他以连队长和营长的职位服役于西线。1920年，当他在卡普政变（Kapp-Putsch）必须射杀革命的工人时，辞去了拿武器的职务。他拒绝上级命令，离开了军队。在他的书出版的同一年，他加入共产党，并且把名字改成小说中主人翁的名字。小说出版后，评论家都在问，作者到底是何方神圣？不难想象，写作对他而言很困难，每一行都可以看得出他的挣扎。封面上的宣传语把作者形容成一个木工。评论家都乐于相信。不久之后，雷恩坦承他创作这本书的缘由，他说，他一直都很想叙述他在战争时历经的创伤，但是从没成功过。"我懊恼自己没有口才，反应迟钝，所以我让自己坐下来，用最笨的方法，慢慢捕捉当时真正发生的事情……我不是为了要出版而写，而只是单纯想让自己弄清楚，苦恼我的到底是什么。"借由这本书，他不但自己清楚了，还帮助无数的读者厘清始末。至于政治意识的形成过程，他如何成为共产主义信徒，在第二本书《战后》（*Nachkrieg*，1930）里有详细的描写。这本书描述德国境内革命的爆发以及书中人物的政治化倾向。同时这本书也是雷恩登上赫尔曼名单（焚书名单）的唯一一本。纳粹掌权后，1932年因为"文学背叛"而坐过短期监牢的雷恩随即被逮捕。和平主义者与共产主义者都为他的狱中遭遇啧啧称奇："他们把我关起来以后，我很快就发现，我是唯一一个纳粹没有动手殴打的政治犯……我马上猜到，一定是纳粹的高阶领导想吸收我。再过一些时候，我得知戈培尔是幕后主使，而希特勒本人更秘密下令，不得对我动手。禁锢不过是一个逼迫手段，要我屈服。"雷恩屹立不摇，没有改变立场。1935年他被释放，前往西班牙，在那里他领导台尔曼营（Thälmann-Bataillon）对抗佛朗哥

（Franco）军队。1940年他流亡墨西哥。1947年在苏俄占领区住下，并且在德累斯顿成为人类学教授，之后又在柏林洪堡大学任教。他拿到两次民主德国国家奖以及其他许多高级荣誉，最后成为艺术学院的荣誉校长。他相继写下的，愈来愈倾向自传性的作品，不但在西方不得见，甚至在民主德国也不喜被见、被收录。他最激烈的经历是战争，这也是他最初以及最重要的书的主题。

阿诺尔德·茨威格
Arnold Zweig

阿诺尔德·茨威格（Arnold Zweig，1887—1968）首开风气之先。1926年年末，每天早晨他躺在沙发上，精神高度集中，眼睛紧闭着，口述这部将会令他世界闻名的作品。之前几年所出版的有关战争的书，主角都是先知先觉的英雄，苦口婆心地揭发一个接着一个的小胜利，迎来的其实是灾难性的毁灭。这时，茨威格另一类的小说《格里沙下士的争执》出现。这本书既没有先知英雄，也没有反德清算，正因为这样，它才获得这场巨大的成功。普鲁士左派犹太人茨威格利用"格里沙"写下深具普鲁士精神的反体制控诉书。之后他是这样解释他的计划的："我问自己，如何描绘一个制度，一个社会秩序以及一个无法不联想到这个秩序的战争？在书中如何让人领略作者对理想的热情变为失望，如何将消逝过程漫画性地呈现？我的看法是，要驳斥一个制度，就要显现，在这个制度情况最好的条件下，它如何迫使一般正常人的行为变得不正常……我们并没有大文豪席勒那样的企图心,要揭发恶徒的嘴脸,我们要揭发的是制度。"

格里沙的故事是一个司法错误,更好的说法是:一个一旦决定路线就只是残酷地往前走的制度,一个现代的、官僚化的杀人机关,人性和人被消磨殆尽。格里沙下士因为极度思乡,终于下定决心从德国俘虏营中逃走。他的爱人,游击队的女队长巴布卡(Babka)建议他假扮反叛军比舍夫(Bjuschew)。他重新被德军抓住时,这个身份成为他的噩梦。他被以为是俄军间谍,判处死刑。虽然他之后能够证明他真正的身份,却无法改变已经宣判的刑罚。判决必须被执行。这不只关系到格里沙一人:"我们这么做是为了德国,"中尉温弗里德(Winfried)说,"国家生养我们,我们为了国家历尽艰辛,它的正义必须被伸张,司法程序必须谨慎。唯有相信国家的进步,我们敬爱的国家才不会堕落,我们亲爱的母亲德国才不致误入歧途。因为离开了正义,就是毁灭。"——一部爱国主义的反战小说——即使是理想主义的反对者,也很难把它摆一边。尊崇普鲁士精神的世界大战斗士和作家恩斯特·冯·所罗门(Ernst von Salomon),曾因为参与谋杀犹太裔外交部部长瓦尔特·拉特瑙(Rathemm)而坐牢很多年,他写下对这部作品的叹语:"这是一个有普鲁士狂的人,他疯狂的程度比我还严重,他比我还爱普鲁士,一字一句都在拥护普鲁士,这种热情出自狂野的疼痛,而这种我本无所知的疼痛,现在却要为了了解普鲁士而被迫认识。"

只有如此,这部作品才能在政治分歧如此严重的魏玛共和时期,得到这么巨大的成功。打破禁忌——清算军队谋杀机制、清算普鲁士友善一面的错误普鲁士精神。人们欢呼,大量购买这本书。即使是在国外,格里沙也获得成功。他美国的出版社"本·许布希"(Ben Huebsch)发电报来说:"佳评如狂潮,格里沙保证巨大的成功。"就这样,茨威格一夜之间成为畅销作家,长久以来无数因为兴趣丧失而搁浅的文稿,在高昂的创作欲下被完成。他随即在柏林埃析坎伯(Berlin-Eichkamp)自己家隔壁设置一个漂亮的、有玻璃围墙、现代感十足的工作室。他旅行,享受人生,享受爱情。他梦想多妻爱情已经很久了,但总是因为伴侣受道德感或对爱情看法的牵制而无法实现。现在是他实现梦想的时候了。小他22岁的雇员莉莉·奥芬施塔特(Lily Ofenstadt),一开始的工作是帮他整理图书室,之后是当他躺在长椅上闭着眼睛口述时的速记员,现在变成他第二个夫人,跟他一起旅行、出门社交。事情发展到茨威格的夫人贝阿特丽·弗洛(Beatrice Floh)再也无法忍受时,她动身去巴黎学画。茨威格很幸福:"今年结束得很漂亮。这是自战争结束以来最反动的一年。"1932年与1933年交替时,他在日历上写下这样的句子。"从1909年到今天晚上,道路多么艰难!如果一切能像这样继续下去:生活多彩多姿、账单完全挂零——多好!"

直到希特勒夺权，甚至直到国会大厦付之一炬[1]，他还抱着欢跃的乐观写下："大家都严重警告我，我该出逃……但是我很冷静。莉莉太美妙了！"1933年3月他还带着美妙的莉莉到捷克去旅行，继续写他的《西里西亚的中篇小说》(Schlesische Novelle)，故事叙述一个上了年纪的犹太人带着一个年轻许多的非犹太女人，在西里西亚旅行，而且不顾正在高涨的法西斯主义，决定要结婚。

可惜现实总是不如想象，莉莉坐车去柏林，而茨威格则去维也纳演说。4月1日，第一次捣毁犹太商店行动发动，他的太太贝阿堤丝离开巴黎，试图从柏林坐火车去维也纳。在德累斯顿，她被短暂拘留，护照被没收，她只好返回柏林。现在，本身是犹太人也是左派犹太复国主义者的茨威格，才忽然间明白到底发生了什么事。同一天，他怀着胸中少见的清明，在随身记事本里写下："这些犹太人，根本还搞不清楚自己的处境，明明活命要靠左派，还拼命往右派靠。"文末他坚决起来奋斗："只有反对极权，而且唯有借由民主，才能保住犹太的存在。世界各地皆如此！在我们自己的阵营里也是。不要自欺欺人，对政治不要抱有幻想！"这个人在召唤自己起来尽义务，这个曾经相信情势不会再坏下去的人，曾经相信攻击不是针对他而救赎就要来到的人，写完这些心意决绝的文字之后，

---

[1] 国会纵火案（Reichstagsbrand），德国建立纳粹独裁政权的关键事件，发生在1933年2月27日，希特勒立即抓住这个机会宣布全国进入紧急状态，要求年事已高的总统兴登堡签署《国会纵火法令》，取消大部分魏玛宪法赋予的私人权利。

告诉两位妻子,他即将造访柏林。莉莉几乎没有加密,激动地回复电报:"我们这里绝对可以不需要你。你对自己、家庭和我,还有更重要的义务。"

茨威格遵从妻子们的劝告以及政治现实的要求,出走捷克,从滨海萨纳里(Sanary-sur-Mer)到巴勒斯坦,在那里,他和妻子贝阿堤丝(不久后,莉莉也加入)一起度过漫长的、抑郁不快的流亡时期。他的一个朋友在一封信中,曾向他提到1933年5月10日在歌剧广场发生的事:"我最近目睹了一场烧巫大会,只不过烧的是书不是女巫。从晚上9点到12点拥挤得动弹不得,你大概受不了这种肉体上的痛苦,不过,这是值得的……在广场上,冲锋队(SA)和警卫队(Schupo)装腔作势,以为自己是多重要的人物。小贩到处叫卖:'糖果、巧克力、香烟!''热香肠、热香肠',笑话总是跟着卖香肠的,不论他走到哪里,人群中便有人一起爆笑……我们自己想都想不出来这有什么可笑,他们一直痴痴地笑、嘲笑、爆笑,一直到大火燃烧起来,大家都过得很愉快。'这是在烧什么?''犹太人的书啊!''真的?不是德文书?真是伤风败俗。'"广场上的人继续这类对话,开玩笑,吃香肠,直到阿诺尔德·茨威格的名字出现,他的书在欢呼声中被丢进火堆。事后,茨威格又惊又笑地记下这个场面。他原先的乐观,现在变成怀疑:"因为人不会弄错,内容有价值的书很难被烧掉,而且曾经有过焚书之火被扑灭的事。"

这烧的是什么?这都是些什么书?这些书无法让这场火熄灭。

茨威格既不愿去想，也不敢相信。1937年夏天他和妻子试探是否有重回欧洲的可能性。1939年"二战"爆发前不久，他在一封信中写道："我对这些事充满信心。"

这是充满疑虑的小人物的乐观心态。茨威格想生活在他理想的土地上，他在巴勒斯坦不会快乐。他拒绝学习当地的语言，拒绝用任何一种方式适应环境。他抱怨没有人读他的作品，他的显赫、财富，这些他在德国努力争取来的东西，都失去了。他发表文章的地方——德语杂志编辑部——在轰炸中被摧毁。答应印德语书籍的印刷厂收到匿名恐吓信，杂志只得停刊。茨威格这个时期的作品，例如《万兹贝克的斧头》(*Das Beil von Wandsbek*, 1943)，最先出版的是希伯来文的翻译本，结果反响平平。茨威格在巴勒斯坦并不感到自在。

"二战"后，他在新成立的民主德国社会党中，得到他梦寐以求的显赫地位。他的书成为学校教材，他成为国会议员，得到国家最高级奖章，于1968年11月28日辞世。他在桃乐丝市立墓园（Dorotheen）与布莱希特（Brecht）、贝歇尔（Becher）和亨利希·曼（Heinrich Mann）为邻。

奥斯卡·韦尔勒
Oskar Wöhrle

奥斯卡·韦尔勒（**Oskar Wöhrle**，1890—1946）是一些主题为军队生活和漂流、令人有好感，但却写得不怎么样的小说的作者。1890年，他在阿尔萨斯省的圣路易（St. Louis）出生。本来的职业是教师，因为纪律问题而失去职位后，开始漂泊的生活。他穿越阿尔萨斯省，走遍地中海，最终因为缺钱而去当雇佣兵，然后受伤逃跑。1911年，他成为德国军队的士兵，但待的时间也不长。第一次世界大战期间，他被怀疑是间谍，于是重回原来的军团。战后，虽然因为欺诈被通缉，但还是回归故里阿尔萨斯。不久他继续潜逃，这次来到康斯坦茨（Konstanz），成立了一个小出版社，但很快就破产。纳粹时代他一样东逃西窜，到处被追捕。1946年，他死在瑞士格洛特巴德（Glotterbad）的疗养院里。他最有名的书是《弹跳放炮之书：一个炮兵的记录》(*Querschläger. Das Bumserbuch. Aufzeichnungen eines Kanoniers*)，1929年出版。这部作品文辞如行云流水，而且文法完全正确，故事描写一个有自由意识的人在军中所受的苦难。另一本书《巴尔达穆斯和他的诡计》(*Baldamus und seine Streiche*)，1913年出版，也是这个主题。故事是这么开始的："巴尔达穆斯不是一个好听的名字。但是我的天呀，施平希尔尼（Spinnhirny）、格罗斯汉斯（Groβhans）、卡岑瓦德尔（Katzenwadel）、五赫普芬尼希（Wucherpfenning）或者阿芬施马尔茨（Affenschmalz）也不怎么样，叫这个名字的人，如果他能够做到他想做的事，尊重别人，而且像个男子汉，那么他真不必觉得羞耻。"就像巴尔达穆斯，到处游荡，表现不良，最后关头从军队逃跑。结局是："虽然别人施我以暴，我心里还是为他们着想。我相信人能更有深度。我相信人能更丰富自己。远处的天际，我看见光芒升起，黑暗消退。而我的心飞扬，招呼那远方高高盖起的城市。"

阿德里纳·托马斯
Adrienne Thomas

阿德里纳·托马斯（Adrienne Thomas, 1897—1980）也不例外，她的书也是情感强烈，下笔却写得很弱。她的反战作品《卡特琳要当兵》（*Katrin wird Soldat*）在 1930 年之所以轰动，是因为在一长串争相回忆战争的声音中，这次加上的，是一个女子的声音。托马斯于 1897 年在罗德林恩（Lothringen）出生时，本来叫赫塔·阿德里纳·施特劳赫（Hertha Adrienne Strauch），"一战"期间曾任红十字会的护士，战时她每天写日记，之后根据日记写出这部小说。战争爆发的第二天，8 月 2 日，她写下："我很想去红十字会；但是我希望跟一个能感受一切、同情一切的人一起去，这是我们的士兵无法做到的。"今日的读者一样无法做到。除了附加的想象爱情的悲剧故事，所有的情节都很真实，却也很媚俗滥情："如果能再回到日常，但日常一样千篇一律的单调。宁静啊！我再也无法忍受下去——日复一日新的、残酷的情景。血淋淋的、受伤的士兵，忧愁的亲属来到我们战地医院，为了见他们儿子最后一面。三个星期后在巴黎见！这样的日子还有多久？战争！战争！"小说让她成名，也让她被纳粹憎恨。一个护士描写战争！大家都争相传阅。这部作品被翻译成十六种语言。1933年，她离开祖国，先是到奥地利，然后到瑞士，1940年到达法国时，被当成敌侨隔离拘留。最后关键时刻她成功脱逃，到达美国。在美国，她写了两本描述流亡经验的小说。《东河之窗》（*Ein Fenster im East River*，1945）描写一名逃到美国的女子，她看待新世界处处是惊喜，对她来说置身纽约是难以置信的幸福——也是世界级大事，但是美国人还是被充满偏见地塑造成肤浅、没有文化、聒噪、打从心底不认真的人。这个从旧世界（欧洲）来的女人，就是这么看待新世界（美国）的。然而"纽约纽约"是一个梦想："安娜是如何像今天这样，几乎每天晚上在这十三层楼高的公寓里，伫立窗前看着洛克菲勒中心（Rockefeller Center），看着世界上最高的建筑——帝国大厦，它的最顶端还藏在一片晚霞中。日落霞光，千百扇窗户映射出烟火般的光芒。——如果还是六七岁的年纪，安娜想，而且不知道自己身处何处，从哪里来，就会相信可以开启童话书的魔法钥匙就在眼前。"

真正的幸福，最新的世界，从被解救者的眼中所看见的奇迹。这本小说中有很多地方如孩童般美丽，确定且真实，但是小说结构却像木雕，刻痕太过清晰。徘徊于来自旧世界和新世界的情人之间，过于努力的平行对比让人厌倦。结局是，安娜完全接受新世界。这对恋人落脚在诺曼底（Normandie），她在新旧恋人之间短暂摇摆了一下,教育小说是一定要有好结局的:"他们沉浸于河流的景色中,河流之上警铃呼啸,轮船拉鸣汽笛。这条河没有传说,没有歌谣。河光荡漾中,没有城堡的倒影,自然也没有废墟。在河上,倒影的这个新世界,抓得住,会跟你一起老去。"

埃里希·玛丽亚·雷马克
Erich Maria Remarque

他的邻居，同样也是作家的路德维希（Emil Ludwig），有一天晚上曾经邀他到提契诺（Tessin）的家中小酌。他还记得："我们打开最老的那批莱茵酒，转开收音机，火炉里火焰跳跃，发出噼噼啪啪的声音，希特勒和他的党羽在收音机里演说——我们为未来举杯。"焚书活动在柏林歌剧广场举行——雷马克（Erich Maria Remarque, 1898—1970）身处安全之所。万幸。1933 年 1 月 29 日晚上，当拥护希特勒的人要庆祝胜利之际，在柏林已盘桓几个星期的他，坐上他的兰吉雅（Lancia），一刻不停地开向瑞士，往波尔托龙科（Porto Ronco）去，他住在当地美丽的历史建筑勃克林别墅（Böcklin-Villa）里。雷马克确实非常需要赶快离开德国。他是纳粹"最亲爱"的敌人，没有任何一本书像《西线无战事》（*Im Westen nichts Neues*, 1929）那样，让纳粹焦头烂额。雷马克的名字永远会和这本书一起存在。《西线无战事》，是德国 20 世纪销售最成功的一本书。全世界共卖出两千万本,在它出版后十六个月,光在德国销量就已经破百万。围绕这本书的争议,是魏玛共和时期最尖锐的文化政治辩论。辩论得愈激烈,各政党愈是毫不退让替自己的处境辩护,书就卖得愈好。它描绘的是共和的基础,争论的焦点是"一战"战事的解释权,是英雄之举,还是战败。战争的起因和战争的过程,在共和开始时用"刺刀论"和"战无不克"论争时,是决定性的问题。现在无端出现一个人,刺骨地描绘苦难、无聊、战争的无意义,这种露骨的描述让人们相信,这才是真相。"战争的真相",出版社从一开始就这么宣传。这是一个仅参战一个月,只经历前线后端挖战壕的工作,但战后却穿着少尉制服到处夸耀,完全不明白他右派敌人的责备的人的"真相"。这个"真相"是学校老师的,是文案人员的,是从德语雷马克(Remark)改名法语雷马克(Remarque)的人的,所以他的敌人鄙视他"眼界狭小",认为他是说大话、逃避工作、戴着单眼镜片的纨绔子弟。然而恰好就是这样的人说出"真相",说出同袍其实死得并不光荣的"真相"。如他的小说有名的结尾:"他战死于1918年10月,在那一天,前线的平静一如往常,甚至当日的战报上也只有一句话——西线无战事。"当根据这部小说拍成的电影上映时,纳粹第一次倾尽全力,绞尽脑汁想策略,要如何杯葛、阻止和破坏这个艺术作品。有些部分确实起了作用。很多电影院为了以后还能继续生存,很快便让这部电影下档,电影法在右派的施压下改款。魏玛共和第一次示弱。

斯蒂芬·茨威格(Stefan Zweig)兴奋地写信给他的法国友人,

是和平主义者也是作家的罗曼·罗兰（Romain Rolland）："德国的国家主义者受到挫折了。雷马克的《西线无战事》十二个星期内印行了六十万册，还继续往突破百万的数目上蹿，让他们阵脚大乱。这部简洁又真实的书所传达的信息，比和平主义十年宣传所说的还多。"

对这本书而言最糟的，是它的成功。它的敌人害怕现在和以后的世界会真的把这本书当成战争的真实文献，这令他们颤抖。他们对这本书的畏惧是真的。

雷马克也感到恐惧，虽然表面上他仍不改游戏人间的态度。他尽己所能帮助流亡者，提供自己的房子让他们在旅途上落脚休息。犹太记者费利克斯·曼努埃尔·门德尔松（Felix Manuel Mendelssohn）被发现死在他的土地上，谣言传说，希特勒的秘密警察才是始作俑者。现在不论发生什么事都不让人惊讶了。托马斯·曼（Thomas Mann）在日记中写下："德国境内甚至境外，新的丑恶和谋杀不断。年纪轻轻就不幸遇难的门德尔松，大家可能会误以为他是雷马克。"十年后雷马克的姊妹被拽上德国国民法庭，因为"冲动的言语和降低民心士气的言语"被判刑上断头台，法庭首席弗赖斯勒还大喊："我们判你死刑，是因为我们抓不到你的兄弟。"

雷马克静默以对。那个时候他对针对他的书的愤怒言论、对电影以及之后纳粹夺权都保持沉默。他不发一语，在无数的流亡杂志中也找不到他的只字片语。这种毫不回应的作为，让这个被右派恨之入骨的人，也受到左派的鄙视和愤慨。图霍尔斯基（Kurt

Tucholsky）早就扬言："自从雷马克轻易地向戈培尔的走狗认输后，我们根本就不能把他算成斗士。"而卡尔·奥西茨基（Carl von Ossietzky）就杯葛电影的事件写道："雷马克先生对关键性事件保持沉默，等于自己把自己的文学权势降级。"

雷马克一直自认不是政治作家，一直声称自己与政治无关。那个为德国人及世界写出和平主义小说的人——至少这个世界是这么理解他的，那个在他所有的小说中都为德国人写出他们1914—1945年的编年史的人，他从第一次世界大战（《西线无战事》），到从前线返乡（《回家的路》，1931，*Der Weg zurück*），到通货膨胀时期（《黑色方尖碑》，1956，*Der schwarze Obelisk*），20世纪30年代初期（《三个战友》，1937，*Drei Kameraden*），四部有关流亡命运的小说（《凯旋门》等，1945，*Arc de Triomphe*）以及东方前线和轰炸战争（《生死存亡的年代》，1954，*Zeit zu leben, Zeit zu sterben*），最后写到集中营（《生命的火花》，1952，*Der Funke Leben*）。这些是短短一个历史时代的伟大史书，作者是一个不想过多参与政治的人。"书上都有了。"他一再反复地告诉我们。

正因为如此，德国人总觉得他很陌生。但是美国人却真心爱戴他。他的风采，不论是生活方式或者写作风格，都是上世纪美国式德国作者的代表。他的自我定义是"我手写我心"——和他所称托马斯·曼的风格"写故事的作者"，完全两极，因此美国人认为雷马克是自己人，是有水准的"直接叙事者"、不作秀的杂志作家、没有前卫野心的现代作家。他在美国好莱坞写小说和剧本，他成功的故事像传奇一般。1929 年，刚刚以第一次世界大战为题材写完《永别了，武器》(*A Farewell to Arm*)的海明威，写信给 F. 斯科特·菲茨杰拉德（F. Scott Fitzgerald）说："很奇怪，我一开始并没有办法进入《西线无战事》，但是我一旦读进去，就发现这是一部了不起的作品。"菲茨杰拉德也一样，当他编写雷马克《三个战友》的电影剧本时，也被德语版本感动不已。

上个世纪没有一位德国作家活得像雷马克一样精彩。他的夫人和爱人包括玛琳·黛德丽（Marlene Dietrich）、葛丽泰·嘉宝（Greta Garbo）、娜塔莎·佩利（Natasha Paley）、波利特·戈达德（Paulette Goddard），以及其他很多很多女人，都是传奇人物。他拥有最美的房屋、最快的车子，集闪耀于一身。只是，一翻开他的日记，里面却是无尽的黑暗——孤独、寡欢、忧闷。他恐惧书桌，恐惧工作。他害怕孤独："独自一人——真正的孤独，没有任何幻想——这已经是疯狂和自杀的前兆。"这是他在《三个战友》中的句子。当他在瑞士豪华的别墅中度过 40 岁生日时曾写道："爱玩的、小小灰色的猫咪，等人帮它刷毛的狗，花。但是，我在它们之间做什么？……迈入 40 岁。就要比 30 岁整整多 10 岁了。浪掷的生命……音乐在响。房间被留影。奇怪：好像我再也不会回来了。好像这所有的一切都是最后一次了：最后一个夏天，最后的房子，最后的安宁，最后的幸福，最后的欧洲，最后的生命，也许。"

04

流亡者不识妥协之道

魏斯科普夫
坚毅不摇。

亚历克斯·韦丁
用社会主义语言写儿童文学。

恩斯特·格莱泽
利用无立场逃出生活。

卡西米尔·埃德施米德
将达姆施塔特（Darmstadt）当成精神生活形式。

克丽斯塔·阿尼塔·布吕克
被迫害秘书命运记录师。

魏斯科普夫与亚历克斯·韦丁
Weiskopf Alex Wedding

在 **F. C. 魏斯科普夫**（**F. C. Weiskopf**，1900—1955）的墓碑上，诗人斯特凡·赫尔姆林（Stephan Hermlin）再次强调："你当了整整34年的共产党员，没有信念动摇的时候，每一时刻都是高兴的，永远孜孜不倦。34年之久啊……这就是你的笑容所自，因为你都深思熟虑过了，都感受过了，不论是困难还是问题，因为你总是和所有人意见一致，和世界一致，和你自己一致。"魏斯科普夫1900年4月在布拉格诞生，18岁就被牵扯进已经溃败的奥匈军队，目睹自己的祖国灭亡。还好新的祖国很快兴起：战争结束后，他马上加入社会民主党，变成世界左派的一员。当1921年捷克共产党成立时，魏斯科普夫随即跟随。他撰写革命的诗歌和报道，以记者的身份来到柏林，很早便去探访苏联，激动地报道所看见的一切。虽然如此，1930年在哈尔科夫（Charkow）[1]革命作家大会上，他还是必须因为"否定共产文化的存在"的罪名为自己辩护。他的辩词只说，想效法罗马的市民政治。他再一次逃过处罚，一年之后，他和格莱泽（Ernst Glaeser）一起发表了一本不可思议的摄影宣传画册《没有失业者的城市》（*Die Stadt ohne Arbeitslose*，1931），里面是天堂般的苏维埃五年计划。照片都是宣传式微笑的机械梦境，今天看来，真是非常怪异的文献。每一张照片都记录一个计划成真、正在建设的工业，友谊和进步的天堂。

然后焚书事件降临。接着是流亡。有名的儿童文学《艾妲和文库》（*Eda und Unku*，1931），是魏斯科普夫的太太格雷特·魏斯科普夫（Greta Weiskopf，用笔名**亚历克斯·韦丁**（**Alex Wedding**，1905—1966）所写，这本书到今天都还因为是社会主义儿童文学开创者而为人所知，在焚书事件中也一起被烧。他们两个一起逃到布拉格，然后再逃到巴黎，最后到达纽约。魏斯科普夫写小说，写奥匈军队覆灭记《向和平道别》（*Abschied vom Frieden*，1905），结局当然是充满希望，因为覆灭也代表新的开始，书中描述："亚历山大戴上帽子。咦，那里有一张日历！他弯身拾起。奇怪，印着字的一面是红色的，像是伊蕾妮告别的讯息。他机械式地读出纸上的日期和每日格言：'1914年6月28日星期日——杂草除尽，稻麦又会欣欣向荣。''真令人感到安慰！'"——把社会主义当作红色日历

---

[1] 哈尔科夫（Charkow），现名Charkiw，乌克兰第二大城市。

上的每日格言，铺排在最后，是啊，尤其魏斯科普夫首先是一个教育家，一个负有革命任务的人。他的书，尤其是他的社会主义小故事集锦，曾长期是民主德国学校里的基本教材，发行了百万份。战后他出任捷克的外交大使，被派驻世界各地。1952年回到布拉格，一年后再回到东柏林定居，1955年辞世。

恩斯特·格莱泽
Ernst Glaeser

他自己早就描写过这一切。这一切，也就是为什么他们憎恨其他人没有像恨他那么深的理由。**恩斯特·格莱泽**（**Ernst Glaeser**，1902—1963）在他引起轰动的小说《1902年生人》（*Jahrgang 1902*，1928）里，把这一切写成像自传和这一代的记录一般[1]，海明威称这本书"他妈的好"，而且直到今天它仍被看成是理智的、不过分感伤的时代之书，非常值得一读。他自己以及和他一样在1902年诞生的这些人，被他描写成是失去方向、失落的一代，没有依靠和榜样，生存在两代中间的夹缝里，战争开始时是12岁，结束时是16岁。"我们埋怨我们的青春，因为它阻止我们成就英雄事业。"格莱泽如此写道。他们的父亲们，刚刚还是小公务员，小小的社群

---

[1] 《1902年生人》，以1902年出生的那一代人为主人公，讲述那个世代的经历，如第一次世界大战、经济危机等，小说于1928年出版。

组长，突然间变成英雄。孩子们欢欣鼓舞，热衷于模仿前线："我们手牵着手歌唱。我们称呼自己为'德国弟兄'。我们发誓永远效忠对方。"在这样的青春中，什么可能性都有，什么都美好无限。只是不能上战场，他们不被允许上战场。忽然之间一切都不同了。一切都失去了，一切都被毁灭。他们不知道这是怎么一回事。他们只知道，他们被欺骗了："很快，我们发觉，别人说的话，不再是他们心里所想。"情绪，原本是内心深处的表达，现在要遵从每日一令："之前我们必须欢呼，现在我们必须哀愁。"信仰，格莱泽写道，信仰已经离他而去，不只是他，还有其他与他同年纪的男人："战争属于大人。我们孤单地在其间迂回。我们什么都不相信，但是我们什么都得做。"

格莱泽的书中最出色的是，令人信服地将极端的立场、埋怨的牢骚以及个人的自怜描绘成一个世代的现象。唯独有时候，在很少的一些地方，在最孤独、最真切的可能里，他说的是自己："每个人都知道，他们要去哪里，他们为什么受苦。而我不知道。"

如果这是一部作品的话，很伟大；是真实生活的话，就可笑又可怜，卡在明确的丧失立场与信仰之中。因为格莱泽生活在一个需要做决定的时代，一个与政治抗争的时代。他和朋友热心投入政治，又被政治残酷驱赶。在哈尔科夫革命作家大会上，在真正的共产主义者魏斯科普夫被诬蔑反叛必须为自己辩护的大会上，格莱泽被誉为正义斗士。一年后，他和魏斯科普夫共同合作，出版了这部之前提过，报道幸福的苏联人民的宣传书《没有失业者的城市》。

两年后,他的书全部被投入火炬。这是可以理解的,我们可能会如此认为,因为格莱泽被视为左派。他流亡逃入捷克,然后去瑞士,但是在那里,独自一人,他开始反省。思乡的愁绪来袭,疑问也接踵而至,真的那么糟糕吗?原来的祖国?格莱泽逐渐靠近,首度越过边界,为了参加"奥地利并入德国"[1]的投票。如果他欲投"反对"票,就不会越过边界。他到处询问,是不是有可能被好好引荐,重返"帝国",昔日焚毁他的书的那个国度。接着,他进入一个"社会主义再教育营"(或者也称"练习营")。格莱泽一定是个表现良好的学生,因此第三帝国重新接纳了他。而流亡在外的人则憎恨他:一个"文学战犯",贝歇尔(Johannes R. Becher)如此称呼他。褚格麦雅(Carl Zuckmayer)在他为美国情报机关所写的精神分析报告中,自己对分析对象同情不已,却语气强硬地写道:"格莱泽又是一个必须涉及'相信'议题的例子,他投靠纳粹的过

---

[1] "奥地利并入德国"(Anschluss Österreichs),1938年3月12日奥地利并入德国,组成大德意志。严格讲,即便当时为数不少的奥地利纳粹分子极力支持和推动奥地利并入"祖国",但实际发生的是:纳粹德国兵不血刃地占领了奥地利。1938年3月12日当天,纳粹德国的军队、铁卫队、警察就进入奥地利。而在之前,希特勒就已向奥地利政府下了多次"哀的美敦书",逼其就范。隔日,1938年3月13日,纳粹德国还虚情假意地通过"奥德统一法",甚至在进军奥地利将近1个月之后(1938年4月10日)再在德奥两地追加办理"合并公投"。而此时,军警等早已控制了奥地利全国,犹太人及所谓"反政府人士"都已被抓入狱或送进集中营,几十万奥地利人失去投票的权利,以免他们投反对票。这些,都发生在焚书之后5年,"二战"爆发前夕。因此希特勒穿插使用的"统一"(Wiedervereinigung),只是用来当烟幕弹,所以史界都就事论事地用"并入"(Anschluss),而此处用的正是Anschluss。

程完全是这个模式的过程,只能被认为是巴结、自欺欺人和有意识的投机。"由褚格麦雅所找到的这个来自南黑森(Rheinhessen)的南海森人,原籍达姆施塔特(Darmstadt)附近格罗斯格劳(Groβ-Gerau)的格莱泽,是机会主义者的最佳例证,格莱泽曾写道:"这里说的是某种特定的使用——或者不使用——家乡的方言,制造内心的不安、不真实、引导错觉和戴假面具。"

还有:"他在重新回归之前,就已经在假装是感伤的流亡人士,但是没有人比差点死在流亡时期的他,更仇恨流亡。"克劳斯·曼和埃丽卡·曼(Klaus und Erika Mann)在他们的流亡者画像之书《逃亡》(*Escape to life*, 1939)中,也如此描写格莱泽没有当时流亡者所组同乡会同仇敌忾的心。我这么详细地引述文献,是因为一如其他流亡者所判断,格莱泽这个人和他的个案清楚呈现了几乎是所有流亡者的生活状况,危险、辛苦、失去生存的意义,并且面临威胁。从这个人的例子可以看到,如此想法的人,可以这么容易就改变立场:"流亡生涯不是一个俱乐部,不像拥有俱乐部会员资格般代表什么身份地位。流亡是一种生命义务和命运,是一项任务,而且不是一项容易的任务。这些流亡者是一群特别的人。他们中间不需要一个惺惺作态、狡诈、多愁善感,但同时不忘向对手抛媚眼的人。这样的人会被排挤出他们的圈子。这种人,如果他还找得到地方求饶,我们也不屑用指尖碰一碰他。"

格莱泽确实是他那一个世代典型的化身,就像他在自己的小说中所描写的一样。自然而然,如果格莱泽在战后,成为第一个向德国人民演说民主生活该如何，民主人的行为该如何的人，也不是令人惊讶的事。他又再一次前进、传道、指导方向、要求别人，自己像个全知者般宣称："就是今天这个日子，我们要向德国人民呼吁——不要顺从！要起来反对所有的愚蠢、所有的僵化，反对谣言以及摇摆不定的态度，反对告密，反对官僚，反对奴性，反对机会主义，反对不合理，反对暴力——起来反对吧！"这就是1947年的格莱泽，然而没有人再听从他。这个人，1902年的代表，最终只是一个悲剧的、滑稽的人物。

卡西米尔·埃德施米德
Kasmir Edschmid

这里还有一个来自南黑森的达姆施塔特人，他的作品被焚毁，但是他选择留在德国。**卡西米尔·埃德施米德（Kasmir Edschmid**，1890—1966），出生时的名字是爱德华·施米德（Edward Schmid）。有一个奇特的共通处，不知跟出生地达姆施塔特的传统是否有关。一如当地民族英雄恩斯特·埃利亚斯·尼贝加尔（Ernst Elias Niebergall）所写的角色"达特里希"（Datterich）被视为永恒的人物？虎头蛇尾的艺术家和生活大师达特里希，再加上他牢骚不断以及对家乡永远的忠贞，化为一股革命的意志。前市长路德维希·恩格尔（Ludwig Engel）谈起这个城市诗人时曾说："埃德施米德是不折不扣的达姆施塔特人。而达姆施塔特人是一种特别的物种。他们常常是慢条斯理却立场坚定，加上对政治的爱好、对叛逆的爱好以及要求进步的意志，如果我说的话不太冒犯大家的话。"

而埃德施米德是进步的思想家。他属于德国第一波表现派，第一次世界大战时就已经像机关枪发射一般地写作,他下笔速度飞快,作品像秋风扫落叶——像赛车、故事发展迅速,节奏一部比一部更快:"她飞速驶进弯道还继续踩紧油门,差速装置将它深情的叹息回荡在暗夜空气的裂缝中。加油!加油!传动轴转得像一只发情的猫,时速115、117、117.5。"在这种速度之下,不太可能精准地掌握象征手法,"发情的猫"、"暗夜空气的裂缝",没有时间多想,创作要赶快继续下去,灵感之车是如此神速。从埃德施米德当时的照片看来,他的身体极度不安,一个男性的身躯,暗棕色的皮肤,肌肉发达,在他身上所有的东西都蓄势待发,坚实、强壮。那个时代没有一个作家像他一样,那么常被艺术家当成入画对象。他以作品《卡加立与运动》(*Sport um Gagaly*,1928)写出德国第一部运动小说,热内·席克勒(René Schickele)如此描述他:"他骑得不是很好吗?我们的埃德施米德!他骑得真美,不是吗?当他顺着马步的韵律在马鞍上起伏时,全世界的风都吹拂过他的脸庞,如此优雅,他的小说倾尽所有,包括他的知识,他情绪的高低。像他一样的评论只有优秀的诗人才写得出来。我对文学不再有信心。但是我相信埃德施米德和他的作品。"

他们相信他。戈特弗里德·贝恩(Gottfried Benn)也是相信他的人之一,跟随他到"散文风暴的第一声低语,消融在表现主义的普遍概念中"。

埃德施米德是表现派第一人,同时也是退出这股潮流的第一人。同样来自达姆施塔特的评论家格奥尔格·亨泽尔（George Hensel），曾对他的同乡做过评论："埃德施米德想钓上的，不只是文法，而是整个世界。"而诗人自己见到的，只剩"空无的拥挤和余震"，便往世界出发，去非洲、南美洲，尤其是意大利，写旅行小说和大篇幅的游记报道。之后他的书虽被焚毁，埃德施米德却仍留在德国。当他的爱人，犹太裔的埃尔娜·平纳（Erna Pinner）也必须离开德国，逃往英国时，他还是选择在自己的国土上流亡。他们虽发生摩擦，但复合的可能性还在的时候，曾多次相约在地中海的小岛上见面。然后战争爆发，他们就失散了。后来埃德施米德结婚了，他和太太生了两个孩子。战后当这两个恋人又开始通信时，发现彼此已成陌路。一次，仅只一次，他们触及到这个大问题，她写信问他："前些日子我听说我的医生西蒙斯（Simons）教授，在一个集中营里被杀害。我表哥皮南医师，神经外科的，也是。我们如何忘得了这类事件，或者不再对纳粹高官太太房里用人皮做灯罩的灯感到恐惧？"埃德施米德回答："亲爱的蔼娜，老实说，我很长一段时间没有写信给你，是因为你信中的一些字句令我耿耿于怀，挥之不去。我们不要再提起这些了，但请不要误会：其实我很清楚，德国人百分之百上了纳粹的当。然而德国民族跟人皮灯罩的关系，就像连环杀手哈曼把他玩过的男童做成香肠一样，跟德国民族没有关系……我这么写是为了正义。人对什么都不能随随便便，马马虎虎，因为每件事物都有自己独特的先决条件。"

——"我们不要再提这些了。"不论里里外外，或者是埃尔娜·平纳和埃德施米德之间，都再也无法互相理解。

我把发言权暂时先交给别人："现在，终于停战。至少没有穿制服的。"

克丽斯塔·阿尼塔·布吕克
Christa Anita Brück

职员问题虽出自**克丽斯塔·阿尼塔·布吕克**（Christa Anita Brück，1899—1958）《打字机后的命运》(*Schicksale hinter Schreibmaschinen*) 一书，却是因为克拉考尔（Kracauer）的书《职员》(*Die Angestellten*) 才开始被讨论。专家们热烈争论——几十年来他们都在睡觉，现在终于来了一个外人点出问题，将他们唤醒！他们把问题整个揽下来……上帝保佑他们。

"可惜亲爱的上帝并没有保佑布吕克小姐。这个职员故事狗屁不通。不过，把鼻子探进这种事里是好的——可以学习很多事。并不是写故事的女士意在教育我们，这是无聊的蠢事。她故事里的女主角是高贵、乐于助人而且善良的……围绕着她的净是嫉妒她的人和敌人……这些我应该早就听过了。再说：愚蠢的爱情！确实，而且不会改变，纯粹是个人的命运。不是因为你能时时指出别人也会发生的事，就能塑造一个整体的命运。"写这篇评论布吕克"女秘书牺牲小说"的人,就这么大放厥词,简单地写"这本书,一无是处",而后结尾:"已经这么晚了,差一刻三点。钟停了!该死!打字员不是应该叫修理钟表的工人来、叫澡堂伙计来、叫电气工人来、叫抄瓦斯表的人来,把他们通通都叫来——我好生气。真的很晚了,月亮已经挂在杉树后,是很晚了。旧式小说都是这么结束的……我们也该赶快上床了,晚安!"

这段评论出自图霍尔斯基(Kurt Tucholsky)的手笔,时间是在这本书出版时的1930年。这样写当然非常残忍、不公平、好笑,并且很恶劣,但是却完全符合今日读者对这本书的印象。书中的女主角人太好,老板们太坏,让我们无法太长时间阅读这种黑白分明的世界。然而,这本书却也描绘了同时期的书中所没有的日常生活的恐怖。几乎无权无势坐在打字机后面的女人的生活,她们维持住魏玛共和时期巍巍颤颤的办公室世界,好像小仓鼠在笼子里的转轮上跑,从牺牲自我跑到鄙视自我,一直跑到毁灭自我。

05

死亡在瑜伽大师之前就已到来

一个在纽约的清洁妇到底赚多少钱？我如何背叛一切理想？我们可以在20世纪20年代柏林的大办公室里展开革命吗？为什么不行？劳改营是解决办法吗？那么两个在森林里相遇的人，一辈子在一起讲述童话的感人故事呢？本章要介绍的是：彼得·马丁·兰佩尔、古斯塔夫·雷格勒、莉萨·特茨纳、库尔特·克莱伯、鲁道夫·布劳内以及玛丽亚·莱特纳。

彼得·马丁·兰佩尔
Peter Martin Lampel

彼得·马丁·兰佩尔（Peter Martin Lampel，1894—1965）从极右派转到极左派，又转回来，再变过去。他在第一次世界大战中奋战，战争结束后很久，还在继续战斗，写书反对战争，反对背叛理想。他曾为逃避纳粹走遍世界，最后又回到德国，从事绘画及写书，定居在汉堡直到1965年过世。兰佩尔高中毕业后，马上投入战场，战争后加入志愿军继续在波罗的海打仗，最后幻想破灭地归来。他有关这个时期的小说名叫《背叛的少年》（*Verratene Jungen*，1929），充满国家主义的激昂，社会的团结，最后一切却只剩下空话，不知为何而战。一场政治谋杀瓦解一切："太迟了，他处处碰壁。愧疚将他与世隔离。现在他必须独自走完自己的路。""独自"，这是兰佩尔小说中可怕的字眼。独自意味着死亡。投入战争和志愿军之后，他成为国民军里的平民职员，虽然很早就加入纳粹党，但他随即改变立场。接着，他去慕尼黑学习绘画，意志坚定地致力于废除有关同性恋的法律第 175 条。他曾研究教育机构和教养院，并报道在教养院里令人震惊的暴力教育方法，《困境里的男孩》(*Jungen in Not*, 1928) 这本书，便是相关文章的合辑。其中一篇标题是"教养院的反叛"，在 20 世纪 20 年代末曾被排演为舞台剧得到很多掌声。兰佩尔在这个时期的表现，是一个信心十足的共产党员。他 1932 年的作品合辑《动手吧！同志们！》(*Packt an! Kameraden！*) 焦点放在德国青年大队（Jungdeutscher Orden）为青年男子所组织的自愿服务。他称赞这项服务意义非凡，有助于国家团结意识的团队建设。他也歌颂壮丁，歌颂他们强健的体魄和精神。他用迷恋青年的眼光看待这个世界。听起来几乎有些肉麻："他们直觉地想接受教育。没有这些对日常小事自然而然的忠诚，我们永远无法成就伟大的事业。"这些听起来都让人搞不清楚，这些对体格和勤劳工作的赞歌到底是左派还是右派所写。

然而他的书还是被烧了，但是兰佩尔还是找到办法，于 1933 年被纳粹接纳。他希望能跟纳粹一起行动，但是因为他是同性恋，1935 年被关了一个月。出狱之后，他意识到，这个新的党派并不需要他这样的人。他到过瑞士、南斯拉夫、希腊、埃及、爪哇、巴厘岛、澳洲，最后从纽约逃到水牛城。他从事绘画并举行过画展，写了一部小说《小孩比利》(*Billy the Kid*)，1949 年回到德国。

古斯塔夫·雷格勒

Gustav Regler

萨尔（Saarland）人**古斯塔夫·雷格勒**（**Gustav Regler**，1898—1963）一生中，把有机会能信的信仰都试过一遍。他童年时期，曾跟着妈妈信奉极其严格的天主教，之后他信仰国家主义和战争，再接着是海德堡，他在那里求学，崇拜海德堡的美、海德堡的浪漫。他在日记里崇拜斯特凡·乔治（Stefan George），将他比为上帝，写下"救世主万岁！"（Heil Dir, Erlöser）。然后他变成共产党，忠于党的路线，一直到希特勒、斯大林成功，他变成强硬的反共者。他旅行到墨西哥时，住在一个印加村落，接触到印加文化后，他又成了墨西哥神秘学的拥护者。这样的生命结束在印度，也算是一个美丽、神秘的合理结果。雷格勒生命的最后一天还心情快活地写了一封信回家："我还没有遇见圣人或印度教宗师或者瑜伽宗师，但这是我所想要的。我要的就是随遇而安。要等马尔罗（Malraux）的信（现在还在雅典和此地之间的某处游泳呢）到了之后，我才能见尼赫鲁（Nehru）。"他写完这封信，人就垮了。是脑溢血。不到几个钟头之后，他就在天主教医院"神圣家庭"（Heilige Familie）去世了。第二天早晨，他的尸体在新德里的某处河滩上被火化。

雷格勒一生中，决定性的突破是1940年被关在勒韦尔内（Le Vernet）时，他决定与共产主义决裂。在这之前，他一直是忠贞的党员，总是站在第一线。他的朋友和赞助者克劳斯·曼（Klaus Mann）说他"党性坚强到让训练有素的军人都感到害怕"。西班牙内战时，他帮助对抗佛朗哥（Franco），伤重到同志们都认为他已经死了。他的同志战友们，例如贝歇尔（Johannes Becher）甚至发表悼文，等误会澄清后，贝歇尔当然为自己的冒失感到惭愧。阿尔弗雷德·坎托罗维奇（Alfred Kantorowicz）还记得雷格勒当时信仰的转变："雷格勒前后判若两人，有了新的想法后，便脱离了党，这是可以理解的。但是他在勒韦尔内的囚禁营中改变信仰，跟老朋友绝交，而且马上逃到安全的地方去，实在令人猜想不透。"坎托罗维奇引用一个共同同志评论他的话，他所说的话，应该也是大家所想的，当时"马克斯·施罗德（Max Schroder）还记得雷格勒是狂热的发表狂，以前在柏林，后来在法国，我们还常常取笑他的这份狂热。后来，对他的描述更加生动：'是啊，如果在警卫塔上，或在勒韦尔内囚禁营的铁丝网前，盖一些像那些制作一周新闻的电影同志所搭建的有摄像机的牢房，来向世界展示像雷格勒这样的英雄是如何被囚禁在铁牢里的，那么他可能还会坚持自己的立场。但是，如果牢里有千百人都比他优秀，比他更有资格被报道时，他当然要赶快改变立场，才能重新成为报道的焦点……'"

比这更糟的评论是基施（Egon Erwin Kisch）的说法。这段文字刊登在1942年墨西哥流亡杂志《自由德国》上："'这个雷格勒到底是谁呢？'有人问，'我从没听过这个名字。''是吗？'基施回答，'他可是小有名气，雷格勒是一个作家，他和他的作品不同点在于，他的作品卖不出去。'"

确实如此，雷格勒没有一本书比他本人的生活还要有趣。即使是他自己写自己的生活，于1958年以《马尔休斯的耳朵》（*Vas Obr des Malchus*）为名出版的书，情况亦然。他润饰太过，勉强成形，结果他自己写的自传大部分都成谎言。

他的父亲，一位来自梅尔齐希（Merzig）、有自由思想的书商，写信给儿子，惊讶于儿子的爱国和过度热心，第一次世界大战就站上前线，他在儿子身上看到"德国超理想主义者"的身影。儿子1917年2月16日回信给父亲说："你说我是德国超理想主义者，现时我却更有理由说你是'消极爱国主义'……我的理想主义为我赢得一个不同的、更坚定的、更严肃的方向，而且会一直如此，我的父亲，我以这样的心意问候你——你的儿子古斯塔夫。"

直到最后，古斯塔夫·雷格勒还是相信，他的理想主义是更坚定、更严肃的，不论他怎么改换立场，直到在印度临终那一天，在他还未遇见一个圣者、一个印度教宗师或者瑜伽大师之前，即死去的时候。

莉萨·特茨纳与库尔特·克莱伯
Lisa Tetzner Kurt Klaber

"那是1919年,我一边讲童话故事,一边穿过图林根(Thüringen)的森林。在一个小城劳沙(Lauscha),那个吹玻璃人的中心,我遇到一个教堂节庆,当时聚集了很多铺子和表演的马车。有一个特别的店铺马上把我好奇的眼光吸引过去。那店铺前站着一个顶着一头浓密、棕色、相当杂乱——老实说是邋遢——头发的年轻人。"他们就这么认识了,童话叙述者**莉萨·特茨纳**(**Lisa Tetzner**,1894—1963)、革命叙述家与漫游者**库尔特·克莱伯**(**Kurt Klaber**,1897—1959)。他们一辈子在一起,没有分离过。特茨纳小时候因为一次严重膝关节发炎,必须坐轮椅,她就此活在童话世界里,而且喜欢讲童话。等到她康复,可以走路了,便从一个村庄走到另一个村庄,让孩子们围绕着她,给孩子们讲故事。讲着讲着,她的第一本书《在民间讲童话故事》(*Vom Märchenerzählen im Volk*,1919)就出版了。克莱伯也是四处为家的人:"整个德国我已游遍。然后战争爆发了。大家都因为我觉得没什么大不了而生我的气，对待我的态度很不友善。但是我的脸皮比少校还厚。"他参加抗争，得过伤寒，还曾扛着枪在哈勒（Halle）、汉堡和柏林作战，总是站在革命者这一边，在鲁尔区（Ruhrgebiet）抗议卡普政变（Kapp-Putsch）[1]，之后写出实时鼓舞人心的革命故事以及真实报道。然后他又继续上路，除了自己的作品外，还朗读席勒（Schiller）与歌德（Goethe）的爱情故事，自称是"正义的职业革命家"。1927年出版的《三等舱的旅客》（*Passagiere der III. Klasse*），内容充满正义、客观，富于人性而且具有教育意义，要传达的讯息清楚，立场坚定。特茨纳写童书，是柏林广播电台儿童节目的负责人。她只有《汉斯·乌里安的环球旅行》（*Hans Urian oder die Geschichte einer Weltreise*，1929）一本书在名单上。书中描述主角汉斯旅行到社会主义天堂——俄国——的经过。汉斯很穷，父亲很早就过世，面包师傅不给他面包吃。这时他遇到会说话又会飞的兔子特里勒维普（Trillewipp），兔子便带着他环游世界。他们到处游历——格林兰、中国和美国——见到各地的贪婪、腐败和剥削。只有在俄国还有人性。最后飞天兔载着我们的汉斯回家。国会大厦烧毁后，克莱伯就被逮捕拘禁。但是他的太太却通过拜访戈林（Göring）本人——这是根据她的回忆所述，成功地把丈夫解

---

[1] 卡普政变，发生在1920年3月，旨在推翻魏玛共和国、复辟帝制。导火线是魏玛政府签署凡尔赛条约，而凡尔赛条约对德国而言是一个难以接受，而且象征耻辱的条约。

救出来。后来他们住在瑞士的卡罗纳（Carona）：特茨纳在巴塞尔（Basel）教书赚钱，克莱伯则帮她写新的童书如《67号的孩子们》（*Kinder am Nr. 67*，1933—1949）以及《黑人弟兄》（*Die schwarzen Brüder*，1941）。他是个好学的学生，当他们旅行途中在南斯拉夫一个小小的、破旧的地方休息时，遇到一个女孩，她带领一帮男孩。这个女孩名叫左拉，有着一头火焰般的红发。"是的，就是这个。"据说克莱伯这么对他的太太说。他帮太太写完这个故事。左拉的故事，红发的左拉和她的伙伴们，这是德国20世纪最优秀、最受欢迎的青少年读物之一。因为克莱伯被禁止在瑞士出书，所以《左拉和她的伙伴们》（*Zora und ihre Bande*，1941）出版时，用的是克莱伯的笔名库尔特·黑尔德（Kurt Held）。直到今天，全世界还是只认识库尔特·黑尔德。

鲁道夫·布劳内
Rudolf Braune

小说《奥加皮华牌打字机前的女孩》(*Das Mädchen an der Orga Privat*, 1930) 这本书多么优美！这么安详、温柔又有斗志。这是一部"新即物主义"小说，叙述的是真相，以及何谓真实的生活，完全吻合约瑟夫·罗特 (Joseph Roth) 写给他所有即物路线追随者的指示，虽然他自己走即物路线的时间很短："写作再也不是'写作'，最重要的是观察。"

鲁道夫·布劳内（**Rudolf Braune**，1907—1932）是一个伟大的人物和生活的观察者，他对社会议题感兴趣，而且多半能感受到答案。当他还是德累斯顿一名中学生时，就已经办过一份反中产阶级的杂志。这份杂志名叫《乌合之众》(*MOB*)，它的内容富有革命性，学校必须把他开除。那是 1925 年。接着他开始为《世界舞台》(*Weltbiibne*) 以及《法兰克福日报》(*Frankfurter Zeitung*) 写稿，1928 年加入共产党后，他成为党报《自由》(*Freibeit*) 的编辑。这里他以试读本的方式在 1928 年印行第一部小说《沙洲上的战斗》(*Der Kampf auf der Kille*)，1930 年法兰克福"社会出版社"(Societats-Verlag) 出版了他的《奥加皮华牌打字机前的女孩》。小说主角埃尔娜·哈尔伯（Erna Halbe）快十九岁了，她为了工作从乡下搬到柏林。我们跟着她到达柏林"安华特车站"（Anhalter Bahnhof），透过她的眼光观察当时的柏林，好像我们也是第一次看见柏林："您哪，今天早上我刚到柏林。在我的想象里，一切都容易得多。有这么多的人住在这座城市，但是大家都感到孤单寂寞。您能理解吗？真真切切的痛苦和不快乐。但是我不会屈服的。天气总是会再变好。"她找到办公室助理的职位，我们知道她赚多少钱，一间带家具的房间租金多少，为什么钱总是不够，她如何挣扎生存下去，艾娜，如何工作，在打字机前，一座老旧、快散架的奥加皮华牌打字机。她的上司如何性侵一位女同事，而这位女同事下定决心，不让这件事善罢甘休，于是集合其他有相同遭遇的女同事一起站出来反抗，虽然没有成功，但是希望仍然没有完全灭亡。"世界上的苦难不会如此难堪，如果雇员们一起互相帮助，如果我们之间同事情谊深厚，反抗的力量就会愈强。一个人成不了事，一个人也可以完成很多事。在柏林傍晚迷蒙的街道上，她慢慢消失在我们视线之外，向下一个劳工局走去。"

布劳内是一个真正的诗人，大众的朋友，是带着爱心、头脑清楚并且善于识人的人。他的书不滥情、事前调查完整、笔触温馨而且站在正义的一边。

当他下一部书《城市里的年轻人》(*Junge Leute in der Stadt*,1932)出版时,他已经不在人世。1932年6月12日他在莱茵河游泳时,被卷入漩涡中,不幸淹没在未婚妻面前,年仅25岁。

玛丽亚·莱特纳
Maria Leitner

那是一个人会凭空消失的年代。我们读着史料，但是无法明白。我们再一次无法明白，又一个生平资料："不知所终"，就这么结束。**玛丽亚·莱特纳**（**Maria Leitner**，1892—1941）消失在 1941 年早春，她最后的足迹在马赛（Marseille）。她为人所知的最后一封信，是写给"美国助德文化自由协会"（American Guild for German Cultural Freedom）的勒文施泰因亲王（Prinz Löwenstein），希望能得到逃往美国的协助，或者一点点生活费。"现在只有**美国**还能帮助我。亲爱的、善良的勒文施泰因亲王，我全心地恳求你，请电汇一些钱到旅馆来，虽然我不住这里，但是旅馆允许我使用这个住址。亲爱的王子，我知道，只要你有一点点可能性，就不会丢下我不管。"这是她 1940 年 7 月写的信。5 月时她和其他流亡者一起被关进位于比利牛斯山（Pyrenäen）地区的古尔斯集中营。她成功逃离囚禁之后，问题来了，去哪呢？她能去哪里？莱特纳1892年在匈牙利的瓦拉日丁（Varazdin）出生，她是匈牙利国民，所以威胁性没有那么高。但是她写作的语言是德文，替德国报纸和乌尔施泰因出版社报道（Ullstein-Verlag Reportage）写稿，她20世纪20年代所写的，题材遍及世界的报道的确不凡。这些报道在新即物风潮中是闪亮的宝石，而她自己则早就是一个女性异议分子。当她20世纪20年代在美国最下层工作时，从不讳言。她做过清洁工、服务生、售货员、卷雪茄工人、女佣等。她生活在美国社会阶级的最下层，曾是纽约世界最大旅馆里阶级最低的女工，她到过其他记者都到不了的岛上，例如卡宴（Cayenne）的监狱岛、海地以及库拉索（Curaçao）。这些经历她都收入报道小说《美洲旅店》（*America Hotel*，1930）中，之后又加工改编成风云迭起的报道文学《一个女人周游世界》（*Eine Frau reist durch die Welt*，1932）。她生性爱冒险，疾恶如仇，将满怀的希望寄托在革命上。奥斯卡·马里亚·格拉夫（Oscar Maria Graf）形容她"不只是一个优秀的作家，也是一个既勇敢又谦虚的女人"。即使她早就可以逃离德国，她还是一再为完成共产党给她的任务，隐姓埋名潜回希特勒的领地。她需要钱。这里有值得报道的材料。她报道洛伊纳（Leuna）氢化工厂的劳工大量罹患癌症等事实。1938年她去杜塞尔多夫（Düsseldorf）寻访海涅文墨陈列室（Heine-Zimmer）[1]

---

[1] 海涅文墨陈列室，是杜塞尔多夫市立图书馆为海涅的著作、书信等特辟的一间藏书室。因为也收藏书信，所以译为"文墨"。

时，她知道，这个陈列室就在市立图书馆里。但是当时，在杜塞尔多夫说出海涅——他的书已经被一再烧毁——这个名字，就已经是罪名一条。然而她仍在图书馆里到处问人，海涅书房在哪里。大家都吓得不知如何反应，这个名字可不能轻易说出口。"您是从哪里来的？"终于一个图书馆员回答她。"美国。"她说。所有职员靠拢密谈了一会儿，一个勇敢的男子挺身而出，秘密地带着她快速掠过那个藏放旧日诗人书籍的陈列室。那些藏书都还在里面，布满灰尘。男子警告她快一点。翻译版本也在："日文、中文、西班牙文、希腊文、印度北方和南方的语言——一百多种语言的翻译！所有这些语言的民族都相信，他们用自己的语言读到的，而且喜爱的，是一位德国诗人……但是第三帝国却教他们别的。"

这是玛丽亚·莱特纳最后一次德国旅程。1941年早春，她最后一次在马赛被看见后，就此消失。也许她饿死了。

06

流亡途中的中央咖啡馆

—
亚历山大·莱尔内特-霍勒尼亚
和战争爆发的真相。

—
理查德·贝尔-霍夫曼
和神话的复兴。

—
吉娜·考斯
和借来的光环,以及**弗朗茨·布莱**,文学界的动物守卫。

亚历山大·莱尔内特-霍勒尼亚
Alexander Lernet-Holenia

其实奥地利人**亚历山大·莱尔内特-霍勒尼亚**（Alexander Lernet-Holenia，1897—1976）的生活和写作，用一本书、一个事件来讲述就够了。即使有众多的文学协会和大会年复一年尝试赋予这位大奥地利的小诗人某种意义，这个人和他的书今天已经被遗忘的事实，其实并不令人意外。这么多的情绪波涛，这么矫揉造作，这么眼高手低——他一定是一个意志坚强又顽固的人，如果他能说服这么多人相信他的作品是有意义的，甚至是奥地利第一次世界大战后早期最有代表性的作品。他的奥匈帝国沉沦小说《旗帜》(*Die Standarte*，1937）等于是迷你版的罗特长篇小说《拉德茨基进行曲》。一个忠诚的士兵在战场上带着一面国旗，从战败后一直带在身上直到进入美泉宫（Schloss Schönbrunn），宫中已经生起一丛火焰在等："国王要烧掉死者带回来给他的旗帜。我把我一直贴心带着的旗帜也拿出来丢进火堆里。"

莱尔内特·霍勒尼亚的书居然也被烧掉，应该是一个误会或者是被热情冲昏了头。他原本留在国内，是军队电影处的总编剧，刚开始时还可以发表作品，直到一起事件发生。霍勒尼亚在第二次世界大战的最初几小时，原是德国士兵。入侵波兰时，他站在第一排。第二天他就挂彩了，手被枪打伤。伤势的严重性足够让他住进军医院休几星期假。他随即得到报酬优渥的军队电影处职位，而且非他莫属。对亚历山大·莱尔内特－霍勒尼亚个人而言，战争一天便结束了。但是这经验却已经足够他写一部有关波兰战役的小说。1939年12月15日他开始动笔，1940年2月15日完成，真是一部闪电小说。小说以《蓝色时刻》为书名出版，非常漂亮，完全不受审查制度的阻挠，在《仕女》(*Die Dame*) 杂志上印刊样本。在"雅利安化"(arisierten) S. 菲舍尔出版社 (S. Fischer Verlag) 出书，也没有出现麻烦。后来更换书名——《白羊座的火星》(*Mars im Widder*, 1941)，印了一万五千册。可惜——因为换名字引起怀疑——突然"国民宣传教育部"彻查这本书，发现作者描述的战争开端和国家官方宣传有些不同。他只在现场一天，而这一天刚好是战争开始的第一天，士兵亚历山大·莱尔内特－霍勒尼亚看到并写下：因为波兰那一方并没有挑衅，所以不攻击。"一枪都没有发射。"小说中如此描述。这里，在霍勒尼亚所写的小说中，不受阻挠地在德国杂志上发表的小说，明白写着，谁先发动了第二次世界大战。不可思议。这样的书当然要禁止，印好的一万五千册送回出版社的地下室，这些书在后来的一次轰炸中被烧毁。

这就是亚历山大·莱尔内特-霍勒尼亚事件。这件事并没有伤害到他，纳粹时期没有，纳粹之后当然更不可能。他最有名的作品是一首长诗：《日耳曼人》(*Germanien*)，发表于1946年，哀怨自怜："香烟若只袅绕在坟墓上，从墓穴中，从骨灰瓮中，如果只在祭坛上才有死去的……"诗句是这么开始，也这么一直下去，这是一首毁灭、控诉之歌，但犹太人遭杀害却被隐讳。终其一生，霍勒尼亚都以奥地利大文人自居，拼命找证据证明他其实是哈布斯堡王朝大公爵（habsburgischer Erzherzog）的儿子，跟国税局官员钩心斗角。1972年他辞退奥地利笔友俱乐部主席的位置，作为抗议诺贝尔文学奖颁给"恐怖分子的朋友"海因里希·伯尔（Heinrich Böll）的手段。

理查德·贝尔-霍夫曼
Richard Beer-Hofmann

理查·贝尔-霍夫曼（**Richard Beer-Hofmann**，1866—1945）于1897年给他的小女儿写了一首诗歌：

> 米尔雅姆的摇篮曲
> 睡吧，小宝贝，天色已晦！
> 看啊，太阳也累，
> 在山后红光中消退。
> 你啊——还不知进退，
> 还将眼睛往光和影转推——
> 睡吧，你的日光仍丰沛，
> 我的孩子——我的孩子请入睡！

最后一段：

睡着了吗？——米尔雅姆我的小宝贝，

我们是你严实的岸，

一旁深深流淌，澎湃而来存在的血，

父亲们的鲜血，骚动不安，

在我们之内。谁仍觉孤单？

你是我们的生命——他们的生命是你——

米尔雅姆，我的生命，我的孩子——请安睡！

这首摇篮曲是理查德·贝尔-霍夫曼最为人知的作品。背负使命，继续传承，将犹太的遗产往下延写，这是贝尔-霍夫曼的作品从一开始就很重要的标记。他是为了荣耀施尼茨勒（Schnitzler）和霍夫曼施塔尔（Hofmannsthal）而组的少年维也纳团体的会员，书写行文蓄意优美的中篇小说。1896年他写信给特奥多尔·赫茨尔（Theodor Herzl），表达对其出版的书《犹太人之国》（*Der Judenstaat*）的看法："终于又有一个人，不把犹太血统背景看成负担或者不幸，而是引以为荣，以这个古老文化合法的遗产为傲。"

他把犹太古老的故事或传说改编成新剧本，例如《雅各布之梦》（*Jaákobs Traum*，1918）以及《青年大卫》（*Der junge David*，1933），都在舞台上获得成功。虽然他早期在世纪交替之时，致力于唯美主义，他剧作的语言，以及他的小说和大部分的诗歌，在今天看来，还是很难，非常难，他的情感隐晦又慷慨昂扬。他说，他在小说《格奥尔格之死》(Der Tod Georgs, 1900)中,"想替唯美主义者准备结束的方法"。可惜没有完全成功。

贝尔－霍夫曼逃到纽约倒是成功了。他的夫人,为了他而接受犹太教信仰成为犹太人,在逃往美国的路上,死在瑞士。他的女儿们在纽约给这个老人准备了旧式奥地利风格的住所。死前不久,他重拾早期摇篮曲的风格,代表他生命意义的风格,写道:"如果我不再是我,而且,当阅读德文的人认为我是他们中的一个,那我就应该是德国诗人中的一个。但是有一点我还是遥遥领先——我有一长串的先祖可以仰赖依靠,虽然他们经历所有形式的压迫非难,但是从来没有牺牲和放弃他们的信仰。"

吉娜·考斯
Gina Kaus

"在慕尼黑我偶然看见她……她坐在'史蒂芬妮'（Stefanie）里……一个娇小美丽的犹太人……什么都不是……甚至不是自由文艺人……不，是一个聪明的收银员，很专心……每天晚上都有不同的人请她喝咖啡……而我这个大笨牛把她从泥沼中救出来，培养她成器……"恶意、毫无忌惮而且不留情面，弗朗茨·韦费尔（Franz Werfel）的小说《芭芭拉，或虔诚》（*Barbara oder Fömmigkeit*）中，**吉娜·考斯（Gina Kaus**，1893—1985）被如此描写。小说中说话的"我"名叫巴希尔（Basil），真实生活中他就是弗朗茨·布莱（Fmnz Blei）。他发掘她，并且培养她成了大器，那个时候正值第一次世界大战，他们在维也纳的"荷仁霍夫"咖啡馆第一次相遇。她还记得："布莱对我的天分很有信心。但是我还需要磨炼。他觉得我写的东西大部分都太戏剧性，太不现实。"她不停地写，遵照布莱的指示。"布莱非常高兴。而我则因为他高兴而高兴。短短几天内，我写完八十几页的叙事文《晋升》(*Der Aufstieg*)。"当她 1920 年，也就是三年后出书时，布莱颁给她冯塔内（Fontane）文学奖。当然，他们在谈恋爱，而全部作品也是如此——当我们今天重读这些作品，会觉得这些故事都发生在奇异的国度里，发生在帝国最后几年的维也纳，他们坐在咖啡馆里，帝国正在毁灭的同时，他们谈情说爱，书写精神细腻的小说。当时，吉娜·考斯的初恋，她的新郎，刚刚在战场上阵亡。此前她曾秘密探访爱人，为了留在他身边，谎称自己是战地记者。被发觉后，她的爱人被调往前线，两个月后，他就阵亡了。考斯虽然出身贫穷，却向往名利，银行家、商业巨子约瑟夫·克兰茨（Josef Kranz）收养她。换句话说，她成为了他的情妇。克兰茨有家室，为了让她能够一直留在身边，又不必受道德谴责，便收养她为义女。考斯则爱上在文学创作上鞭策她的布莱，奥匈帝国沉沦时的大情圣，也是最好的文学鉴赏家和伯乐，但他发掘的对象不限于女人。现在情况变复杂了：考斯想出办法让她的情夫兼养父聘雇布莱做他的私人秘书，让他住进家里。克兰茨显然认为这是一个好主意，虽然布莱把一般商业往来的书信写成韵律奇特、文学性强的散文，往往令一般收信人摸不着头脑，但克兰茨还是很赏识他。因为他一表人才，八面玲珑，谈吐文雅，且头脑清晰。考斯也很高兴，每天可以在维也纳她那像宫殿般的居所中，见到她的爱人。稍后她更说服克兰茨，拿出大笔金钱来资助布莱和他的朋友创办哲学杂志。克兰茨慷慨解囊，杂志创立，命名为《总论》(*Summa*)[1]，

---

[1] Summa，智能知识总结之意。

编辑室就坐落在市中心气派的建筑里。赫尔曼·布罗赫（Hermann Broch）常驻于此，罗伯特·穆西尔（Robert Musil）跟每个人都生气，最后把一切都写出来的弗朗茨·韦费尔（Franz Werfel）、奥托·格罗斯（Otto Gross），或者可卡因鼓吹者、自由恋爱或公社拥护者，在战争期间，所有人都来啃噬工业巨子的这块大饼，众人一边写作一边吸他的血、吃他的肉。整个维也纳早就在讥讽天真的克兰茨和他的"女儿"。1917年在一份社会主义的报纸上，出现一篇讽刺文，影射克兰茨发战争的横财，披露他的生活方式。这使得原来只是讲讲闲话的人民愤怒了，加上其公司恶性涨价引起诉讼。克兰茨深怕失去他的无忧乐园，害怕失去名声和财富而丢脸，便结束了这场闹剧，解雇布莱，也解散才发行几个月的新杂志。吉娜·考斯因此离开"父亲"，1920年8月时，嫁给作家兼心理学家奥托·考斯。

她写了不少中篇和长篇小说，也有质量很不错的娱乐文学、有点俗气的历史传记以及侧重命运的历史别解。她的写作很成功，连美国都出版她的书。关于她的书被焚毁这件事情，她曾写进自传《一种什么样的生活》（*Und was für ein Leben*，1979），这本书以袖珍本的方式出版，并且改名为《从维也纳到好莱坞》（*Von Wien nach Hollywood*），书中写道："5月10日我的书在柏林被公开焚毁，跟其他超过30名作家的作品一起。只是，在这之前我生活在上流社会，他们不是。"

吉娜·考斯后来逃到美国，并且活到92岁。她死后半年，欧洲才开始有人追悼她。她几乎完全被遗忘。

弗朗茨·布莱
Franz Blei

还有布莱,也就是**弗朗茨·布莱**(**Franz Blei**,1871—1942)。在第一份赫尔曼的名单上,根本没有他。赫尔曼把他跟我们之后会谈到的,真正在名单上的国家主义战斗诗人弗里茨·布莱(Fritz Bley)搞混了。但是弗朗茨·布莱——国际主义的非战斗诗人——却一再被声称确实在名单上。而他自己确切知道,他的书的确被烧毁,在1933年那个5月。这也是他出现在本书的原因。

他不只发掘、捧红了吉娜·考斯,当罗伯特·瓦尔泽(Robert Wasler)在伯尔尼的《协报》(*Bund*)匿名发表过一首诗后,他也邀请其到过他家。而如果没有布莱的话,卡尔·施特恩海姆(Carl Sternheim)也不会开始他的写作生涯。韦费尔(Franz Werfel)、恩斯特·施塔德勒(Ernst Stadler)、席克勒(Schickele)和弗朗茨·卡夫卡(Franz Kafka),他们的第一篇故事都是布莱帮他们发表在他的杂志《光之神》(*Hyperion*)上。布莱是一个伟大的、仔细的读者，而且乐于提携他人。他办的刊物不是只有《总论》，还有很多其他的文学杂志和报纸。他是维也纳的咖啡馆之王，有一笔遗产，不需为生活工作。到了1920年，他的遗产已耗尽，加上景气也不好，他才开始夜以继日的写作。他所写的《塔列朗传记》(*Charles Maurice de Talleyrand*，1754—1838)，是一部历史传记体的大师作品。他给名女人的传记速写名气响亮，睿智又俏皮。布莱大概拥有非凡的影响力，一个有关他的传记曾提到他是罗耀拉(Loyola)[1]和唐·胡安(Don Juan)的混合体。拥有立体的脸庞，高大修长的身材，戴着一副圆框眼镜。但他的影响力和名气，也随着他的死亡烟消云散。卡夫卡描述他："对答如流而且风趣。当我们在一起的时候，他总是这么滑稽有趣。世界文学在内裤里列队，等着经过我们的桌前。弗朗茨·布莱本人比他写的东西要聪明、伟大多了……他误打误撞成为德国《一千零一夜》里说故事的人。"

"内裤里的世界文学"——卡夫卡以此暗示布莱的《动物寓言文学》(*Bestiarium Literaricum*，1920)，书里他把当代最重要以及最有意思的作家变成动物，毫不留情、一针见血、恶毒地描绘他们。这位变形大师，对自己，也一样鞭笞。他对自己客气一些的评语是："布莱像条淡水鱼，在所有水域中悠游自在，他的名字——噼里啪啦、扑哧哗啦——身披这么薄的一层皮，吃了什么颜色的东西都一目了然。"

---

[1] 罗耀拉(Loyola)，耶稣会创始人，象征理性、智慧。

他善变而圆滑，但是动机永远清楚。布莱在第一次世界大战后写下："共产主义万岁，神圣的天主教教堂万岁！"他是社会民主党人，有一段时间还同情保守的革命者。他跟希特勒的御前法学家卡尔·施密特（Carl Schmitt）是很好的朋友，他很欣赏卡尔的政治情怀，因为他"冷得像冰"。布莱是一个保守的前卫大师，一个奇特的人。

在5月10日待焚的书堆中，如果他的书真的在其中，那也真的只是疏忽，因为反犹太的日耳曼作家阿道夫·巴特尔斯（Adolf Bartels）在他所著的文学史中，错将布莱当成犹太人。在布莱1933年8月写给已经位处权力中心的施密特的最后一封信中，他说："《书商文讯报》上我看到我的名字在'公共图书馆禁书'名单之列，也许是因为一个月前，某个写文学史的人把我当成犹太人。"但是对他而言"这不太重要，不要因为我这么说，而更正这件事"。

布莱逃到西班牙的马略尔卡岛（Mallorca）。他最后一张照片显示是在海边，瘦得像一根火柴。当西班牙内战开始后，他先逃到维也纳，再投奔在卢卡（Lucca）的鲁道夫·博尔夏特（Rudolf Borchardt），然后到马赛。他没有钱，无法继续前进。时间现在很紧迫了，他写信给在美国的女儿："很有可能我的名字列在德国的黑名单上。如果被逮捕后马上被枪决，我就无所谓，不过一死而已。但这不是我所认识的兄弟们会做的事。我要面临的恐怕是数月之久的拷打折磨，这才令我害怕。"不久，布莱得到"美国助德文化自由协会"（American Guild）发到马赛去给他的美国签证，买好的船票也快到了。只是，船是从里斯本出发的。而他身上没有一毛钱，怎么去里斯本？危急中他发电报给托马斯·曼（Thomas Mann），写道："请救救弗朗茨·布莱。"托马斯·曼把钱寄来了，布莱终于能在最后一秒逃脱。到达纽约大概一年后，他死在一家贫民医院里。

07

轰动等级的真相

—
"烧了我们吧!"

—
恩斯特·托勒
中国崇拜者,以及世界狂热分子。

—
瓦尔特·哈森克勒费尔
超车超到超越时代。

—
奥斯卡·玛丽亚·格拉夫
对没有被焚毁的书生气。

—
埃贡·埃尔温·基施
一跃到澳洲。

恩 斯 特 · 托 勒
Ernst Toller

当恩斯特·托勒（Ernst Toller，1893—1939）的死讯传出时，整个流亡圈都在发抖。那时在巴黎卧病的约瑟夫·罗特（Josef Roth），在听到朋友的死讯后，就再也没有从这个打击中恢复过来。流亡作家的书信往来中，几乎没有一件事像这起自杀事件一般，被描写成毁灭的恶兆。托勒是一个斗士，是一个怀着伟大理想、勇气十足、心胸广阔而且意志坚决的人。如果他也投降了，其他人怎么坚持下去？勇气从何而来？他就是那个于焚书事件之后，在杜布罗夫尼克（Dubrovnik）的作家大会（Pen-Kongress）上，勇于在演说中义正词严地把德国代表修理得体无完肤、羞愧得逃回德国的人。或者更正确地说：德国代表为了面子，在托勒踏上讲台之前已经离开会堂，逃之夭夭。因为他们心里有数，如果待在那里会遭到什么样的非难。托勒总是鼓励大家绝对不要放弃，只有奋斗再奋斗，才有出头的一天。像他那一代几乎所有的人一样，他抱着理想加入第一次世界大战,却身心俱疲地回来,变成和平主义者,参加慕尼黑革命,很快成为革命与巴伐利亚苏维埃共和国的早期领袖。当革命失败,很多人归咎于他,因为他和平理想主义的果敢态度本可以阻止此事。在法庭上他坦白承认革命暴力。现在他脚踏好几条船。虽然被关进死牢,审判结果却只有 5 年监禁刑期。在牢里他被尊为烈士,早期魏玛共和时代,他是左派的明星。他反战的剧目《变换》(*Die Wandlung*,1919),是有史以来最成功的舞台作品之一。而当他写出《燕子书》(*Schwalbenbuch*,1924)时,这部书写狱中不为人所接受的燕子伴侣的感人作品,可以说把所有人的心都收服了。5 年的牢狱生涯中,他始终抱着不可思议的乐观心情。他为所有的同志写作,鼓励大家坚持下去:

致活着的人
悲伤不适合你们,
徘徊不适合你们,
写下遗书,
畅饮兄弟的心血,
伟大的志业在等着你们。

时间紧迫,
脖子上的重担啊!
炸开门吧!

向明亮的早晨走去。

他受到所有人的爱戴，不论是赞成革命或者是赞成和平的作家，不只是在德国。赫尔曼·凯斯滕（Hermann Kesten）在回忆录《我的诗人朋友》中，虽然不改肉麻的习惯，却还有些真实的成分在，当他写道：

我和他并肩走过的特里波利斯（Tripolis），一个阿拉伯司机抓住他的手，热情地大叫："你是托勒！"

我和他走进伦敦东区一家酒馆，酒保从吧台里探出身子来跟他握手，感动地大叫："托勒同志！"

我和他踏进巴黎一家咖啡馆，一个站在吧台边的警察激动地抓着他的手臂："原来你是托勒！"

俄国人钦佩他，中国的知识分子满嘴都在讲他，西班牙共和党人爱他，美国记者虽然麻木不仁，还是被他感动不已。

大哉，托勒！

而后，他作品的光辉渐暗，他的诗句随着时光晦蚀。虽然如此，他的自传《德国一青年》(*Eine Jugend in Deutschland*)，是第一批流亡作品之一，于1933年5月10日在奎里多（Querido）出版，还是值得一读。他出生于波森州境内，当时还是德国城市的扎莫钦（Samotschin）。打从一出生，他便与反犹太主义者对峙，和憎恨外国人的心理做斗争："我们站着一会儿，眼对眼好奇地看着对方。陌生人在和玛丽说话。她忽然对伊尔泽叫道：'别站在那里，那是一个犹太人。'伊尔泽立刻放开我的手，转身就跑。"这是身为犹太人的托勒此生第一个回忆。

他最要好的朋友出版家弗里茨·兰茨霍夫（Fritz Landshoff），在他生命的最后几天在纽约陪着他。他为托勒毫无生气的眼神感到难过，永远生气勃勃的人竟如此奄奄一息。他建议托勒，再结伴去欧洲旅行一次，坐船到英格兰去。托勒答应了，他们买了船票，准备好一切。但是托勒其实早料到，这场战斗他是无法取胜了，他的乐观对于对手来说无关紧要。第二天，阿诺尔德·茨威格来看弗里茨·兰茨霍夫，问他："托勒的事你有什么看法？"哦，他呀，昨天还在这儿，再过几天我们要再去欧洲旅行一趟。"你还不知道吗？托勒昨天中午在他的房里上吊自杀了。"

瓦尔特·哈森克勒费尔
Walter Hasenclever

他们叫他是托勒的孪生兄弟。他也曾参加战争,但对战争的理想只维持了很短的时间,便毅然决定支持和平。他内心充满写作的喜悦和人道情怀,使他决定从战争中愈快脱身愈好。**瓦尔特·哈森克勒费尔**(**Walter Hasenclever**,1890—1940)之后被诊断精神有问题,一年后军医院放他出院,并宣布他无法服役。早在1914年他便写出激烈的作品《儿子》(*Der Sohn*),批判了他自己嗜权的父亲,以及当时一整个世代军权爱国主义暴力的父亲们:

儿子:"你会放我自由吗?"

父亲:"自由?"他阴阴地一笑。"在我的屋檐下你还得待一年。至少我还能保护别人这一年中免受你的伤害。再不然还有精神病院可以关着你。现在离开我的房间,不准再进来!"

儿子冷静地掏出枪来,"看这里!再讲一句话,你的命就没了!"父亲死了,他受到沉重的打击。

1916年这出戏在布拉格上演,哈森克勒费尔成为戏剧界的明星。这部戏是他这个世代的宣言。

不过,也很少有伟大的信念像这么快就被熄灭。他的剧作《决定》(*Die Entscheidung*,1919)已经没有这么自信满满了。经过血腥的卡普政变,他写道:"这一天是我决定性的一天。从这一天起,我对政治一点野心都没有了。我的'救民病'被治好了。"但是他的写作风格还停留在表现主义,他20世纪20年代写过美好的汽车诗句,断言未来将是汽车的时代:"我和我的汽车……从前有一个国王曾经希望每个臣子家的锅里,都有一只鸡。不久以后,世界上的总统们都会宣布:每一个国民家的车库都应该有一辆汽车。在美国,一辆二手车卖25美元。一辆车很快就会像一只表一样,成为不可或缺的必需品。车子甚至比表还重要,表只能告诉你时间,汽车却能超越时间。"他转向新即物主义的风格,花了很长一段时间在佛教中寻找他的幸福,他跟托勒合作写剧本,有时也跟托勒共享一个爱人,像托勒一样躁郁沮丧,最终也和托勒一样丧失了勇气。托勒自杀后一年,哈森克勒费尔在法国艾森普罗旺斯(Aix-en-Provence)附近的米勒集中营(Les Milles)服过量安眠药自杀。赫尔曼·凯斯滕(Hermann Kesten)写道:"才20岁他就像年轻的席勒一样有名。但50岁已被世人遗忘。"

奥 斯 卡 · 玛 丽 亚 · 格 拉 夫
Oskar Maria Graf

在这波自杀的浪潮中,在这些死亡里,忧愁、绝望、远离故乡、远离自己的语言中,有一个人挺身站出来。他的想法不一样,认为这悲惨的流亡其实是某种成功的故事,需要坚持下去的故事,他想把这命运看成是重新开始的可能性,而他也真的能够这么看,他就是:巴伐利亚的民族作家**奥斯卡·玛丽亚·格拉夫(Oskar Maria Graf**,1894—1967)。他一直是共产主义者,整颗心都是共产主义,却从来没有入党,从不是共产党员。他是守护怪人和弱者的巴伐利亚民族故事叙述者,对他来说"民族"要保存一些真实的、不做假的、原始的意义。有一次在庆祝托马斯·曼生日时,他以非常巧妙的方式,指责托马斯·曼瞧不起一般人的态度。他自己则总是近乎天真地执拗于民众,全然绝对地向着他们。即使纳粹在德国成为多数后,他还是保持这个心态。

他的巴伐利亚节气故事中不可思议的美和真实,值得一读再读。雷马克肯定也会称呼他是"我手写我心"的作者。每一段落都自然天成,没有斧凿痕迹。看他写给托马斯·曼数量庞大的生日贺词,就可以知道。他的贺词文章从不省略批评,这里对《一个不问政治者的思考》(*Betrachtung eines Unpolitischen*) 提出一点政治批评,那里给《浮士德博士》(*Doktor Faustus*) 提出一点结构性的建议,同时又让人感受到他无比诚挚的祝福和仰慕。我们可以理解,在托马斯·曼的祝寿大会上,筹备委员们偏偏省略格拉夫的祝词时,为什么托马斯·曼会怫然不悦。对这些毕恭毕敬的委员来说,格拉夫的祝词显然批判过激。殊不知,这才是祝颂的最高境界。一次,托马斯·曼写信给格拉夫——而比这更被感动,更敞开心扉的言语,可能是他仅有的一次:"为什么世界总是阻隔在我们中间?我们难道不能成为朋友?"

他们成为远距离的朋友。托马斯·曼过世时,格拉夫哀恸地写道:"别大声说话,别长篇大论!让媒体、广播、电视转播里弥漫的哀伤停留——这一次千万请静默,在这无法想象的打击前屏住呼吸,最糟的事发生了:托马斯·曼死了!"

我们还是言归正传,回到他把流亡当成某种成就这个话题。是啊,格拉夫偏偏是这么想,他在纽约甚至连英语都不学,身上总是穿着家乡巴伐利亚的吊带皮裤,就这么一个人在1947年如此书写着流亡——以及有关内心的流亡:"他们之中有不少人写好了只能塞进抽屉。但是他们仍孜孜不倦,没有什么能打破他们写作的习惯。这难道不是一个强有力的证据,证明德国一旦能自由地发展,它在文化和各民族的和谐中确是一个潜在的重要因素,而且会持续下去?我并不是要否认那些留在德国没有逃亡的作家所面临的萎耗磨难及安全威胁。他们被关进希特勒的监牢中,被隔离,再也没有书写的自由。而对德国再也不信任的世界也不承认他们所写的东西。少数正直的人被当成一丘之貉,也并入该下地狱之列。所以德国流亡文学有一个重要的使命,它必须为受到不公正对待的人平反、护卫,并建立一座固若金汤的桥梁来连接过去与未来。如果我们观察一下这些令人骄傲的成果,会知道流亡海外的作家们正在执行这个任务。而这个事实可能在多年后的未来才会被承认。"

格拉夫头脑清楚、心态乐观,在对的时候讲对的话。有多少人在当时,1933年5月,发表意见?有多少人日后还记得那个夜晚?当这一切开始时。当大火在柏林歌剧广场吞噬书本,作家们心中开始有数,不久之后就轮到他们被烧。有多少人记录下来。那个头脑冷静、文理清晰的巴伐利亚民族诗人留在我们的记忆里,他愤怒地发现,他的作品只有一小部分和正义的作品一起被投入火堆,其他大部分被断定对新德国"无害"。"烧了我吧!"焚书事件不久,他即写下他不满的怒吼,他在文末写道:"将代表德国精神的作品都烧光吧!德国的精神和你们的厚脸皮一样,是不灭的。"

埃贡·埃尔温·基施
Egon Erwin Kisch

埃贡·埃尔温·基施（**Egon Erwin Kisch**，1885—1948）是个迅捷疯狂的记者。这是他给自己冠上的性格特征。很少有自封的徽号、自创的商标这么成功，这么吻合。基施是一个伟大的记者和通讯员，他去过世界上那么多、那么远的地方，速度那么快，自我封号"迅捷"，的确当之无愧。即使报告文学的观察和写作艺术不是他发明的，他至少成功地让这门艺术受到前所未有的关注。没有人能如约瑟夫·罗特（Joseph Roth）把他这项成就描写得这么动人，这么清晰。当然他描述基施的时候，想的也是他自己，当他1925年12月在讨论基施的报告文学《追赶时间》时写道："一个记者能够，也应该是个世纪性作家。真正的时效性，不会只限于24小时。时效性是时间本身，不是以一日两日来计算。这种时效性不会损伤诗人的美德，诗人不是为了事件的时效性而书写。我不明白，为什么强调当下氛围的意义会妨碍不朽。我不理解，为什么人类主观的智识、生活智慧、直觉判断、吸引注意的能力，这些被认为是批评记者缺点的特性，会妨碍天才的天赋。一个真正的天才甚至应该对拥有这些错误感到高兴。一个天才不会逃避世界，而是迎向世界。天才不会不合时宜，而是掌握时代命脉。天才征服了这个世纪，因为他出色地掌控这几十年……

"但是他这些写好的文章——纪实报道、中篇小说、日记片断，是26部小说的材料——这些材料不再需要一个小说作者的加工，它们已经有自己的生命。这些报道不必被'提升'到'艺术境界'，它们已有艺术的形式，而且是独树一帜的——因为它们'只'写'真实事态'。基施所述说的，是头条新闻的真相。"

这是基施的终身事业，写出头条新闻的真相——无处不去。他披露司法丑闻，是新闻敏感度强的记者。在第一次世界大战和西班牙内战时，总见他嘴上叼着一支烟出现在战场上，态度从容不迫、敏锐机警。他为自己身上引人注目的刺青自豪，为自己绝不动摇的心志自豪。世界上充满基施所写的奇闻轶事。有他的地方，就有新鲜事发生。他从不向恶势力妥协。1934年，当他欲前往澳洲参加一个反对极权主义的集会而被拒发签证时，他冒着摔断脖子的危险，从船上奋力一纵，跳上了岸，进入澳洲。他的案子让澳洲国会和法庭诉讼头痛不已。基施持续好几天登上澳洲的头条新闻。在那次反对极权的集会上，他脚上裹着白得发亮的纱布在讲台上走来走去，当然他是大明星，那几天里，整个澳洲的大明星。

之后他返回欧洲。当他那早已转向支持君主立宪主义的老友约瑟夫·罗特（Joseph Roth）下葬时，大家鉴于天主教与犹太教之间、社会主义和君主立宪主义之间混沌且紧张的关系，原本约好，别在葬礼现场做任何公开的立场宣示。但是当罗特支持君主政体的朋友献上他们黑黄相间的花圈，大呼口号"以国王之名，奥地利的奥托，献给君主立宪政体的忠贞捍卫者"时，基施不允许他的老朋友独由这个口号陪着下葬。对此，写罗特传记的戴维·布朗森（David Bronsen）在书中叙述："这时他异常愤怒，从共产队伍中挺身而出，用力把一块土丢进坑里，接着又抛出一束红色康乃馨，比谁都大声地喊：'以你社会民主党同志之名。'"

基施是共产党人，立场从没有改变。希特勒与斯大林成功夺权时，他也没有动摇过。流亡时期他在墨西哥度过，"二战"结束后回到布拉格，1948年3月因心脏病突发去世。

08

墨水里的金龟子

—
蜜蜂玛雅老是在绕圈。

—
瓦尔德马·邦塞尔
不再明白这个世界。不久之后就回来。

—
阿希姆·林格尔纳茨
从舞台上被请下来,邮票的恋爱总是徒劳。

瓦尔德马·邦塞尔
Waldemar Bonsels

他怎么会走到这步田地?所写的书都被投入不符合德意志精神的火堆?他问自己。答案很快就浮现。"啊,生涩狂暴的青春。"**瓦尔德马·邦塞尔**(**Waldemar Bonsels**,1880—1952)对自己说。在他1980年出版的作品合集导言里,他的传记作家莉妮·许布施-普夫勒格(Lini Hübsch-Pfleger)写道:"要了解,在盲目的激情下,很多书被焚毁都没有明确原因。"不过他的《蜜蜂玛雅》(*Biene Maja*,1912)到底还是被保留。玛雅可以留存,但是他自传性质的作品《童年的日子》(*Tage der Kindheit*,1931),正面描写一个犹太女孩的成长历程,当然被认为十恶不赦,要下火烧地狱。然而,当局势看来如此,当这个"生涩狂暴的青春"持续的时间比预期还要久的时候,邦塞尔考虑要不要到美国去。他以演讲为名,旅行了一趟,觉得美国的一切都很讨厌,人们只相信科技而且道德堕落:"这里没有什么不是很快就被相信,随即又被丢弃的。在这种科技文化下,要辨别什么是信执的热情,什么是商业利益上有成功经验,但昧着良心的剥削,是很困难的。"这种情形在德国没有这么糟糕。还好他在昔日的学生时代,认识了帝国文创处[1]的处长汉斯·约斯特(Hannsjohst),一个知道怎么利用时势来发展自己事业的人。邦塞尔请他收留,而他也很乐意帮忙《蜜蜂玛雅》的作者返回德国,邦塞尔所有的书也都再度出现。邦塞尔想着,之前他猜得没错?整起焚书事件的过程里,并非一切都是按部就班地处理的。有一些书没有正当的理由就这么被烧掉了。难道这反而对新政府有利,有错误才能改正。1935年他又回到文坛,刚开始时写一些明朗沉静的小品,然后是杂文,然后是有关耶稣基督、浪漫诗人诺瓦利斯(Novalis)和犹太人的书。这些文稿都还符合新政府的理想。

他的传记作者解释道——应该是一种自我辩护:"有关他对犹太人的想法,早在1933年以前,他就和到他家做客的犹太朋友及认识的人讨论过。"(他有很多犹太朋友这种暗示明显令人厌恶。)他对犹太人的想法,或者如他自己所称,对"犹太问题"的想法,不需仔细检视,就可以很简单地用其反犹太的话语来概括:"欧洲民族起来斗争犹太教,本质上针对的是在基督信仰中,我们被迫相信,以《旧约》来影响我们的那个上帝,而不是反对信仰犹太教的人。如果耶稣基督所传达的启示、智慧和福音不是有条件地到达我

---

[1] 帝国文创处,指焚书之后,纳粹帝国设置的帝国文化部,下设三处,其一即为此处。

们身上,我们不需接受《旧约》的成分,不需接受《旧约》作为我们的道德标准,就不会有憎恨犹太的情绪。"至于犹太人是如何办到把《旧约》中的基督塞进《圣经》里的,邦塞尔没有告诉我们。可以确定的一点是:会有反犹太主义存在,其责任在犹太人自己。

《蜜蜂玛雅》的作者在1935年的德国大放异彩。

当"二战"后同盟国对他的作品发表发出禁令的,他当然觉得受到莫大的侮辱。

阿希姆·林格尔纳茨
Joachim Ringelnatz

1924年夏天，古斯塔夫·基彭霍伊尔出版社（Gustav Kiepenheuer Verlag）收到警察局法官指令，由波茨坦的齐策维茨（Zitzewitz）签发，作家兼画家**阿希姆·林格尔纳茨**（**Joachim Ringelnatz**，1883—1934）所著《神秘的儿童游戏集》（*Geheimes Kinder-Spiel-Buch*, 1924）"在封面外一眼可见的地方没有加上这本书儿童不宜的标示。"警察局长齐策维茨也马上解释提出行动措施：此书的内容危害"孩子对道德的认知，这个认知是败坏道德、为警察所不能姑息的"。本来这本书对父母的世界就该是一个危险，这是作者的意图。林格尔纳茨所以在书的封面上加印："给5至15岁的孩子"——一本美妙的儿童革命书籍，充满与父母的世界对立的诡谲、机智和计谋，反对父母的专横，同时完全自由地与孩子残酷交流：

金龟子作画

墨水里的金龟子

把金龟子泡进墨水里（苍蝇也可以），
两种颜色混合更好，黑和红，
别把金龟子泡在里面太久，
要不然它会死掉。
不必先把它的翅膀撕掉。
然后赶快把它丢到纸上，
用笔去赶它，
它就会画出奇异的线条，写出奇特的文字。
它曾经帮我写出一整首诗句。

如果你妈妈来了，就扮一个鬼脸，
说："不是我！"

林格尔纳茨曾担任见习水手、二级水手及水手，"一战"时，还担任过一艘鱼雷追踪船的船长。他干过一千种行业，身上永远没钱，一天想出几千个主意，曾当过诗人、表演艺术家，儿童之友、漆匠和画家——最后画画成为他最重要的事情。他永远在旅行，一个晚上常常有两场表演，从1920年开始和他的副手"贝壳化石"搭档。他创造出不朽的水手形象"库特尔·达德尔杜"（Kuttel Daddeldu），"汉堡蚂蚁"当然也是：

在汉堡住着两只蚂蚁，

它们想旅行去澳洲。
走到"阿尔托纳"区,在大道上,
两只蚂蚁的腿酸了。
它们立即明智地放弃剩下的一段旅程。

(人常常希望这么做,却又不能这么做,即使做了又很喜欢放弃。)

现在我们既然讲到旅行:

一张男邮票的感受
十分美哉,在他被贴之前。
他被一位公主舔了舔,
爱苗就在他里面苏醒。

他还想再吻吻她,
却必须开始他的旅程。
就这样他的爱恋白费了,
这就是生命的无奈!

最后他的下场凄惨。不仅他的书被烧毁,肺结核也让他受尽折磨,无法表演。他身无分文,汉堡禁止他上台演出,后来德累斯顿曾邀请他上台,他在瑞士又演了几场,直到体力不支。而他的画作,也是他全部骄傲的《水边的夜晚》(Nachts am Wasser)被纳粹列为颓废艺术,从柏林国家美术馆撤出。他的一生再也没有希望。只剩仅存的依恋:

生活于你,已无意义,
此一生命,早就过长——
忽然——在你身边,
靠着你的——
是什么?
是那,你长久的渴望。

他最后一首诗标题是《喋声》,诗末是:

而在幽暗的阴影中,
喋声念书。
我们现有的,我们曾有的,
我们所有的——
从某个早晨便全部消失了。

在他的葬礼上,乐队吹奏他最喜爱的曲子《帕洛玛》(La Paloma),他最好的朋友,演员保罗·韦格纳(Paul Wegner)对着穆舍尔卡尔克(Muschelkalk)朗诵林格尔纳茨写给她的诗句:

如果我死了，绝不允许你悲伤，
我的爱比我的生命还长。
它会以另一种样貌与你相遇，
祝福你。

09

跟世界告别

路德维希·鲁比纳
与宗教统一。

伯恩哈德·克勒曼
诗词、科技、隧道恐惧以及隧道愿景。

阿尔布雷希特·舍费尔
另一个时代的海利安特(Helianth)。文学的句点?

拉赫尔·桑察拉
犹太名字的悲剧。

格奥尔格·赫尔曼
没有目的地的旅行,永远。

路德维希·鲁比纳
Ludwig Rubiner

库德·平图思（Kurt Pinthus）1919年秋天出版，有名的表现主义诗选《人类的曙光》（*Menschheitsdämmerung*）中有一章附录，年轻的诗人们有机会在此描写他们的生平和作品。有一个人写得短促、毫不客气："**路德维希·鲁比纳**（**Ludwig Rubiner**，1881—1920）不想留下生平的痕迹。他相信，不只是罗列个人生平事迹，还有介绍作品和写作日期，都来自个人主义平庸艺术本质的高傲过去。他坚信，对于现在和未来，值得留下的只有未注姓名的集体创造性归属。"

几个星期之后，路德维希就死了。死因是肺炎，在柏林一家私人医院里，时年38岁。现在他可能会觉得，我们给了太多他个人的资料了。那就谈谈作品吧。他的作品今日读起来，跟其他表现派普通的作品一样，感觉像拙劣的玩笑。好像是对书写新生活赞歌的人的嘲讽。我们短短地带入他的一些作品，简单介绍一下。鲁比纳的《人》:"发光的人类从黑夜里迈出火炬般的四肢,将双手浇灌于大地之上,闪亮的数字,哦!喷溅的泉线一如金属熔液。但是当火热的地球通了电(她会像弓一样弯身?),电流不会再嗡嗡地跑回来吗?薄薄四散,重重落在地球上:动物咩咩叫。绿树芳香,花朵缤纷如舞蹈,阳光如大雨般流泻。乐声长扬。"嗯,火热的地球通电弯身,所有一切呼啸回返以后,大结局是:音乐。音乐对于曾经做过乐评人,之后成为诗人和狂热分子的鲁比纳来说,是不能信赖的。普契尼、瓦格纳,每个作曲家都是罪犯,每个乐迷都是社会的背叛者,鲁比纳说他们:"音乐是最容易和最方便逃避自己责任的艺术形式。沉醉于唱片中,是逃避自己的方法,正好不必为别人负责。(音乐——好的音乐,愈好愈糟糕——是孤立之路。德国人很有音乐天赋,却也因音乐被孤立了!)"

鲁比纳的文章里总是很热闹。他是一个全力冲刺的诗人,总是高速冲刺跑过整篇文章,夸张所有的事物,总是有自己的原创性,总是妄自尊大,疯狂,太过浪漫,煽情,在拯救世界的路上。《诗人参与政治》是他最有名的文章。对阿尔弗雷德·克尔(Alfred Kerr)的颂扬,也是他对自己的颂扬:"我无法与像猪一样的人交谈,他们故作天真、怀疑地询问:人为什么要从事政治——或生活——况且一切都会自动发生……有些事情我知道,但是不再准备去讨论。我知道,合乎标准的生命目标只有一个:强度,火尾巴的强度,它的撕裂,它的分割,它的爆炸。"跟其他大多数在大战前也幻想"内在的爆炸"的表现派作家不同,1914年以前对鲁比纳来说，这还不是一个议题，如今他却在这个领域寻找断折、碎裂？其实正好相反，鲁比纳还是保持他的冷静，从第一次世界大战的第一天就反对战争，选择流亡逃到瑞士，书写反战文学、罗列战争的罪恶、替热内·席克勒（René Schickele）的报纸《白色报章》（Weiße blätter）撰文，还写出剧作《不暴力的人》（*Die Gewaltlosen*, 1919）。1916年，一个朋友——为了再次突破自传禁令——曾如此描写反战及同情世界苦难的鲁比纳："当他讲到世界所受的惊惶时，他泛起像婴儿一般的粉红色、嘴上还有一撮小胡子的脸，因为怒气涨得通红，久久无法恢复。"他梦想世界大同，人人平等。最初他把希望寄托宗教，后来移转到共产主义上。

匿名的社群，也就是优秀的诗人，应该得到爱的胜利。他一直都很清楚，这一切是为了所有的一切。小的目标不是目标。他的文稿中，"全球意义"、"全球道德决定"这样的字眼不停出现。鲁比纳的理想是世界在爱中融合。是的，他很疯狂，而且伟大："人类社群应有的全球意识是这个世纪的进程，我们看着它开始，这个开始无法再被毁坏。现在最重要的是，促成一个世界社群意识。"

他死后13年，这个主张听起来仍然非常危险，以致纳粹把鲁比纳的作品一股脑儿都扔进火堆里。

伯恩哈德·克勒曼
Bernhard Kellermann

伯恩哈德·克勒曼（Bernhard Kellermann，1897—1951）写出20世纪德国第一本畅销排行榜第一名的书。他的小说《海底隧道》（*Der Tunnel*，1913）从出版到1933年为止，光在德国就卖出一百多万本。这部小说被翻译成25种语言。像这样的书、这样的人，居然会被遗忘，这是什么世界啊！《隧道》写的是一个超级巨大的计划，是一部20世纪初的科幻小说。内容描写大西洋底下连接美洲和欧洲隧道的建造，是一份当时科技情形的报道，预测未来，股市的希望与股票崩盘，有大量的工作机会却又出现大量失业，描述隧道开始建造后26年内上千人的死亡和胜利。最后隧道终于通车，火车以时速295公里（书中的预测就是这么大胆、这么准确）在大西洋下穿梭。天空中，飞船更快、更便宜、更让人舒适地来往。而隧道，是已经被实现的未来，早就被现代超越取代。读者非常喜爱克勒曼结合科技知识、对未来的恐惧和期待、对资本主义的批判和对人性的认知的做法。之前他已经写过以汉姆生（Hamsun）一派为典范的"诗律小说"（Lyrische Romane），例如《英格博格》（*Ingeborg*，1906）和《大海》（*Das Meer*，1910），充满自恋、迷恋大自然及狂醉："这个春天比我经历过的任何一个春天都美。它有自己独特的空气，这空气不发颤、不激动。这空气像山谷里静静躺着的一颗露珠，澄静清明。这空气还有它独特的滋味，我每一次呼吸便尝到还来不及觉察冰雪便已化为蜂蜜的味道。"

然后：科技和对科技的批判，这是转折点。整个"一战"期间，他都在书房里度过。战争之后，他是第一批把革命小说推上市场的人之一。《十一月九日》（*Der 9. November*）在 1920 年出版，愤怒地清算柏林——"世界上最丑陋的城市"——的军事主义，也清算战争及战争所带来的苦难。十一月九日革命如何发生，他花大篇幅计算描写当时所有事件的效应，来欢迎新的国家、新的政策——"眼窝深陷的人、被遗忘的人、被唾弃的人、被活埋的人、被贬谪的人、被拷打的人、被钉上十字架的人——是的，他们从十字架上下来了。"

对，从十字架上，克勒曼是一个喜欢夸张的艺术家，总是涂抹得过分一点，在语言上，在画面上，在结果上也不例外。也许他缺少对自己语言和故事的自信。又或者他其实太过自信。

现在要做的所剩不多了——他还在继续写，畅游世界，但是盛大的成功已经成为过往。如果不是因为《十一月九日》这本书的话，他的书一本也不会被烧（他的作品中有些反犹太的地方和反犹太角色）。但是唯一的这本，讲述革命的这本，还是被烧毁。除此之外，克勒曼身上没有发生别的事。他没有被重视，也得不到纸来印他的书，感觉像活活被装进棺材，但是他还是留在德国。

战争之后，他小小庆祝了一下胜利，搬到民主德国，跟约翰内斯·R.贝歇尔（Johannes R. Becher）一起创立文化协会，并创作小说《亡灵舞》（*Totentanz*, 1948），描写纳粹时代安身立命之道。小说以"好的，我们开始来谈如何赎罪"结尾。克勒曼成为人民议院代表、民主德国代表，因此导致联邦德国再一次将他的作品从书架上清理下来，彻底忘记了他。

阿尔布雷希特·舍费尔
Albrecht Schaeffer

阿尔布雷希特·舍费尔（**Albrecht Schaeffer**，1885—1950）努力从传统文学矿脉中挖掘宝藏，运用到自己特殊的世界里。他的小说《埃莉或七级台阶》(*Elli oder sieben Treppen*，1919）处理的是一个年轻女人一步一步堕落的内容，这本书被收进赫尔曼的黑名单里，真是令人大感意外，因为舍费尔重新翻写奥德修斯之旅、圣杯骑士，模仿荷尔德林（Hölderlin）几可乱真，跟乔治（George）很亲近，书写典雅、篇幅很长、模仿古典手法及不受时代限制的史书风格[1]——令人不禁要问：他的书为什么会上黑名单？为何今日还有阅读的价值？像这样的开始："从哪里开始？——人类的宿命啊！如一团乱麻，无法解释？宿命啊，人称之为唯一的所有，却总是有别人来参与，必须和别人一起建造。"类似这样的疑惑一直

---

[1] 以上所列文学家与作品及风格，都是纳粹所喜。

持续下去。他的主要作品《黑利安特》(*Helianth*，1920) 总共有 2500 页那么长。当魏德尔出版社 (Weidle Verlag) 1995 年出版经过移民在外的作者重新编辑过的文稿时，出版社说："这本书标志着德国文学的某个终点和转折点。"谁愿意的话，相信无妨。本身是阅读艺术家的小说导读者罗尔夫·福尔曼 (Rolf Vollmann) 跟汉斯·海尼 (Hanns Henny) 与阿诺·施密特 (Arno Smitdt) 一样，都是这本书的好朋友——开始看这本漫无尽头的书便无法释卷，他写道："关于舍费尔，可以谈的还很多，比如说，在这本庞大的书中，他故意置放的时间（喜欢的话也可以说他的辩证）、他无垠的辞海等，还有，这本书真的是好书吗？……我不知道；但是我相信，在这种情况下，罕见的是，阅读一部小说的艺术在于，至少有那么一次（两次，算上古茨科的话），并不想完全了解全局。"那好吧。

拉赫尔·桑察拉
Rachel Sanzara

如果约翰娜·布勒施克（Johanna Bleschke）不给自己取名叫作**拉赫尔·桑察拉**（**Rachel Sanzara**，1894—1936），事情可能完全两样。那是1917年3月的时候，她在柏林城区库达姆大街（Kurfürstendamm）表演单人节目。一时兴起，也为荣耀她的许多犹太朋友，并渴望另一种生活，她便给自己取名：拉埃尔·桑萨拉（Rachel Sansara），后来又改成桑察拉（Sanzam）。她的舞蹈演戏生涯开始得很辉煌：她主演朋友恩斯特·魏斯同名剧本中的女主角，战后经典名作《谭雅》（*Tanja*）。她又跳舞又演电影，享有达姆施塔特（Darmstadt）国家剧院的终身聘用。1924年她想重温当年在柏林饰演谭雅的光彩，但是观众和评论忽然都不喜欢这个剧本和角色了，她只好放弃演艺生涯。两年后她发表一部小说，这部小说又把她捧红:《失落的孩子》（*Das verlorene Kind*）是1926年出版界的大事，戈特弗里德·贝恩（Gottfried Benn）、卡尔·楚克迈尔（Carl

Zuckmayer)以及其他许多知名作家和评论家都对这部小说称颂不已。阿尔贝特·埃伦斯坦（Albert Ehrenstein）甚至说："《失落的孩子》似乎是德国20世纪女作家所写最好的散文作品……这本书至少在道德层面上可媲美托尔斯泰，语言上更是完美的大家。"

今天，谁读了这本书，都会觉得奇怪，为什么它当时赢得那么多的赞美，为什么德国人和欧洲人会争先购买？甚至当我们把表现派的习惯抽离后，还会觉得语言太浓重、荒唐无稽、无病呻吟、阴森恐怖："从女孩幽远的眼神中，黑暗朝着他笼罩下来，激动中，恐惧推挤着强烈追求幸福的欲望，而他的心已决定同时向恐惧与幸福屈服。"谁？哦，他呀："克里斯蒂安毕竟还是没有回到城市。他的家乡、土地的芬芳、动物的气味、人的温暖都牵引着他，和他同等、爽朗和沉静的人。"然后又开始了："他感觉到热血悄悄地、亲密地、顺从地自心头涌上，感觉到热血流进四肢百骸，感觉到……"诸如此类。这本书最吸引人的地方在它的题材：一个四岁女孩被性侵虐杀。书中作者用太过滥情、宿命血腥的语言，将情节描述推向可怕的高峰："从邪恶势力中滋生、可怕如恶魔的面具从他的血液深处跨出，贪婪的欲望溢满他气质柔软、天使般的面容。裙子底下，他感觉到孩子柔嫩的肉体，轻轻随着脉搏起伏颤抖着……"我们最好就此打住。从他血液深处孳衍出来的，是从强暴行为中生养出的他自己。他的母亲之后在法庭上，戏剧性地详细揭示出这一点。整个故事取材自19世纪的一个真实事件，出自"新案例"（Neuer Pitaval），但是小说并没有比案例本身好。桑察拉先是必须面对剽窃的谴责，谴责没有成功时，又被怀疑此书其实是她的朋友恩斯特·怀斯（Ernst Weiβ）所写。尽管书卖得好，恶评始终没有中止。

这本书怎么会被丢进 1933 年 5 月 10 日的大火中呢？原因可能只是因为纳粹误以为给自己取名拉赫尔·桑察拉的约翰娜·布勒施克是犹太人。

格奥尔格·赫尔曼
Georg Hermann

格奥尔格·赫尔曼（**Georg Hermann**，1871—1943）的名字其实是格奥尔格·博尔夏特（Georg Borchardt），是诗人鲁道夫·博尔夏特（Rudolf Borchardt）的堂兄弟，是发现埃及女王头像"奈费尔提蒂"（Nofretete）的考古学家路德维希·博尔夏特（Ludwig Borchardt）的兄弟。但是他给自己一个新的姓氏——赫尔曼（Hermann），用的是他父亲的名字，"他的生与死，是一个没有希望的下层人类艰难的生活和苦涩的死亡。"赫尔曼想要纪念父亲，想要一辈子都纪念这位为正义奋战的犹太商人，他的父亲1877年破产后，继续为生活奋斗，直到为了八口之家的生计太过疲累而死，时年59岁。当时赫尔曼19岁，已经写出体裁多样、数量可观的作品，包括21部小说，还有散文、剧本和游记。他的小说文学性及娱乐性都很高，属于柏林20世纪初以及之后的犹太文学。《耶特兴·格贝特》（*Jettchen Gebert*，1906）和《亨里特·雅各比》（*Henriette Jacoby*，

1908）是两部畅销书。他所描写的犹太世界，总是含有即将烟消云散的预感，而且并不是今天才被人发现。这个预感，让他成为最后一个描写德国犹太世界的作家，在他所有的作品中都能找到这种预感。刚开始时，这种感觉只是埋藏在字里行间，随着时间而愈来愈明显。晚期他回想："1914 年以前人们实在还不会去分辨，谁是犹太人或是犹太人的远亲。反犹太情绪开始出现，但就像夏天夜晚的蚊子一样烦人，把它赶开以后，就会觉得外面露天坐着多美好，又舒适又温暖……1914 年这种情形变了一个样子。我自己可以说不喜欢任何宗教，但是我的犹太血统早就在血液中流着，而且，当时局势尚未演变至此，我的内心还是受到犹太文化的教化……犹太文化对我而言，是端正的欧洲人西装外套下的背心。"

时代把他变成德国犹太文化、犹太生活的历史记录者。在 5 册小说合辑《链》（*Die Kette*，1917—1934）中，他巨细靡遗详述一切。他写莱茵的英雄"弗里茨·艾斯纳"（Fritz Eisner），几乎有点是他的自叙："他不喜欢不麻烦的事，不喜欢名流，不喜欢有官位或者有职业的人；对他来说，只有仍在圈外徘徊，今天仍不知道明天的能力的人，才是有价值的。千万不要功成名就！千万不要得意自满！"

直到最后一刻他都谨守一开始他为什么选择父亲的名字作笔名时的原则。

1933 年 3 月，他匆匆忙忙逃离家乡，离开在内卡尔格明德（Neckar-gemüd）充满回忆和照片的房子，前往荷兰，在那里生活,结果愈来愈穷,而且还生病,跟他最小的女儿乌尔苏拉(Ursula)相依为命。这一年里他写给另一个女儿希尔德(Hilde)跑遍世界的信,让人心酸。最后这个女儿在德黑兰,因战争期间书信无法投递,从此没有她的音讯。赫尔曼在一篇短文,也是他最后一篇短文《告别世界,献给我的孩子们》(*Weltabschied "für meine Kinder bestimmet"*, 1935)的文末写道:"可惜的还是,这么多独特的回忆和美好的小小经历、事物、字句、印象、单独一次的存在,这些独一无二的美好记忆,将随着我从这个世界上消失。但是我终究还是告知了足够多的人,给你们,给那些将来还想再和我谈谈话的人。如果我不再存在了,也只是好像我不知道旅行到哪里去了,虽然我没有寄风景明信片给你们。但是我已然用千百种形式写给你们这么多的信,你们只要去翻一翻,我就又回来了——如果你们不想这么做,也没有关系,孩子。除了你们之外,我也没有其他人要道别。珍重再见。"

1943 年赫尔曼被关进被德国占领的荷兰集中营韦斯特博克(Westerbork)。此后他患有严重的心脏病和糖尿病,在被移往奥斯威辛集中营后遇害,时年 72 岁。

10

有信念的人请站出来!

弗里茨·冯·翁鲁
国王留着长发的朋友,却也是战地英雄及国王最大的反对者。

埃米尔·费尔登
和平的神父,赞成德国社会民主党(SPD)。

卡尔·施罗德
蟋蟀经济抱怨者,因为左派共产立场退出德国共产党(KPD),并且为了能继续奋斗而留在国内。

弗里茨·冯·翁鲁

Fritz von Unruh

停！安静！我们处在凡尔登（Verckm）前！将军在想："'驻扎在此有三个军团，我们的军团在中间。我们要进攻考勒斯森林（Caureswald），直打到博蒙（Beaumont）和344高地。参谋总部相信，如果我们攻下这条线，到达蒂奥蒙山脊（Thmumont），那么凡尔登堡垒就毁了。三百万发炮弹已经准备好，13日，早晨11点，进攻！信心坚定，从将领到分队！怀疑不能成功？绝无此事。没有借口，义无反顾！将军说，成败在此一举！一次攻击凡尔登的人数没有几千人吗？'——他顿一口气。'那意思是：前进、下去、所有有信仰的人都聚集！只有如此才能改变世界。风暴许多人都预见，只有少数人思考如何抓住机会去改变，这需要勇气！我们自发的动力！'"

这是**弗里茨·冯·翁鲁（Fritz von Unruh**，1885—1970）所写的。他是一个普鲁士军官的儿子，在普伦（Plon）军事学校跟国王的儿子奥斯卡（Oskar）和威廉（Wilhelm）一起受教育，之后加入国王在柏林的亲卫队。1911年他被迫退伍，在第一部剧作《军官》（*Offiziere*）出版并被搬上舞台获得欢呼之后，他的第二部剧作《路易·费迪南德，普鲁士的王子》（*Louis Ferdinand Prinzzu Preußen*，1913）被国王亲自下令禁止。这个剧本对军队与皇室批评太多也太写实。尽管如此，马克斯·赖因哈特（Max Reinhard）还是计划把它搬上舞台。真的上演的话，事情就闹大了，可惜战争爆发。翁鲁答应他的母亲——她前四个孩子都已奔赴战场，家里只剩他一个儿子——他不会自愿去当兵。但是，基于使命感、对理想的热情和责任感，时代还是把他推上了战场。他成为连长、营长，负责书写宣传战况报道给指挥阶层。指挥阶层大大震惊，这是太过真实的胡说八道！他们要的是英雄！他接着写《自我牺牲》（*Opfergang*），1916年，如之前所引的文句，在凡尔登的战役正激烈。他做现场报道，不再使用文学性的诗句，而只写散文。吼叫与命令，希望、恐惧和震惊："每个人都能够感觉到！谁说这种冲动是出自人类天性？熊熊燃烧吧，直到欧洲这种疯狂化成灰烬阵亡！——凡尔登！"多不可思议的时刻，在这个时刻，世界与文学历史从这里开始，1916年在总指挥的营帐里：他把文稿念给普伦（Plön）的老同学听，念他的书给他天真无知的王子同学听。王子大吃一惊。这本书当然不准出版，但是这也代表，在战壕中无数的副本正在流传。同年他完成悲剧《一个世代》（*Ein Geschlecht*），并于1917年出版。发生地点不再是战场，而是一座盖满坟墓的山头："我召唤所有的母亲歃血为盟！将你们原先燃烧给世界的死亡风暴的褪色祝福，凝结成诅咒！"

大战之后，他成为德国舞台上的明星。他是一个贵族，同时又是国王亲密的朋友，不仅文采丰沛，而且是军官的儿子、是大战的英雄，同时却又坚决反战。他的剧作因此被年轻人奉为圭臬。"他是一个年轻的普鲁士军官，像其他很多普鲁士军官一样——或者其实不是，他并不像其他人一样。"克劳斯·曼和埃丽卡·曼（Klaus und Erika Mann）稍后在他们的流亡录《逃命》（*Escape to life*）上写道："他的命运是在大战时，经历触动灵魂的转变而解放了他的精神。这个出身传统普鲁士军官家庭的少年成为和平与世界融合的使者。"

但是一切到此为止。他虽然没有停笔，但是已然江郎才尽。弗里茨·冯·翁鲁的时代很快就成为过去。他新的剧作也不再受剧评家和观众的青睐。"套在石化、巨大、同时力求象征性塑造技巧的努力，让剧中人物抽筋扭曲。"阿图尔·埃勒塞尔（Arthur Erloesser）已经如此评论他早期的作品。《沃斯日报》（*Die Vossische Zeitung*）评议："战争已经过去，革命的暴风雨也已将潮室的空气扫清，对于因这场悲剧引发的怒吼，我们已经不那么疯狂地思考。"

把生活继续建立在往日的光辉上，很不容易。冯·翁鲁到处演说、写剧本，继而也写小说，逃亡到意大利、法国、西班牙，最后到美国。战争结束后，他再一次庆祝他的胜利。在保罗教堂集会一百年之后，他被请到保罗教堂集会地点《献给德国人的演讲》。

连这个演讲也没有得到该有的作用。他不再被大众所熟知。一方面是因为无法东山再起,另一方面则是复辟事件使他痛苦不堪。他不断收到匿名恐吓信,信中用神秘记号署名,骂他是叛国贼。他——如所有流亡者一样,战后在联邦德国并不受欢迎。因为抗议重新武装联邦德国,1954年他再次离开德国,前往美国。但1962年他又回到德国,直到1970年去世,依然没有找到自己的根,享年85岁。

埃米尔·费尔登
Emil Felden

阿尔贝特·施魏策尔（Albert Schweitzer）曾说他："满怀理想让他成为斗士。从神学上来看，我们之间并没有那么大的差别。"这一定是因为他们拥有共同的基础，阿尔贝特·施魏策尔和**埃米尔·费尔登**（**Emil Felden**，1874—1959）于19世纪末在斯特拉斯堡（StmBbmg）一起就读神学院，彼此有共同的神学生活基础。新教神学家埃米尔·费尔登一辈子持续的战斗精神，无论如何可以和他的大学同学阿尔贝特·施魏策尔媲美。他总是到有伤痛的地方，艰难的道路好像磁铁一样吸引着他。他第一个神职地点在保守地区阿尔萨斯的德林根（Dehlingen），三年后他空出职位，以便在反对教会干预政治的《阿尔萨斯日报》担任编辑。之后他得到科尔马（Colmar）选区的国会席位，这个席位之前一直握在宗教极端保守人士手中。接着他成为不莱梅（Bremen）的神父，致力于接受雇员进入修道院工作，1908年他让一位妇女布道，确定了牧区规定——宗教上男女平等。

这位斗士的生活一直如此。第一次世界大战期间，他为和平主义的核心"国际法"（Völkerrecht）工作，宣扬教义停止种族屠杀。大战之后，他将零散的文稿集结起来出版了《反对，反对》（*Anti Anti*, 1923），来反对"反犹太"，而成为社会民主党的国会代表。他总是一再警告，要注意渐成势力的纳粹。1923 年他是第一位因为政治因素被免去神职，被迫提早退休的神父。

除了报章的发表和政治召唤之外，所有可以写的，费尔登差不多都发表过。包括一本童话集《冷酷的心》（*Der Mann mit dem harten Herz*, 1922）、一本易卜生剧作评论、一本《兔子饲养》（*Kaninchenzucht*, 1916）、婚姻破裂期间的书信集《国王的孩子们》（*Königskinder*, 1916）、有关未来的报告文学《未来的人类》（*Menschenm vom Movgm*, 1918）、《为和平而战》——一本献给自由人的书（*Im Kampf um Freiden——Ein Buck für freie Menschen*, 1918）、宗教歌曲、辛辣幽默的小说《爱的大衣》（*Die Mänte der Liebe*, 1924）以及其他许许多多作品。无法想象的生命、不可思议之书的集合。但是今天这些书几乎都消失了，可能因为它们用处不大。这么极端又毫无选择的什么题材都写，可能没有一本书能够写得彻底。费尔登有一本书还能在古书店找到，《一个人的道路》（*Eines Menschen Weg*, 1927），是他唯一一本畅销书。由于他长年活跃于公开的反对反犹太活动，所有他的书都因此付之一炬，再也不存在。而上述这本书是关于弗里德里希·埃伯特（Friedrich Ebert）的生活传记，一部有关忠诚的心、社会民主主义的英雄故事,很好看。我们可以说它"感情丰富",有时候有点煽情,但是从没有批判。本书记录埃伯特在海德堡的童年、他维护公正根深蒂固的意志,以及良善的知识,书从一开始就都是正确的东西。11月9日,在决定的那一天,埃伯特就站在那个所有重担都压在身上的人身边,重担指的是最近的打击,革命的打击,而埃伯特靠近的那个人就是德国共和国会总理沙伊德曼(Philipp Scheidemann);沙伊德曼太早宣布共和,埃伯特感到震惊,但也对秩序满怀期望——"埃伯特站在国会的一扇窗边,看着巨大的人潮在蒂尔公园(Tiergarten)的国王广场(Königsplatz)上翻腾汹涌。铁一般的宁静压迫着他。这个人真有胆!"是啊!有时候奇特并不是人自愿的。但是人总是会觉得,离真相很近很近。这本书不是自传体的大师作品,却是一本温暖的好书,是费尔登在埃伯特死后不久写的。这是第一本被后代留传下来当作英雄典范,描写魏玛共和之父的生命之书!

卡尔·施罗德
Karl Schröder

卡尔·施罗德（**Karl Schröder**，1884—1959）书写工人小说，讲述工人世界的奋斗故事。他直接从工厂、从工人奋斗、从不公不义、从压迫中取材。作品中感觉不到温暖的同情，总是站在资本主义机械性的角度描写、思考。他写工人的奋斗，以及奋斗在哪一点出问题；也写空壳公司和它的运作手法；以及一个公司失败的过程，然后以百分之五十的利润转手；还有买空卖空的手段、犯罪的手段、作为资本主义的剥削。《哈默卢克股份公司》（*Aktien-Gesellschaft Hammerluke*，1928）是一个极端共产主义者卡尔·施罗德工厂出品的小说样品。他于1919年因为极左的共产立场被德国共产党开除党籍，之后他在莫斯科和列宁、托洛茨基（Troyzki）及布哈林（Bucharin）会面，并在德国将最大的工人阅读圈组织起来。卡尔·施罗德还指挥过20世纪30年代成立的"红色斗士"（Die Roten Kampfer）。他冷静的共产主义小说，传达着清楚的信息，号召团结一致，总是和革命站在一起。宣扬只有团结、奋斗才会成功。几乎为了所有的事奋斗，为新的制度，为新的世界。《哈默卢克证券公司》的结尾是，书中主角埃尔温·格林贝格（Erwin Grünberg）写信给想引诱格林贝格到他新的公司去的工厂领导人，他是一个好人，但是一个资本家。格林贝格说："我很诚实地跟您说，领导先生，我理论上绝不可能学会的，虽然实行时间很短，也够我明白——像世界现在这个样子，不能再继续下去了。我们之中大多数人，包括我，都没有理由这么做，只是简单的因为我学过，在今天这个制度下不能避免不道德。我不是工人，也不想做一个工人，因为做一个工人一定非常痛苦。就像大家所说的，我是一个精神工作者。但是我现在知道，只有牺牲精神和团结力量，手脑并用，我们才可能有健康的未来。"

卡尔·施罗德于1933年转往地下活动。1936年被捕，判刑4年，之后又被关进多处集中营，最艰苦的形势他都熬过来了。大战结束之后，他开始建立柏林新克尔恩（Neukölln）的社区大学，成为大学校长，并加入德国统一社会党（SED）。长期的监禁影响了他的健康，他于1950年去世。

11

这本书会成为大热门！

—
阿图尔·霍利切尔
如同托马斯·曼小说中苦难的生活和人物。

—
京特·比肯费尔德
寇特布思（Cottbus）的恺撒。

—
雅各布·瓦塞尔曼
从畅销百万跌入谷底。

—
阿图尔·施尼茨勒
怀疑一切又幸运死得早。

阿图尔·霍利切尔
Arthur Holitschner

我为了写这本《焚书之书》做准备工作时,没有多少作品像**阿图尔·霍利切尔**(**Arthur Holitschner**,1869—1941)写的生活回忆录一样,让我印象深刻、感动不已。今天几乎没有人认识他了,但还是有人看过他的书——他的别名是:作家德特勒夫·施皮内尔(Detlev Spinell)。作家施皮内尔是"艾因弗里德"疗养院的病人,他是20世纪初托马斯·曼继《布登勃洛克一家》(*Buddenbrooks*)之后不久,所创作的中篇小说《特里斯坦》(*Tristan*)中的角色。他是托马斯·曼写过最可笑,描刻得最不留情的角色之一。托马斯·曼在文中对医院里的病友暗称这角色是"陈腐的婴儿"。小说中的施皮内尔什么也不会,他长得很丑——满嘴蛀牙、一双大脚、配上一个肉鼻。施皮内尔觉得自己是出色的人,但是他连最简单的生活要求都无法应付。施皮内尔写了一本书,整天把书抱在怀里很得意地抚摸。每天他寄出两封信,自己却从未收到过邮件。施皮内尔曾追求他爱慕的病友加布里埃莱·克勒特雅恩（Gabriele Klöterjahn）女士，希望能跟她共享艺术和爱的世界，却写信侮辱他每天在医院走廊或饭桌上会见面的加布里埃莱的先生。加布里埃莱的先生亲自给他回信——以非常私人的语气——"你亲口对我说吧，亲爱的，在现在的情况下，我觉得写几十页长的信给天天可以见面说话的人，真是愚蠢……"施皮内尔无法抵抗命运，最后，他甚至无法抵抗婴儿克罗德扬，那个肤色粉红、异常健康的小家伙，在医院花园中，施皮内尔因为无法忍受他的笑声甚至落荒而逃："施皮内尔转身从那里离开。他走着、走着，小克罗德扬胜利的笑声还一直从身后跟过来。施皮内尔行动和缓、身体僵直、故作优雅地走过小石子路，他举步异常迟疑艰难，好像想掩饰内心想赶快逃跑的念头。"

20世纪初在慕尼黑的每个知识分子都知道，谁是坏人，谁就是书中那个"陈腐的婴儿"。整个慕尼黑都在嘲笑他。对霍利切尔来说，这真是噩梦一场。不久，全国都知道了。而且，《特里斯坦》出版后10年，当库尔特·图霍尔斯基从美国报道赞扬霍利切尔的书《前进》（*Vorwärts*）时，他还特意强调："施皮内尔已死，阿图尔·霍利切尔万岁！"

"施皮内尔"这个污点却紧紧地黏着他，直到永远。霍利切尔在他的回忆中写道，他如何被托马斯·曼观察，托马斯·曼如何一清早到他家，没有特别的理由，只是想看他一早起来的行为举止。有一次他拜访完托马斯·曼后，走在街上回头一望："我看见上面，我刚刚去过的托马斯·曼家的窗户，他正拿着望远镜在看我。他又看了我一下，然后他的头闪电般消失在窗后。"托马斯·曼写好他的中篇，附上诚挚的祝福寄了一本给他，虽然霍利切尔马上看出来他在写谁，还是对托马斯·曼的艺术成就和"忠诚友好的感情"赞赏不已。可是，这个痛苦实在太大："直到几个月后，我才在给托马斯·曼的一封信中承认，就算当事人不计较，人对描写真实生活中活生生的范例还是必须有些道德和艺术上的顾虑。他回应得有些可怜，有些受伤，轻微忧郁的讥讽像胆汁一样苦涩。"一场艺术家的友谊就这么结束了。

再没有什么能介绍的了。因为最惨的是：托马斯·曼看他看得太深，当他用望远镜观察霍利切尔，早晨去拜访霍利切尔时，他看进了这个人的内心，只想逃避，对生活有远大的企图，却只有小小的成功——一个丑陋的妖怪却热爱美丽。

这是阿图尔·霍利切尔，1869年出生于布达佩斯，出身犹太富商家族。他的童年仿佛是一场滑稽剧，他的母亲因为他的丑陋而恨他、歧视他，他自己在回忆录中则把丑陋当成是身体的退化，并将之归罪于父母的近亲血缘结合——他的母亲是他父亲的侄女。他出身犹太背景，说的语言却是德语，这些都让他早早就是边缘人。他不断浸润在书中世界，梦想成为一个诗人，可是双亲却让他去学做银行商人。他忍受了6年这样的生活，这段生活他之后抱怨为"失落"。某个时候他终于去到巴黎，见到他心仪的作家克努特·汉姆生（Knut Hamsun）以及无政府主义的一伙人，银行这一行再也无法控制他的余生。他成为作家、记者，工作得像托马斯·曼，几年后成为《痴儿》(*Simpticissimus*)的编辑,享受刚开始的小成就。他的第一部小说《白色的爱》(*Weiße Liebe*)出版于1896年,但是他最大的成就还是那本库尔特·图霍尔斯基百般赞颂的"美国之书"。出版家萨穆埃尔·菲舍尔(Samuel Fischer)曾把他送去美国,他在那里写出果断、主观、前所未有的观察报道。"终于有人将'美国'这个概念分解成几百个小小的单一特征的人性——就是这个",图霍尔斯基如此写道,而且文末他还写:"读这本书才知道:那边原来是如此。读这本书才了解:世界原来是这样!"

他在慕尼黑早期的生活致力于严格的、训练有素的自然主义风格。他是如何转过客观这个弯,稍后,在他的回忆录里,他详细描述了这个挣扎有多么迷惘:"要是我勇敢一些,听从我内在的声音,有些苦我就不用受了。但是一个敏感的犹太灵魂里,有太多痛苦。不论是生来就如此,还是后天的想象,或者自己添加上去的重担,这样的灵魂对天真有强烈的惧怕,不相信自己的感觉,不相信对世界的直觉,反对身边人的经验。"这些年里他终于熬过自己,变成果敢的主观主义者。主观主义贯穿他整本美国之书,尤其是他一共两册的回忆录中——《一个叛逆者的传记》(*Lebensgeschichte eines Rebellen*, 1924)和《我在1907—1925年间的生活》(*Mein Leben in dieser Zeit 1907–1925*, 1928)。

这是一个巨大失败的故事,一个从一开始就生错地方的生命,有关一个内心总是在逃避的人,逃避他的双亲、逃避他命定的职业、逃避他的故乡,永远靠不了岸。爱情没有成功,友谊没有成功,艺术上也没有成功。一个令人绝望的报道。他第二个生命中的创伤是1908年创作的剧本《古灵》(*Der Golem*),这个剧本的上演档期一再被推迟。保罗·韦格纳1914年把它拍成同名的默片,很卖座。一年之后,古斯塔夫·迈林克(Gustav Meyerink)将它改编成同名小说出版。霍利切尔的剧作失败,韦格纳和迈林克却获得成功。霍利切尔认为有人谋害他,又控诉又咆哮,但没有用。他的回忆录就是他对抗被遗忘、被昨日淹没的奋斗。这些回忆用轻蔑的语气描述活生生的、真实的艺术家生活,在这个生活里透过自轻和轻视世界来处理解不开、充满灾难的结合。很多事件都异常真实,例如11月9日事件,描写得栩栩如生、主观、全神贯注,几乎是现场直击。革命的那几天里大家问他,他是否肯当外交部部长,反正他已经去过美国。当他说他考虑考虑时,得到的答复是:"如果你不能马上决定,我们就找别人。"

他的决定总是太迟,总是孤单一人。他一完成第二册回忆录随即烧毁,因为没有达到他自己的要求。也可能是没有达到他的出版人萨穆埃尔·菲舍尔的要求。后来他重写一份,新的这一份交由古斯塔夫·基彭霍伊尔(Gustav Kiepenheuer)出版社出版。书一开始他回想第一册回忆录:"有一件事我很清楚,这本新书一样会被烧毁,被它自己发出的火烧毁。它会成为一本火辣辣的书!我还没下笔之前,心就已经沸腾,这些文字必须出来,不然我自己会被烧成灰烬。"

书出版之后5年,这本霍利切尔的生活记录,真的被烧成灰烬。深怕白活白写的恐惧,深怕这个孤独、沉重、奋战不懈的生命白白浪费,这些恐惧写满整本书,他愈写,语气愈绝望。先是一个惊叹号,再来两个惊叹号,最后是三个惊叹号,别!把!我!忘!记!:"你们知道,我的作品好在哪里,重要在哪里,对走进未来多有价值。这些作品会影响未来的一代,会影响人和人之间的生活。请阻止,不要让我的书消失,不要让我的书被遗忘,不要让它们好像从没被写过。这些书中,有些书它们的命运威胁是来自外部。请保证我那些用不好的纸张所印的书,能重新用质量好的、能持久的纸张编印。绝版的书能再版。请保证,如果我的书让你们变得更丰富、更自由、更快乐,请不要让这些消失。请不要让这些从痛苦和爱中生产出来的书,白白浪费了!"

在最后一页他写道:"你们,把这本书从头看到这里的人,请想想这个人的危机。不要让他的呐喊在聋人的耳朵里回响。拯救这部作品,不要让它熄灭。煽起火焰,保护好火星。"

1933年霍利切尔飞往巴黎,然后去日内瓦。1941年10月14日,他就在日内瓦一家救世军医院过世。

京特·比肯费尔德
Günter Birkendeld

  这个人并不起眼。**京特·比肯费尔德**（**Günter Birkendeld**，1901—1966）出生于科特布斯（Cottbus），20 世纪 20 年代时有一段时间是德国国家作者协会秘书长。他的第一本书，青少年小说《第三个院子左边》（*Dritter Hof links*，1929）在焚书事件中被烧毁。但是他的第二本书《奥古斯特一世传记》（*Augustus-Biograpbie*）却能够于 1934 年在德意志第二帝国出版。他在书中隐藏着对当代的影射，却躲过审查？"这就是剑的独裁者。身为国家的统治者，恺撒大帝从外表看可以大胆让共和政体的国家形式存在。"这是类比吗？还是批判？"庙宇是已经固化的第三世代的第一印象。气派的圆拱大厅建筑是如此华贵，看起来却像恺撒大帝这么温和。"这是歌功颂德吗？但是这一段："恺撒大帝在日耳曼版图前臆想，食指慢慢地顺着红色疆界线滑动，沿着易北河（Elbe）往上，声调平抑地下令：'这条线还得用白色盖过。'"这些写作手法最终还是没有什么帮助——文学艺术上这本书寒酸、媚俗、人物夸大而且做作，但是它在国际上却很成功。无论如何，比肯费尔德留在德国发表了许多书，"二战"之后马上成为"反对不人道抗争团体"的一员，这个团体不是反对纳粹罪行，而是抗议民主德国没有解散集中营。1950年他发表一份研究报告指责设立内务人民委员会（NKWD）[1]的国家。

比肯费尔德1955年发表的小说《云、飓风和尘土》（*Wolke, Orkan und Staub*）还给他带来一些成功，这部小说是早期少量关于德国纳粹生活的书之一。但是比肯费尔德不是会做艺术创作的人，他的作品苍白贫血、陈腔滥调，都是类似下列花样："捆绑包裹的绳子划伤她手指的疼痛，就像她每次想起克劳斯·席林时心上的痛。"然后一个冲锋队员跳上有轨电车，大声呼喊："别再犹豫不决了！"

比这还低劣的文句，大概也没有人想得出来。

---

[1] 内务人民委员会（NKWD），是苏联在斯大林时代的主要政治警察机构。该组织除担任常规警察的角色外，更广为人知的是在大清洗期间执行过大量的法外处决，负责运作古拉格劳改营、在国外进行间谍活动、政治暗杀和操纵颠覆外国政府的行为。

雅各布·瓦塞尔曼
Jakob Wassermann

"世界小说之星"中的一颗,托马斯·曼如此称呼他。**雅各布·瓦塞尔曼**(**Jakob Wassermann**,1873—1934)的书在魏玛共和最后时期大量出版。读者喜爱他,喜爱他的《毛里齐乌斯案件》(*Der Fall Maurizius*,1928),这是一部有关司法丑闻的小说。小说讲述国家最高检察官16岁的儿子试图平反18年前他父亲所判决的一桩冤案。瓦塞尔曼深具道德感的社会小说,是那个时代最畅销的书。光是《毛里齐乌斯案件》就卖了18万本。然而,为何纳粹掌权不到一年,他就不再是好人了?1933年12月20日托马斯·曼在他的日记上写下:"瓦塞尔曼从荷兰旅行回来,看起来气色很不好,每天注射三次胰岛素。他的景况凄凉,人像是已经废了。"

很少有作家因为家乡的新形势而遭到像瓦塞尔曼这么大的打击。刚刚还是世界之星,现在已经溃不成形。如果不是他自己先主动退出的话,他差一点就被大学开除了,而他的出版社连试都不试，就拒绝帮他出版新小说。《约瑟夫·克尔克霍芬的第三种存在》（*Joseph Kerkhovens dritte Existenz*，1934）赤裸裸清算他的第一任夫人尤丽叶·施派尔（Julie Speyer）。离婚之后，如他自己从未停止强调的，他几乎必须给她所有的财产。有一次他去荷兰演说"人性和信仰的问题"，据说为了省钱，低温的天气他在没有暖气的车库里过夜。他病了，遭受打击，看不见希望。有一次他去拜访托马斯·曼，谈话中告诉主人，一个化学工业家不久前告诉他："严重的话，6个小时之内1600万人会死亡。"托马斯·曼没什么表情地记下。这次拜访的十天之后，瓦塞尔曼就过世了。

瓦塞尔曼很早就开始思考他自己的犹太身份。他一直感觉，他并没有真正的归属，虽然像他父亲一再强调，他自己也说的，他出生在一个"宽容的时代"。可是他意识到情况并不会一直都这样一成不变，这个意识早已深植在他的心里。他在1921年发表的自传《我，德国人和犹太人的道路》（*Mein Weg als Deutscher und Jude*）中，描述早期生活在故乡菲尔特（Fürth）的犹太家庭生活。"压抑的限制，使人不能大方慷慨，也不能自由选择职业，直到19世纪中期，这些约束力都还很强。我的外祖父是一个有学养、地位崇高的人，却因为这些压力而筋疲力尽。黑暗的教派意识、犹太区的冥顽不化与恐惧，都因不断得到新血而继续维持下去，这是不言而喻的。"对他而言，也是如此，瓦塞尔曼的犹太背景，也是他"生命中有问题的部分"，"不是身为犹太人有问题，而是身为德国犹太人。这是两个完全不同的概念，分清楚这两个概念，就能够在误解、悲剧、矛盾、冲突和痛苦之上，开启无限的远景"。

在他生命的最后一段，瓦塞尔曼对这种双重身份已经无法再忍受。在德国焚烧他的书以后，既是德国人又是犹太人的生活已经不再可能。瓦塞尔曼死后几个月，约瑟夫·罗特写下："身兼德国人和犹太人的路他没有走完。这条路通不到任何地方。在这条路上有一道仇恨和暴力的高墙被凭空筑起。走到了这道墙面前，瓦塞尔曼只好折返，握着犹太人一直拿在手中无法放下的旅杖，继续流亡。虽然如此，他讲起他的故乡，还是充满一个德国人的爱和一个犹太人的正义感。"

阿图尔·施尼茨勒
Arthur Schnitzler

有时候,早逝也是一种幸福。尤其在死之前还说:"生命是美好而乐趣无穷的——为了这些我愿意马上再活一次。"同时是医生、小说家与剧作家的**阿图尔·施尼茨勒**(**Arthur Schnitzler**,1862—1931),1931 年 10 月 2 日还跟他的老朋友克拉拉·波拉切克(Clara Pollaczek)这么说。隔天他就死了。犹太人施尼茨勒也了解,一辈子和他的族人以及同类人生活在政局不稳的土地上是什么滋味。他一再地在小说和剧本里,例如《伯恩哈迪教授》(*Professor Bernhardi*,1912),书写自己的命运,书写他父亲一辈子被假装思想自由、骨子里却仇恨犹太人的人侮辱,书写犹太人在奥地利一触即发的危险处境。他总是暴露在公开敌视犹太人的言语攻击中。小说《古斯特尔少尉》里,他讥讽奥匈帝国的军队(顺便也为德国文学发明了用来修辞和述说经历的"内心独白")。小说出版后,他成为反犹太者的最大目标,人人喊打,军阶也被褫夺。在这之前,他在维也纳认识了被《法兰克福日报》送来当戏剧记者的瓦塞尔曼，瓦塞尔曼递给他一部作品，请他写评鉴。施尼茨勒建议瓦塞尔曼把它烧掉。这部作品毫无价值。但是他告诉瓦塞尔曼，他在史诗文体领域是很让人期待的。瓦塞尔曼回忆说："这么小心爱护我、尊重地对待我，对我来说是全新的经验，我很感激他的友好，马上高兴地把我的作品丢弃，这部作品所得到的评断，对我而言是一份特殊的荣誉，因为这个评断从一开始便是以和我对等的地位来做的。"一份持续一辈子的友谊就此开始。施尼茨勒死后，瓦塞尔曼写道："如果我们可以说，因为一个朋友的逝去而失去一个世界，少了一份生活，那么我现在已经失去一个世界，少了一份生活。"他继续写道："施尼茨勒是现在已经过去的时代最高贵的代表。"

这个时代是颓废的维也纳世纪末，是梦想和禁忌的爱的时代，是动荡不安的时代，不只是犹太人脚下的基地在动荡，整个社会都在动荡。弗洛伊德曾对施尼茨勒坦承他自己有某种"双重人格恐惧"。施尼茨勒 60 岁生日时，他敬畏地写信给施尼茨勒，说施尼茨勒"基于他对我的认识，会知道我在别人身上所发现的，费了我多大的心思"。施尼茨勒在几年前便已不太友善地说："不是心理分析是新的，而是弗洛伊德。"

潜意识是推动世界前进的力量，如施尼茨勒所想、所写。他透视人的灵魂深处。看的不是已经生病的人，而是结实健康的人的灵魂，真实感觉到存在的人的灵魂，他看透爱情深处与职业的本质。这里到处潜伏着欲望的深渊、冒险快感的深渊，以及贪婪的深渊。

没有其他地方写梦能像他写的《梦之书》(*Traumnovelle*, 1926)一样美好、神秘、黑暗,像谜一样、独一无二。《梦之书》里描写的是弗里多林(Fridolin)和阿尔贝蒂纳(Albertine)的梦中经历,这些经历在某个夜晚将弗里多林诱进一座面具城堡,在里面所发生的事跟现实世界以残酷的方式互相关联,而他几乎无法成功地回到现实世界。差不多一百年后,斯坦利·库布里克(Stanley Kubrick)成功把这部小说拍成电影《大开眼戒》(*Eyes Wide Shut*)。而"眼睛大开",跟着愈来愈深入看进黑夜的眼光,走进施尼茨勒的作品之旅。突如其来的爱情、痛苦的热情、死亡的花朵、因为一场梦境而自杀、世纪转换之际在维也纳的生与死,这些都是施尼茨勒的不二题材。深渊总是近在眼前:"从笑谈昨夜微不足道的冒险经历,他们正经地谈起深藏的、几乎不为己知的欲望,就算再清白再纯洁的灵魂中,这些愿望也会掀起危险的波澜。他们谈论自己几乎没有渴望的秘密领域,而无解的命运之风,即使只在梦中,却可能会把他们吹向那里。"弗里多林和亚帛婷娜就这么一直谈下去。夜境降临,它将眼睛紧紧闭上,又大大地张开。

施尼茨勒的遗物中有一部小说,标题是《我》(*Ich*),是他1917年完成的。小说内容是描写一个人如何失去他的现实。"这一天以前,他都是一个完全正常的人。"小说是这么开始的。他躺下来想休息半个小时。他去散步。走过一个公园。一棵树上钉着一块牌子,上面写着"公园"。之前他从来没有注意过这个牌子。他觉得可笑。当他思索着,是什么原因让公家机关把昭然可见的事物写在牌子上。也许不是所有的事都如他所想的那么理所当然？也许他只是在做梦？"他忽然决定，自己踩自己一脚，不够，他又去捏自己的鼻子。这些他都能清楚地感觉到。他认为这是他醒着的证据。"但是疑点还是有，而且无法除去。"奇怪，这一切他是怎么知道的，例如，如果忘记他住在安德烈斯街怎么办？"他开始去确定他身边的世界，所有的东西都挂上牌子："沙发""柜子""岳母""小姨子"，一些牌子很快被摘除，世界也跟着消失，所有的事物都模糊不清："这个世界怎么这么混乱。"只需要一天、一次散步、一个在公园的入口处写着"公园"的牌子、一个三四页长的故事，就足以让这个人和世界的关系永远失去平衡。结局是："终于，太太通知了医生。医生一进门，看见病人胸前贴着纸条，纸条上写着：'我'——"

死前一天还在发愿想再活一次的施尼茨勒，在1912年4月就很清楚地给认识生命的人无可误解的指示："规定，我死了以后请大家一定要遵守——真心真意！不要花圈！不要悼词，报纸上也不要！最后一个等级的下葬待遇……我死了以后，家人不要穿黑衣表示服丧，绝对禁止！"

12

你们那些被遗忘的书

库尔特·平图斯
一名收集者。

弗朗茨·韦费尔
一位胖歌者以及幸运儿法兰兹。

海利西·艾督·阿德雅各布
以咖啡精神发明通俗专业书籍。

卡尔·格林贝格
想法都不错,就是写得不好。

库尔特·平图斯
Kurt Pinthus

"你们一定要到'新学校'来,一定要来看看我的图书馆。我一部分的收藏正在'新学校'里的图书馆展览。你们都在里面,你们的作品也都在里面,尤其是你们的第一版我全都没有放过。你们将重新发现你们的作品,你们自己早就遗忘的作品。1919 和 1920 年你们狂野性的突破,我都收集到了,这个收藏的确网罗所有!"
库尔特·平图斯(**Kurt Pinthus**,1886—1975)在 1938 年 9 月就是这么呼唤他流亡的作家朋友。这件事记载在克劳斯·曼和埃丽卡·曼夫妇(Klaus und Erika Mann)的《为生存而逃亡》(*Escape to Life*)中。平图斯是一个伟大的收集者、保管人和中间人。他的伟大作为,使他因此能够青史留名,是他大费周章收集表现派诗作,于 1919 年结集出版《人类的曙光》(*Mensehheitsdämmerung*)。所有的作家都被收录于此:天空风暴、和平天使、战争号角、迷信者、祈祷者、歌唱者——所有新时代的高调诗人,都受到平图斯此书前言的感召而自觉义务在身："从来没有一种艺术像这种诗作一般，这么轻视美和'为艺术而艺术'的原则，这种诗作人称'最新的'或者是'表现主义的'，因为它必须爆发力强、爆炸性高、密集强烈，才能爆破敌对的硬壳。"旧时代的敌对硬壳。这些诗人有：贝歇尔（Becher）、贝恩（Benn）和哈森克勒费尔（Hansenclever）、海姆（Heym）和恩斯特·施塔德勒（Stadler）、特拉克尔（Trakl）及弗朗茨·韦费尔（Franz Werfel）。直到今天，这部合集都是最具代表性的表现派诗作的收藏。一些诗人，例如恩斯特·施塔德勒和奥古斯特·施特拉姆（August Stramm），在合集出版前就已经在他们渴望的、以颂歌迎来的大战中阵亡。

平图斯采集了最好的诗作，他的前言是这么结束的："未来的人类，你们阅读《人类的曙光》时，请不要贬低这批心中充满热切渴望却被诅咒的诗人，因为他们什么都没有，只剩下对乌托邦的信仰和对人类的希望。"

平图斯自己在大战之前已经是库尔特·沃尔夫出版社（Kurt Wolff）的编辑，也是罗沃尔特出版社（Rowohlt）的文学顾问。大战结束后，他在马克斯·莱因哈特德国剧院短暂担任一阵子戏剧顾问，然后是柏林电台的广播主持人，他和当代作家总是保持很密切的联系。

直到1939年，身为犹太人的平图斯才离开德国前往纽约。谁料想得到，这居然已是紧急时刻的最后一秒，平图斯自己完全不知道。当他在新世界慢慢了解到，他在此地将待上很长一段时间，他很震惊地察觉到，他是多么想念舞台，他——伟大的人物和藏书家——必须失去这一切在美国生活。这怎么可能！于是平图斯冒着生命危险，于12月回到柏林。他秘密生活了五个月，收集他所能找到的书籍，冒着生命危险把这些书装上越洋货柜。5月他第二次离开家乡，目的地纽约。终于，他准备好对克劳斯·曼以及其他人喊话了："来来来，来看我给你们收集了什么！"

平图斯在美国生活了很长一段时间。1967年他才带着他已经增加到8800册的藏书回家。今天在施瓦本（Schwaben）的马尔巴赫（Marbach）文学档案馆还可以参观这些藏书。他在马尔巴赫工作、生活，度过了生命最后几年。文学资料档案馆——才是他所属之处。他在新版《人类的曙光》中写道："《人类的曙光》中这32个诗人，有些还活着、有些已经死了，不管是被谋杀的或者自杀的，纳粹成功地以这么大的规模将他们毁坏，或者将其标记成不受欢迎的人，禁止、烧毁、彻底消灭他们的作品，让他们的生活常常被黑暗笼罩，许多他们的书几乎完全找不到了，甚至书名标题也必须花很大的力气考究才能确定。"

而对于现在他自己的工作及任务，他这么描述："身为自那个时代存活下来最后一些人中的一员，只要1919年还活着的诗人，我都非常熟悉，知道怎么支持他们。我有一个15年前就已经开始的工作，将所有被驱逐的或死亡的作家列成一份图书目录、追踪矫正他们的生平，为了《人类的曙光》中的诗人，将这份费时费力的巨大搜寻工程完成。这份劳心的工作变成爱的志业。这份志业是给这些诗人的感谢和为他们所立的纪念碑,借此他们可以继续或者再一次活下去。"

弗朗茨·韦费尔
Franz Werfel

弗朗茨·韦费尔（**Franz Werfel**，1890—1945）也属于平图斯所搜寻的作家之一。没有哪一个诗人像他的诗一样，那么大量被收藏进《人类的曙光》。他书写慷慨激昂的生命之歌，例如下面这首《闪耀美丽光辉的人》：

愉悦，正和我交谈着，
经常忧郁的，如今兴高采烈，
高昂的情绪在我身上游走，
手拉着手啊，这些感觉。

啊！我的面孔再也无法板着，
严肃和冷漠不能再满足它，
因为上千的微笑一次飞来，

它自然的图像在脸上展开。

我是一部游行花车,行驶在充满阳光的广场上,
这一场夏日节庆,有女人和市场,
到处光彩闪亮,我的眼睛张不开。

我要坐在草地上,
跟着土地往黄昏奔去。
哦,土地,向晚,幸福,
哦,我存在这个世界上!

一个充满幸福和生命希望的人。人们是多么喜爱这个感情丰富、幸福的诗人,从一开始就如此。当他在布拉格阿科咖啡馆(Café Arco)站起身,朗诵谈论他的诗作时,所有人都安静下来,对这个丑丑的、面颊丰满红润的天使惊叹不已。那时在布拉格,有一个人特别崇拜他,那个人和韦费尔一样,都应该是马克斯·布罗德(Max Brod)发掘的诗人,很年轻的时候就被鼓励支持,他的名字是卡夫卡。韦费尔对卡夫卡而言,是一个乌托邦,写卡夫卡传记的作者赖纳·施塔赫(Reiner Stach)写道:"很久以来,卡夫卡便对这个男孩惊叹不已,所有他自己白费力气伸长手臂想要的,韦费尔似乎轻而易举就可以得到。单单是韦费尔的活力就是个令人惊讶的事实,一个人能够如此粗暴而不引起反击,让卡夫卡觉得很安

慰。"1911年12月卡夫卡在日记上写下对韦费尔第一本诗集《世界的朋友》(*Der Weltfreund*)的感想："有那么一会儿我感到害怕，害怕心志的振奋会不停歇地把我一直带进虚无里。"

这份艳羡可惜是单方面的。当布罗德把卡夫卡第一篇短短的散文念给韦费尔听时，韦费尔说："这篇文章绝对越不过博登巴赫（Bodenbach）。""博登巴赫是，"赖纳·施塔赫写道，"波西米亚和德国之间的边界，河的后面就是德国领地。在德国，韦费尔认为，不会有人理解布拉格的秘密德语。"当卡夫卡之后在一部合集中发表这篇小散文时，他替韦费尔给自己写了一句献辞："伟大的法兰兹问候渺小的法兰兹。"

韦费尔一直是幸运的。1924年他的《威尔第》(*Verdi. Roman der Oper*) 让他成功地突破自己而成为小说家。1929年他迎娶阿尔玛·马勒（Alma Mahler），这是他一辈子的爱。他的书也获得世界性的成功。单单只有一点——爬过比利牛斯山逃出欧洲，让这个肥硕的诗人几乎喘不过气来。他在卢尔德（Lourdes）[1]向上帝发誓，如果他能顺利到达美国，将为荣誉圣女贝尔娜德特（Bernadette）写一本书。他很快写好还愿小说《贝尔娜德特之歌》(*Das Lied von Bernadette*, 1941)，非常成功，世界知名。当时有一篇惊人的报

---

[1] 卢尔德，法国西南部上比利牛斯省的一个市镇，也是全法国天主教最大的朝圣地。据说1858年有个叫贝尔娜德特的女孩，在城镇附近波河旁的山洞中看到圣母玛利亚显灵18次。从此小镇成了天主教世界最著名的朝圣之地。

道，是关于庆祝他到达纽约而开的舞会。当他偕同葛乔治·格罗茨（George Grosz）"法国香槟一瓶接一瓶"为他的得救而干杯时，大家特别欢腾地庆祝，因为他的书《被私吞的天堂》（*Der Veruntreute Himmel*）翻译版在很短的时间内就卖出15万本。"因为这个幸运，我们所有的烦恼暂时都没有了。"他写道。这对夫妻跟着其他幸运的流亡夫妻搬到西岸比佛利山庄的豪宅去了。他发愿写的书，是流亡圈子内最常被阅读的小说。随着时间的流逝，这个人光彩的生活也渐渐暗淡。经过一次心脏病发的折磨，他预感自己死期将至，完成了一部阴暗的未来小说《未诞生者之星》（*Stern der Ungeborenen*，1946）。战争结束几个月后，他也跟着去了。那是他正在挑选他最好的诗作时，因心绞痛发作而死。

海因里希·爱德华·雅各布
Heinrich Eduard Jacob

海因里希·爱德华·雅各布（Heinrich Eduard Jacob，1889—1967）发明了现代叙述性通俗专业书籍（Sachbuch）。至少他自己一直这样认为。"二战"结束后，当所有知名的作家，例如超级畅销的考古小说《神、坟墓和学者》（*Götter, Gräber und Gelehrte*）的作者 C·W·策拉姆（C.W. Ceram）、《还是圣经说得对》（*Und die Bibel hat doch Recht*）的作者维尔纳·凯勒（Werner Keller），都宣称专业叙述书这种文体是他们想出来的主意，而雅各布只是被看成这许多人中的一个。然而，他真的开始在德国市场上挑选一个物质来当他小说的主角。俄国前卫作家谢尔盖·特雷恰科夫（Sergej Tretjakow）20世纪20年代末在他的文章《事物的传记》（*Die Biographie des Dings*）中，把新客观性的目标推上最高峰。他解释，为什么"建立在人物角色基础上的小说基本上就是错的"，而"物质"应该取代人物上场。特列季亚科夫建议未来的小说标题都应该是"森林"、"面包"、"煤炭",或者"铁"。而雅各布选择了"咖啡"。《咖啡之圣战与传说》是这本书的名字,作者解释:"这里要述说的不是拿破仑或是恺撒大帝的一生,而是一件物质的传记。一件几千年来对全人类尽忠,却又控制着人类生活的物质,一个英雄。人如何阐述铜或者水的历史,这里也会如何描述咖啡的生命,咖啡如何在人类之下与人类一起生活。"他的方式到今天还是有意思的、令人赞叹的、紧凑吸引人的,虽然它的革命性在今天看来稀松平常,因为书店里早已充斥着文化史和各种可能的物质传记。雅各布在他的咖啡书上花了很多年心血,让他的主角到世界各地去旅行,坐着飞船去巴西和美洲其他地区。故事开始于也门,结束于巴西的咖啡大毁灭,为了保持咖啡的高价,毁灭数量庞大盛产的咖啡。雅各布当时也在场!

真正倒霉的是,这本书排定出版日期是1934年。比这个日期更糟的时间恐怕历史上不可能再有。他至今仍受欢迎的作品,即一部时代小说《血和赛璐珞》(*Blut und Zelluloil*,1930)被纳粹焚毁。这本书应该是刚刚被烧不久,因为之前还没有人明白,如雅各布在此书中所描写,现代电影有这么强大的宣传用途:"一如所有的工业,今日的电影也可以随时为战争改头换面。用赛璐珞做的子弹带!请想一想,这代表什么,我的先生们:电影院里的放映装置一秒可以射出二十帧图片。一部制作精良的煽动电影,能把观众思想里的正义成分消灭殆尽。它对文化的影响比瓦斯还要密集有效。"

然后这个人,这个犹太人,这个1933年在杜布罗夫尼克

（Dubrovnik）作家大会上被激怒，公开在笔会上抗议纳粹，因而导致奥地利笔会分裂的这个人，却想在1934年出版他革命性的大众通俗专业书——关于咖啡的小说。没想到这本书真的由罗沃特出版社出版了。这本书刚好符合出版家恩斯特·罗沃特的愿望，他在1930年是如此介绍他的出版社："我当然没有放弃原来对纯文学的爱好，即使如此，我还是相信潮流的改变，这是可以感觉到的。新近文学愈来愈多会是应用文学，只有跟着这个方向去，我才能在纯文学上看到成果。"

雅各布和罗沃特是朋友，雅各布刚好给对的出版社写了对的书——只是时间不对。但这似乎对罗沃特不构成影响，他在德国出版这本书，甚至在《通讯报》上打广告，获得热烈反响，正如扬·弗拉克（Jan Brandt）在《物品传记》一文所认定的。报纸上赞辞不绝，诸如"文化史上难以超越的表现"、"记录丰富难以比较的孤本"，等等。奥托·弗拉克（Otto Flake）在《法兰克福日报》上评论："现在来了一个作家，选择没有生命的物质当小说性质传记中的主角——一个商人拿来买卖的物质，看，居然产生了这么一本引人入胜的书，让我们爱不释手。"赫尔曼·黑塞（Hermann Hesse）在《伯恩报》赞美雅各布"是一个真正的诗人"。短短的时间，就有六个国家把翻译版权买走。戈培尔暴跳如雷，后来雅各布的第二任妻子回忆，戈培尔亲自打电话给罗沃特，叫罗沃特"收回你的犹太人的书"。罗沃特没有搭理他。直到1935年2月18日，雅各布所有的书都被禁止，当然包括这一本。

雅各布很晚——几乎危在旦夕才逃出奥地利——直到1933年他都还是《柏林日报》驻维也纳的通讯记者。他因为一个轰动的诈骗官司（姐姐是被告）被控是不知情的共犯，无法及时离开跟德国结盟的奥地利。之后，他被送上第一班奥地利驱逐火车，所谓的"名人解运"（Prominententrasport），1938年4月1日他被带到达豪（Dahau）集中营，然后又被送到布痕瓦尔德（Buchenwald）集中营。在最危急的时候，通过他住在芝加哥的一个叔叔的交涉，雅各布终于在1939年2月被释放，得以逃到美国。

他刚到美国时没有什么成果，虽然他用笔名发表的一篇故事，被海明威收进最好的战争短篇文集里。雅各布在美国只被认为是应用书作家，而应用书作家也已经不是什么了不起的事。当他1944年在美国用英文发表一部伟大的面包文化历史故事《面包六千年》（Sixtbousand Years of Bread）时，反应平平。

雅各布过着不眠不休的辛苦生活，1945年拿到美国国籍，但是20世纪50年代中他返回欧洲，游历许多国家，住在旅店，亲自带着自己的文稿去找副刊主编，撰写受欢迎的海顿、门德尔松、莫扎特传记，并且在拜访一个年轻的诗人团体"四七"时，跟他们清算他们的诗作风格："你们瞎了眼的浑蛋！你们把三秒的经历灌水变成长篇、用自己的想象编造一本书的好日子没有几年了。再继续嘲笑《诗律》和它千百年来的智慧吧！心理学和语言学将会破碎：史诗般的传统革命终将到来。"

雅各布没能亲眼见到这个史诗般的革命。他晚年承受着当年在集中营留下的创伤，意志消沉、寝食难安，几乎无法继续写作。只有少数人还记得应用书之父。但是在1964年的《世界报》(*Die Welt*)上，他自己有机会得以回忆一番。《世界日报》上刊登一篇标题为"我是怎样成为科普作家的"的超级长篇，他就是作者。

卡尔·格林贝格
Karl Grünberg

卡尔·格林贝格（**Karl Grünberg**，1891—1972）的书都像是来自社会主义的魔幻王国。哦，什么使一个男人在往东方去的路上？那是一本超级受欢迎的游记，书名《从泰加地带到高加索山脉》（*Von der Taiga bis zum Kaukasus*，1970），是格林贝格这个正直的共产党人于"二战"结束后在民主德国所写。游记里有一个章节标题是"对切克森发誓"，这章一开始便是："切克森谁人不知？——这个名词不是总是跟异国风情的音乐、旋转不停的舞蹈、狂野的男子气概、浪漫的大盗气息联系在一起吗？所以我带着朝圣的心情观察我在切克森第一眼看到的景象：身材修长健美，高贵的鼻型、火热的眼神和历经日晒、古铜的肤色。"文章随即进入沙皇的世界（"毁灭""追捕""俯首称臣"），轻松愉快地叙述十月革命（"解放""牛奶加工""碳酸钾工厂""妇女解放""电气化"），也就是写他们进入纯粹幸福快乐的世界。最后，当格林贝格在切克森旋转不停的舞蹈欢送中必须离开时，他和他的游伴被颁为蔬菜集体农场的荣誉会员："现在我们的名字在每一次集会时都会被点到，而我们不能到场的原因是'出发去向资本主义世界宣扬集体思想'，大家都很感激我们。"有关莫斯科这一章，它有个很漂亮的名字叫作"莫斯科，你愈来愈美"。下面这段是我最喜爱的文字："1931年年初，我在这里第一次看见工人在修整灌木丛和花圃。五年计划里，并没有忘记美化生活。平常匆忙来去的行人，为了跟园丁讨论一番，都停下脚步。"

在魏玛共和时期让格林贝格小有名气的作品，是小说《燃烧的鲁尔河》(*Brennende Rubr*, 1928)，这是一部历史报道，讲述鲁尔红军对抗卡普军队的战斗。即使是这本书，今天读起来也像是从社会主义童话中所抽出的一篇："鲁尔劳动阶级的大力神用他钢铁般的拳头重重一击，给了鲁尔区喘息的机会。一夜之间，劳工的战斗力量集结，红军像雨后春笋般增长。"

格林贝格1920年加入德国共产党，1928年协助创立革命劳工作家协会，纳粹独裁时期留在德国。他这段期间所做的报道，其实是他作品中最有意思的一部分。但是就算如此，这些报道，例如有关埃里希·米萨穆（Erich Mühsam）的谋杀，或者观察一部通过帝国首都的载货火车，满载着要被送去集中营的人（"火车里装着什么样可怕的秘密，像是漂泊的荷兰人[1]在铁轨上，但却又有如世

---

[1] 漂泊的荷兰人，典出瓦格纳的歌剧《漂泊的荷兰人》。

界上其他的货车,在千百万个城市之间飞驰,好像什么事都没有发生。")都显得笨拙迟钝,尤其像是——他自己编造出来的。

在苏联及民主德国,他的作品广为流传。光是《燃烧的鲁尔》在苏联就印了四十万本,封面上声称是德国出版。格林贝格始终马不停蹄,喜爱旅行,几乎无时无刻不在旅途上,"去向世界宣扬集体思想"——切克森是对的。

13

与卡夫卡在草丛里

一
维克多·迈尔·埃克哈特
比荷尔德林还神圣的荷尔德林继承者,把战争当成金红色的神。

一
马克斯·布罗德和赫尔曼·凯斯滕
收集者和猎人、诗人的朋友以及诗人发掘者。自己的诗作呢?却永远被遗忘。

一
特奥多尔·普利维尔
一位漫游的无政府主义者,士兵目睹,曾跟基彭霍伊尔(Kieppenheuer)、斯大林一起喝酒。

维克多·迈尔·埃克哈特
Viktor Meyer-Eckhardt

大战进行中,1941年,威斯特法伦(Westfalen)的图书馆家、漫游者及荷尔德林后继者**维克多·迈尔·埃克哈特**(**Viktor Meyer-Eckhardt**,1889—1952)更新了两部诗集《酒神》(*Dionysos*)和《太阳神》(*Apollon*)。《酒神》在1924年已经出版过,但是此时,1941年,它更了不起、更有英雄气概。诗集里的第一首诗是《神圣的仪式》:

金红的神啊,从你葡萄庄园带血的门槛,
你如此喷出一个波浪再一个波浪,
从你的脸孔,把闪光如此一盏再一盏,扔到我的胸襟!
我心中燃烧的,是这把火的荣耀,发出火焰,将清静的夜晚穿在身上。
从晦暗的、冲动的和平中,我的精神渴望塑造你发怒的形象。

整首诗就这么继续下去:"金属的浪潮紧紧抓住曙光",下一句的押韵当然是榔头等等。是的,这是一首战歌,不是吗?一首欢迎战争、庆祝战争的诗歌。这本书中充满这一类型的诗歌。他的短篇文集《烈火中的人》(*Menschen im Feuer*, 1939),比诗集早两年出版,好心的文学评论家希望读出作者隐藏的心声,希望他的内心其实跟他所写恰恰相反,希望找到在历史画作中常见的反抗精神,反抗德国军队。真的要看到这些的话,需要很为埃克哈特着想才行。我们在这个历史短文合集中,尤其是描述法国大革命时期的文句中,什么都可能读出来,当然也可能读出一个强盛的、掌控命运的、万能的政治家。尤其当这些叙述文章以及诗句令人浑身起鸡皮疙瘩、沉重地喘不过气来时,欲模仿古代文体却像僵尸一样已经没有生命、没有实质内容。

那么埃克哈特的书在1933年到底为什么被推入焚书的火坑呢?那是他早期作品中一本叙事文学《保罗·文德林去世》(*Paul Wendelin*)闯的祸,这部作品于1922年写成,书中描述埃克哈特自己在第一次世界大战时当下士的经验,而他对军官的描写显然批判性太强。这是作者唯一被禁的书。他在整个纳粹统治时期都住在德国,12年里总共发表了11本书。

马克斯·布罗德
Max Brod

这就是他,而他也会一直被后世以这种方式来纪念,诸如:弗朗茨·卡夫卡的发现者、卡夫卡的朋友、早在卡夫卡还未发表任何一篇文章之前,他就认定卡夫卡是世界上最伟大的作家。他的确也是救出卡夫卡小说的人,因为他未遵照卡夫卡生前的托付,在卡夫卡死后把其作品烧掉。卡夫卡的朋友,这就是我们对**马克斯·布罗德**(**Max Brod**,1884—1968)的印象。而他比起卡夫卡,不仅事业成功得多,作品也多得多,在世纪末的布拉格,布罗德是一颗明星。在柏林,借着小说《诺内皮各宫》(*Schloß Nornepygge*,1908),他成为早期表现主义派的明星。布罗德在24岁时已经写成的第四部作品,被表现主义诗人视为圣经和启示录。虽然如此,他并没有让这些声名蒙蔽双眼。他知道,天外有天,还有比他伟大得多的人,那就是——弗朗茨·卡夫卡。1902年10月23日,布罗德在布拉格的"德国学生演讲厅"做一个有关叔本华的演讲,讲完后回家的路上卡夫卡向他攀谈。布罗德记得:"他习惯参加这里所有的讲座,但是那天以前我们几乎从未注意到彼此。要注意到卡夫卡,也不是一件容易的事,他很少说话,外表也不太引人注意——甚至他高雅的西装,大部分是深蓝色的,也像他的人一样含蓄矜持。那一晚,他似乎在我身上看见什么吸引他的地方,他比平常活泼一些。只是那天晚上回家的路上几无休止的谈话,是从他强烈反对我太粗糙的措辞开始。"虽然刚开始有些不顺利,他们还是变成一辈子的朋友。布罗德生性活泼好动,因为双倍的活动量,很早就受驼背所苦,但却是个处事平衡稳定的成功作家。而当时的卡夫卡则是一个脸色苍白、沉默寡言的完美主义者,而且连一本书都还没出过。从1907年开始,他们几乎天天见面。当他们无法见面时,我们多么感谢他们写给彼此如此优美的书信。例如这封幸福的信——卡夫卡写道:"我经常骑摩托车,我经常下水游泳,我经常裸体躺在池塘边的草地上很长时间,直到半夜我还跟一个爱上我、对我纠缠不清的女孩在公园里。我曾把干草铺在草坪上,我曾打造过一个旋转木马,我在暴风雨过后照顾树木,我放过牛羊并且在傍晚时把它们赶回家。我玩过很多台球,散步走一段很长的路,喝了很多啤酒,而且还曾经去一座寺庙。"这么多幸福的事。前两封信他还写:"我的路不好走,我会——大局我还看得清楚——像狗一样死掉。就是我自己也想避开我自己,但是因为那是不可能的,我就很高兴,至少我不同情自己,而且终于变得自私。这个高潮我们必须庆祝,我指的"我们"是你和我;刚好是我未来敌人的你,我允许你和我一起庆祝。"

这是恐惧，对生活的恐惧，对生命喜悦的恐惧，恐惧生活和写作是那么容易，他会失去他黑色的灵魂。但是布罗德不让卡夫卡离开他，离开他的爱，离开他的赞赏，不让卡夫卡放弃写作。

布罗德是一个生活热情、拥护叔本华及赞颂生命的人。《未知生焉知死！》(*Tod den Toten*！ 1906)是他1902—1906年间中篇合集的书名，此书1919年用《孤独的人》(*Die Einsamen*)为书名重新出版。在这部"冷漠的中篇合集"中，洛是重要的人物之一。他卧病在床，是个多余的人，却也是个幸运儿："他生命中多数的时间都躺在床上，虽然他根本没有生病，更没有瘫痪。他有一副极美、比例均匀、骨架纤细的身体。然而病痛像谜一样的发作令他时时感到难堪，他被击倒，常常几星期之久都觉得没有体力。但他发作之后总是可以马上恢复，重新拾回之前的好心情，属于世界上幸福的人之一。纵然如此，他还是虚弱、莫名感觉疲倦，不敢下床。"最后他终于要死了，布罗德如此跟他道别："他喜爱这个世界的所有，洛这个可怜的病人；在他里面最深的核心……他用所有的痛苦、矛盾、欢腾之舞和对生命的迷惑去爱这个世界，他是一个真正的生活冷漠者及生命狂猖者。"

很快，布罗德把他对美好生活的信仰转到犹太文化上，他解释犹太文化为"在世奇迹"。布罗德成为一名犹太扩张主义信徒，犹太扩张主义对他来说，并没有实质领土上的意义："因为我刚好认为犹太文化的基本特性是包含宇宙所有感知，所以我的愿望是，将这个特性集中在地球的某一点，具体化这个特性，借由这个方式，将这个特性从离散颓废转成真实看得见的作用。"

在德国军队进驻前的最后一刻，布罗德离开布拉格前往巴勒斯坦，一直到 1968 年 12 月 20 日他过世之前，都住在特拉维夫。

赫尔曼·凯斯滕
Hermann Kesten

关于**赫尔曼·凯斯滕**（**Hermann Kesten**，1900—1996）不必长篇大论。他的小说——一共有 14 部——并无杰出之处。如果赫尔曼·凯斯滕留下来的只有小说、剧本、传记、故事跟中篇小说，那我们早就将他置之脑后。这些作品所书写的是他的时代，今日读来那似乎是一个陌生的世界。那时这些书很成功，甚至传播到德国以外，至 1933 年为止已经被翻译成 22 种语言。他的好朋友约瑟夫·罗特（Joseph Roth），在《法兰克福日报》上写了很多替凯斯滕的小说捧场的评论，有一次评《放纵的人》(*Ein Ausschweifender Mensch*，1929)，虽然写得很美，但是罗特如果想要隐藏真相，或者只愿意告诉读者一小部分他的真实想法，总是可以在他的字里行间看出迹象："有时候他的文辞构造似乎比他的思想要灵巧。偶尔某些句子好像抢先在想法之前，就匆忙上路，好像是一种联想的声音被唤起，又好像是突如其来的联想半路拦截了文思。"我们读了这个以后,再看凯斯滕的书时,不得不时时注意他竞走的小句子,他那些一诞生,马上飞奔向某个适合自己的聪明想法的句子。

凯斯滕不是一个伟大的小说家,但他是一个伟大的收藏者。他最有名、最美好的书是一部诗人写真集《我的诗人朋友们》(Meine Freunde, die Poeten),1953年出版。书中有那么多的爱,有那么多对朋友诚心的钦佩。这些诗人朋友从安德烈·吉德(Andrè Gide)、卡尔·施特恩海姆(Carl Sternheim)、恩斯特·托勒(Enrst Toller)、约瑟夫·罗特(Joseph Roth)、伊姆加德·科伊恩(Irmgard Keun)到路易丝·林泽(Luise Rinse)。凯斯滕身为古斯塔夫·基彭霍伊尔出版社的总编辑,在他的时代里他是一个伟大的朋友和推动者。流亡时期开始,他为克劳斯·曼(Klaus Mann)的杂志《结集》(Die Sammlung)写稿,和瓦尔特·兰道尔(Walter Landauer)一起主持阿勒·德朗热出版社的德语部门。8月时在这个出版社他就已经想要出版一部遭纳粹焚书的作家的短篇文集。这本书标题取名为《柴堆》(Der Scheiterhaufen),凯斯特写的一篇斗志激昂的前言,是这部合集的导言。但是如果坚持使用这个书名,包含这篇前言的这本书根本不准出版。斯蒂芬·茨威格(Stefan Zweig)、罗伯特·诺伊曼(Robert Neumann)和费利克斯·萨尔滕(Felix Salten)纷纷发电报抗议。焚书之后,这些人的作品在纳粹统治下,仍然活跃在德国市场上。刚开始几个月他们非常天真,例如斯蒂芬·茨威格仍然相信,情况不会糟糕至此,只要保持几个月安静,霉运就过去了。罗特对茨威格这种天真当然报以嘲讽,并早就料到茨威格会害怕。但是凯斯滕坚持写出那篇前言的勇气，让罗特又惊又叹："上帝保佑您的纯真！"他真诚地写给凯斯滕，完全没有讽刺的意思。

犹太人凯斯滕在流亡中活了下来，活到96岁，并且在战后德国做了很长一段时间勤奋的作家经纪人。1974年他获颁德国国家最高文学荣誉。但是在他75岁寿宴上，致辞人之一沃尔夫冈·克彭（Wolfgang Koeppen）在祝词中，居然一本都没有提起凯斯滕的小说，只提到《我的诗人朋友们》这本书。没有文献记录凯斯滕认为这是侮辱，还是早就习惯了这就是他的书，他的名声和荣誉建立在他对其他作家的爱护提携上。科本说得很好："如果他们都在场的话，朋友们，这些诗人们，也就是凯斯滕的幸福、凯斯滕的努力、凯斯滕的同情。如果这些人都来了的话，都复活了的话，或者冥界给他们假期，让他们可以一同来庆贺凯斯滕生日的话，我们会有一个世界文学史上人数最多的文学咖啡馆。可惜并不是，所以我们只好谦虚一点，高兴地说，文学存在我们之间，赫尔曼·凯斯滕本人就是文学。"

特奥多尔·普利维尔
Theodor Pilevier

这蓬乱不堪的头发是怎么回事？这个在魏玛街上激烈地宣传反战和拥护极端个人主义的人是谁啊？他一头长发，金红色漂亮的鬓须、穿着凉鞋、身穿修道袍，呐喊着："抗议战争！抗议暗杀！为不再饥饿奋斗！我们必须建立新世界！"他果敢地对着匆匆经过的路人召唤。一群美国学生经过，他们问导游，这是什么人。导游回答："只是一个疯子！" **特奥多尔·普利维尔**（**Theodor Pilevier**，1892—1955）并没有疯。他只是下定决心要改变世界，他只是一个出生得太早的极端无政府主义者。1892年他在柏林工人住宅区韦丁（Wedding）出生，是一个制锉匠人的儿子。12岁他就必须在韦丁市场的酒窖里工作养家。16岁他离家出走，穿越德国去海边。在日记里他记下："我做翻译、赶牲口、做矿工维持自己的生活所需。我走私、把人灌醉后逼迫他们当水手，在卡帕海港（Capaj Mayo）淘金，在阿塔卡马沙漠（Atacama）一个铜矿区赚钱。却又马上把赚来的钱花在艰险的亚马孙河旅程上。我的旅程常常把我带到远离文明的地区，例如寂静太平洋上的小岛皮特凯恩（Pitcairn），岛上居民据说是'邦蒂'群岛（Bounty）海盗的后代，或者是南太平洋上食人族居住的韦戈岛（Waigoe）。在一条努力破冰前进的船上，我看到北方的冰海。"

然后第一次世界大战开始。普利维尔在德国的辅助巡洋舰"狼"号上服役。他属于第一批革命者，在战争结束前已经在威廉港起义推翻政府，但是在德国十一月革命时，他又已经抽身。普利维尔的政治目标是："安那其（无政府主义）！是建立在自主解放的个人身上，无统治阶层的秩序！人类远古的信仰，未来和未来的人的依归！"而另一边则是："相信'自我'，从人类心灵深处浮现的远古信仰——个人主义。"

怀着这个解放的目标，他走遍全国，他崇拜的人是米哈伊尔·巴库宁（Michail Bakunin）和托尔斯泰，他讲述战争，讲述起义，讲述他的世界之旅，在晚会上为饥饿的苏俄人募款，自己却贫寒地生活在柏林。

那，写作呢？普利维尔是怎么成为作家的？宣传单，他一直在写政治宣传单。然后到了1928年12月，他告诉朋友，他终于想写一部小说，一部关于南美、德国、革命和大海的小说。在这些朋友里，其中有一个把这件事告诉了出版家基彭霍伊尔，并安排某个晚上介绍两个出版家和这名有潜力的作者认识。普利维尔那晚的经历是："我们喝了一整晚的酒——尤其是基彭霍伊尔，喝下一整杯靴型酒杯的酒。第二天早上他躺在桌子下面。那天晚上我们一个字都没有提到书的合约。我叙述我在帆船之旅、海员之旅中的故事给他听。几个星期前合约寄来时,我都已经忘了这回事,而昨天钱也收到了。"

普利维尔于是开始写作。他写的是一部抗议小说,抗议德国海军舰艇上的现况。这是一部革命小说,呼吁号召人们起来革命。不,这当然不会是小说,真相多过报道。1930年出版时,书名是《皇帝的苦力》(*Des Kaisers Kulis*),是当时新即物主义的高潮:"这不是小说,这是一份记录!"在这份记录里是这么宣称的。我们身处战争当中,没有艺术,一个对话接着另一个对话,真实而且充满戏剧性:

自由必须到来!

自由必须存在!

贵族!放高利贷者!皇帝的海军:倒下!倒下!

一盏探照灯闪烁:是摩斯密码!

黑尔格兰号回答:

同志们坚持下去!我们也会撑到底!

图林根号停泊在谢灵港泊。

黑尔格兰号也停泊在谢灵港泊!

船队、巡洋舰队、轮班舰队交织穿梭。在探照灯下,司令成功将甲板上的聚会打散,收起船锚……

舰长广播：
"任务一定要完成！"
回答："任务无法完成！"
警铃大作。

古斯塔夫·基彭霍伊尔结果没有出版这本书。因为觉得政治味道太浓，不符合出版社一向的风格。而且反战文学自从雷马克的《西线无战事》之后，市场已经饱和。库尔特·克莱伯（Kurt Kläber）想为他争取在国际工人出版社（Internationaler Arbeiter-Verlag）出版。但是普利维尔选择了维兰德·赫茨菲尔德（Wieland Herzfeld）的马利克出版社（Malik-Verlag）。这本书跟雷马克的作品相比，当然没有那么出色，但还是相当成功。艾文·皮斯卡托（Erwin Piscator）甚至将它改编成舞台剧演出，起用普利维尔当演员。可惜这出戏不够卖座，一个月后便被撤换停演。

流亡时期普利维尔往东走，去莫斯科，在那里因为害怕审查，改写探险故事——直到1942年，突然有一个很特别的任务落在他身上。他被委任选辑阵亡或被俘德国士兵的书信。这个任务不是要他在书信中寻找军事机密，而是评估士兵的心理状态，德国民间一般民众的情绪如何？士兵在战场上情绪又如何？需要普利维尔报道的，是这些。他完成任务后，还利用这些丰富的素材做了别的事：他根据这些资料写了一部令他身后留名的小说，他最好的一部作品:《斯大林格勒》(*Stalingrad*，1945）——这是关于第六军团覆没的报道，根据士兵的记录串连补充，成为一部灭亡之书。他问朋友贝歇尔（Johannes R. Becher），这种小说会不会被准许发表，政治正确吗？贝歇尔毫不迟疑地肯定，结果政治家皮克（Pieck）和乌尔布里希（Ulbrich）严格反对一个无党派的人书写斯大林格勒史诗。最后因贝歇尔坚持，普利维尔才得到机会，可以访谈德国士兵，甚至采访最高指挥官保卢斯（Paulus）。1945年书出版后，获得极大回响，被译成20种语言，却单单缺了普利维尔写这本书时居住地的语言——俄语。原来书中所记录的红军不够有英雄气概，这是苏联当局的看法。

战后，普利维尔决定先搬回民主德国，在公立广播电台工作，1947年再搬到联邦德国，到处演说"红祸"（Rote Gefahr），鼓吹欧洲重新武装，并发表两部分量较轻的作品：一本是《莫斯科》，于1952年出版；一本是《柏林》，于1954年出版。这两本书似乎素材并不足够，抑或他迫切想写的心情不强烈。1953年他离开联邦德国，搬到瑞士。1955年3月12日，他在跟女儿散步时，因心脏衰竭去世。

14

你真的不需要成为共产党员!

—
海因茨·利普曼
"我是反对者。"——一个鸦片瘾君子,以及从奥斯纳布吕克正大光明走出来的人。

—
阿尔弗雷德·席罗考尔
世界大战小说内含德国的问候!写剧本为了乐趣,朗诵活动为了娱乐自己。

—
约瑟夫·布赖特巴赫
百万富翁和失落的文学巨著。关键时刻的错误。

—
利翁·福伊希特万格
在咖啡馆会见希特勒,预知焚书的到来。

—
阿诺尔德·乌利茨
最有敌对意识的纳粹小说。

海因茨·利普曼
Heiz Liepman

6月底我离开了祖国——为了祖国,我父亲1914年自愿参加第一次世界大战,腹部中弹阵亡;7月和9月我又回国两次——在寇尼托(Kognito)。我并不惊讶从2月开始不断被跟踪(6月我的行踪泄漏),也不责怪他们。我的书被焚毁被排斥,我也可以理解,现今在德国文化领域中手握权力的人,就他们的精神态度来看,我的书是永远不可能付印的。我真的一点不责怪他们。毕竟我是反对者。

这是**海因茨·利普曼**(Heiz Liepman,1905—1966)所著《祖国》(*Das Vaterland*)的前言,1933年12月利用新德国媒体记录报道的第一部小说。内容围绕新独裁政治的第一个月,叙述者束手无策地跑遍全国,目睹一个想尽快适应这种新的精神态度的国家,叙述者一有机会就抗议,当犹太人被赶出剧院时,当人平白无故被抓时,叙述者都在现场帮忙、记录。这部小说不想当小说,它想当政治传单。政治传单也比较符合它的性质。事件的发生时而像木刻作品刀刀留痕,时而慷慨激昂,但总是迅速果决。"我反对!"他比反对更坚决反对,被关了很多次,逃到荷兰后,这部小说写得更急。他在荷兰被控告"侮辱友邦国家首领",那时荷兰人还认为必须对邻国保持友好。利普曼被判驱逐,他辗转逃至比利时、英国、法国,同时立即着手书写下一本书。这个世界有权知道发生什么事,最好的方法是通过小说这个媒介。《祖国》被翻译成17种语言。他的下一部作品是:《……宣判死刑》(...wird mit dem Tod bestraft),1935年出版。这本书一样直接而毫不掩饰地控诉、要求。犹太人将大量死亡——但是我们还有时间阻止:"你必须行动,以符合道德要求的态度来处理。上帝知道,为了支持我们站在我们这一边,你真的不需要成为共产党员——甚至不必是作家,只要你是一个正直的人就够了。你必须对抗不义、暴行、人类的愚蠢。不是君子,就是小人——绝没有中间地带。"

利普曼无法明白,为什么德国境内几乎没有反对的声音。关于他的流亡生活我们没有什么资料。我们只知道他的鸦片瘾很重,这是由于他在英国,后来又在美国,反复出入监狱和医院所造成的。他再也不写小说了。只有陆续单篇的文稿,1937年他在英国发表一篇关于生化武器危险的研究报告。1947年他返回德国,受到一家美国出版社的委托,寻找有潜力的德国新作家。利普曼觉得反过来做比较值得,于是他引进美国作家如诺曼·梅勒(Norman

Mailer）和 F. 斯科特·菲茨杰拉德（F. Scott Fitzgerald）到德国，跟他妻子卢特（Ruth）合作创立一个文学经纪公司，这个文学经纪公司在今天仍居世界领导地位。利普曼自己倒是很快对经纪公司失去兴趣，这点和他的妻子恰恰相反。他的妻子娘家姓利林施泰因（Lilienstein），1934年她因为犹太人和共产党的双重身份被追捕，离开汉堡逃到荷兰，在荷兰被占领前后从事反对纳粹的地下工作。她继续经营文学经纪公司，丈夫则又开始专心写作。1962年利普曼夫妇决定二度移民，这次移民到瑞士，利普曼在瑞士和好朋友雷马克常常见面。1966年利普曼在德国发表拒绝参战权利的相关基本法规研究，这份文献成为德国日后替代役相关的重要法律和法庭判决参考。1966年6月6日，这份文献出版之时，利普曼在提契诺（Tessin）因严重心脏病发过世。

阿尔弗雷德·席罗考尔
Alfred Schirokauer

阿尔弗雷德·席罗考尔（**Alfred Schirokauer**，1880—1934）于1880年7月13日在布雷斯劳（Bresslau）出生，曾赴柏林和伦敦求学，研读法律和哲学，最后成为律师在柏林定居。20世纪20年代和30年代初，他写了大量的历史小说，题材有米拉波（Mirabeau）[1]、奥古斯特一世（August der Starke）、埃及艳后克娄巴特拉七世（Kleopatra）及拜伦（Lord Byron）等历史人物。1914年他迅速写出一本鼓舞人心，有关第一次世界大战的小说《第七大国》(*Die siebente Großmacht*) 并马上出版。书中第286页说："他们来到柏林，来到1914年8月的新柏林，来到道德严谨的大城市，一个为自己视死如归的力量骄傲的城市，沉静强烈、冀望胜利，感觉、意志以及态度完美团结一致，但又有绝不浮夸的牺牲精神。荒

---

[1] 米拉波（Mirabeau），法国大革命初期的政治家和演说家。

芜的民族精神，在动员的这些天里苏醒，吹动着他们，在第一趟开车穿过布满人潮的街道时，它已将信心送入他们的心底。一个拥有不屈不挠力量的民族，在这种危机时刻还拥有道德强度，这个伟大的民族是不可攻克的。"

身为律师又是勤奋作家的席罗考尔如此认为。接着谈到哥萨克民族（Kosaken）——在《野兽》一书，谈到机关枪扫射，无可逃脱的整排人像谷物被收割般倒下。这是一部写实的动员小说，是实况的记录。

除了一般法律工作和历史小说写作之外，席罗考尔还翻译埃德加·华莱士（Edgar Wallace）的短篇小说以及数量不少的电影剧本，而且至少执导过一部电影《地球上的天空》（*Der Himmel auf Erden*, 1926），和演员赖因霍尔德·申策尔（Reinhold Schünzel）合作。

真正把他带入 1933 年险境的，是比动员叙事诗还早写成的一部太过神化劳工领袖费迪南德·拉萨尔（Ferdinand Lasallen, 1912）的传记。例如书中有一段，席罗考尔描述赖萨棱如何在某个夜晚得到灵感，写下他的理想，而"只要工人运动不停歇，这个理想会一直流传下去"。"在震撼的神圣气氛中，一个弥赛亚（先知）庄严诞生了。突然，他从沙发上惊醒跳起，脸色苍白，睁着先知潮润的眼睛。就这样他站在天摇地动的领悟中，久久不能自已。"

这又令我们领悟到：有这种想象力，这种戏剧化的缤纷画面在脑海里，显然，这个人可以去拍电影。而且，把早期社会主义者在小说中当成先知召唤，对日后纳粹建立国家主义的书籍也没有帮助。因此这部小说被焚毁——并总是跟1928年日耳曼学家阿尔诺·席罗考尔（Arno Schirokauer）写的拉萨尔传记互相混淆。甚至到最近，阿尔诺·席罗考尔的研究文献还声称，阿尔诺·席罗考尔写的拉萨尔传记1933年5月在柏林被焚毁。这一点完全没有根据。在图书馆员赫尔曼的原始名单中，只有他的同姓者阿尔弗雷德（Alfred）在上面。同时这也是一个匪夷所思的巧合，两个席罗考尔居然在那几年里都发表了拉萨尔传记。

对于我们的席罗考尔，我们还知道，1934年德国国税局曾开给他金额高达一万马克的逃税罚单。1934年10月27日，他在维也纳去世。

约瑟夫·布赖特巴赫

Joseph Breitbach

这位作者的著作被焚的关键是背叛、阴谋、恶意篡改会改变世界的文稿,以及一辈子的立足点——或者其关键只是谎言。这里我们讨论的重点是真正的流亡、真正的德国文化以及谁在圈内,谁在圈外。我们关心的是无意义的受难,以及平白无故再也回不了家。难道真正的、良善的德国文化只能在德国境外找到?只能在流亡者之中找到?还是这一切都只是伪善者的政治宣传?美好的德国文学——1934年时在德国境内还存在吗?就是这些问题引起1934年6月的文坛争论,它是由商人兼作家**约瑟夫·布赖特巴赫**(**Joseph Breitbach**,1903—1980)在《评论周刊》(*La Revue Hebdomadaire*)刊登的一篇文章所引起的。这篇文章的标题是"法国人真的认识德国文学吗?"文中主张"真正的德国精神"只有在德国境内才能找到,它存在于汉斯·格林(Hans Grimm)所著《没有生存空间的民族》里,也存在于赫尔曼·施特尔(Hermann Stehr)和阿尔布雷希特·舍费尔（Albrecht Schaeffer）的作品里。这些属于"与日耳曼生活不可分离"的德国作家，是法国还需要去发现的。

这种说法对流亡在外的德国作家当然是一大侮辱，它像一把剑直刺进流亡作家的心脏。对他们伤害尤其大的是，发表此文的布赖特巴赫是他们其中的一员，他从1931年就开始在巴黎生活。对此文反应比一般流亡者更激烈的，是布赖特巴赫的朋友们。克劳斯·曼，一年前还跟他的兄弟戈洛（Golo）还有布赖特巴赫一起去基茨比厄尔山（Kitzbuhel）滑雪度假，他写布赖特巴赫："我们之中很多人都熟悉他的作品或认识他本人，大家都很尊敬他。多年前他极端偏左，然后路线慢慢变成欧洲保守派。"布赖特巴赫的第一部小说《苏珊·达塞尔多夫的转变》(*Die Wandlung der Susanne Dasseldorf*)很受赞赏。右派媒体猛烈抨击他，1933年纳粹烧毁他的书之后，他又遭到约瑟夫·罗特的抨击："所有德国记者像麻雀一样，只会按照他们藏污纳垢的编辑部所谱的曲子啁啾。我们尤其厌恶的是，不计任何代价一定要保住关系，人在巴黎还高兴的唱合一跟这些麻雀在可怜又可恶的合唱团里一起啁啾，真是尊严扫地。"罗特以讽刺的语气，尖锐地反对布赖特巴赫的理论，他让大家知道，在这个议题里，最重要的是流亡的原则。36年后，1970年当约瑟夫·罗特的书信出版时，布赖特巴赫对这封反对的信还是不愿发表评论。这么多年过去了，他还是认为罗特是"无知小人"，辩解他当时根本不是那个意思，指这篇文章是被当时的编辑"断章取义地修剪"和"操纵"。布赖特巴赫对罗特激烈反对他那篇文章，甚至怀疑其中有别的原因。事件发生前不久，他在普隆出版社（Plon Verlag）前遇见罗特和他的同居女友安德烈娅·芒加·贝尔（Andrea Maga Bell）。芒加·贝尔当时泪流满面，哭泣的原因是罗特拒绝继续负担她的生活费，她不知道怎么生活下去。布赖特巴赫遂建议，请罗特陪他一起去银行提款，"领出一笔可保他一年生活无忧的款项。"当他把钱递给罗特时，罗特大声斥骂布赖特巴赫"不是一个作家，只是一个有钱的公子哥儿。"布赖特巴赫说，从此他和罗特便不再联络。

对克劳斯·曼，布赖特巴赫也有话说。克劳斯·曼一直向他借钱，却从来没有还过。

布赖特巴赫是一个富有的人。他的财富是经商所积累的，他不仅是一个商人，在证券投资上也很有心得。1939年6月他在笔记中很骄傲地记载，他的资产累积已破百万。和其他在生死边缘挣扎、贫困交加的流亡作家们相较，真是情何以堪。更何况他还发表反对流亡作家的言论，主张真正的德国艺术家只有在德国境内才找得到。这种形势没有引发枪战，实是大幸。

雪上加霜的是，克劳斯·曼还提出，布赖特巴赫只能算是沙龙共产主义。他第一部文集《红色对红色的斗争》（*Rot gegen Rot*），1928年年底在德国出版以前，已先在苏联出版。他跟共产党关系良好，对共产党的"新德国出版社"（Neuer Deutscher Verlag）大力帮忙，直到1928年这段关系才切断。"我从来不是专业作家，"1973年他在一次访问中说道，"我的第一本书是在星期天写的，其他的日子里我没有时间写作。我有一份正职,在一个百货公司里工作。"这个百货公司也是他第一本文集里的场景。书中主要描写那些年里的百货公司,是一本极简单、轻松的短篇小说文集。文中的主角是开电梯的男孩,以及一个卖鞋的女售货员,她是一名共产党员,但在紧要关头却证明她只是小萝卜,"外红内白"。

布赖特巴赫最重要的一部作品已经遗失。嗯,那可能是他最主要的作品。除了他的好朋友让·施伦贝格尔(Jean Schlumberger)和恩斯特·罗伯特·库尔提乌斯(Ernst Robert Curtius)以外,几乎没有人知道这部作品。幸好库尔提乌斯还留下一篇评论:"萨克里斯坦·维尔茨和他的儿子之间所发生的宗教斗争是齐克果的'非此即彼',只不过比齐克果容易理解。"《克莱门斯》(*Clements*)是这部小说的名字,小说长达1200页,从1933年到1939年费时6年完成,1941年当德国秘密警察进驻巴黎时,搜查了他的住所,没收照片和书籍,还抢走保险箱里的东西。这部作品的手稿也跟着永远消失了。只有第一章,托马斯·曼在他的《量与值》(*Maß und Wert*)发表,才得以保存。真是噩梦一场。布赖特巴赫几次尝试重新再写,但并没有成功。

他中间有好几年都未曾提笔。战争结束后,他担任《世界报》(*Die Welt*)的通讯记者。直到1962年他才又发表一部小说:《关于布鲁诺的报告》(*Bericht über Bruno*),性质是社会小说,内容是传统裁缝师的世界。布赖特巴赫自认是传统史诗作者,却在他想象的王国里,让一个祖父——一个白手起家的大企业家以及前社会改革斗士，跟他正在崛起、意欲颠覆伯父的侄子互相缠斗。语言古典，气氛舒适，让人觉得像是很久很久以前的某个时代。

布赖特巴赫应该是一个既会照顾朋友，也会享乐的人。他的朋友除了让·施伦贝格尔之外，还有朱利安·格林（Julien Grenn）、恩斯特·云格尔（Ernst Jünger）以及巴宗·布罗克（Bazon Brock）。为了庆祝他75岁生日，而由S.菲舍尔出版社（S. Fischer Verlag）出版的纪念文集，是令人印象深刻的法德友谊记录。他的传奇性财富一直持续到最后。布罗克在庆生文章里暗示，甚至西格弗里德·翁泽尔德（Siegfried Unseld）为了苏尔坎普出版社（Suhrkamp Verlag）也曾向他借钱："他真有钱，没听说过吗？他借给他的出版商一百万。哪有这样的事？一个作者居然比出版社更有钱。正常的情况不应该是作者为了买房子或者下个月涂面包的植物油，向他的出版社借钱吗？可是布赖特巴赫吃的油比植物油好，而且这还不止，他还跟部长、贵族、出版商以及外交官一起吃呢，他有一对管家侍候着，居住在巴黎万神殿对面的奢华公寓里。"

这个富可敌国的人把遗产留给德国最高额奖金的文学奖，每年一次，由约瑟夫·布赖特巴赫基金会和麦兹勒科学与文学学院，颁奖给一位用德语写作的作家，奖金五万欧元。

利翁·福伊希特万格
Lion Feuchtwanger

这就是他:"头号人民公敌"、"德国人民最糟的敌人",他是犹太人及袖珍本作家,也是共产党员及畅销作家,拥有漂亮的女人、漂亮的车子及漂亮的生活——**利翁·福伊希特万格**(**Lion Feuchtwanger**,1884—1958)。关于他,已经有太多的传言,太多的文章。戈培尔最憎恨的作家就是他。他的书抢先于大家之前飞进焚书的火堆里。1920年在他的讽刺诗《和永远的犹太人谈话》(*Gespräcbe mit dem ewigen Juden*)中,他预见恐怖景象:"很明显,大家都在说话,嘴巴张得大大的,他们叱喝、他们怒吼、他们呐喊、他们大叫。但是什么声音都没有。房间静静等待、变成一个可怕的地方,即将充满烟雾和鲜血。塔一样高的希伯来书籍在燃烧,火堆筑起,高耸入云,人成灰碳,不复可数,颂歌响起:赞美上帝的荣耀。"

这些是当他和妻子玛尔塔(Marta)以及朋友布鲁诺·弗兰

克（Bruno Frank）在经常落座的慕尼黑皇宫花园的奥迪翁咖啡馆（Cafe Odeon）喝咖啡时所写。一天，福伊希特万格有事必须先离开，他站起身来，隔壁桌一位黑发上抹着发蜡，嘴上留着两撇小胡子的男子也赶紧起身，手忙脚乱地想帮福伊希特万格穿上大衣。福伊希特万格很礼貌地道谢。他们互相不认识，只是经常坐在同一家咖啡馆。这也是两人唯一的一次接触。后来，其中一人成为独裁者，另一人成为流亡作家。

福伊希特万格是花了一些时间才取得一些成就的。他的第一部小说《可爱的犹太人》（*Jud Süß*，1925）在出版社躺了三年。原本福伊希特万格领了这个出版社一笔不低的酬劳为其审读评鉴意大利和法国剧本，后来出版社对意大利戏剧失去了兴趣，而报酬已经付出，于是就决定付印这部古怪、没有希望会成功的、关于约瑟夫·徐斯（Joseph Süß Oppenheimer）的小说。直到今天这部小说已拥有超过35国语言的译本，全世界发行超过350万册。畅销作家福伊希特万格就此诞生了。在德国、美国和苏联他都获得莫大的成功。当托马斯·曼20世纪20年代末出游英国时，必须忍受英国对一个作家最高的赞誉是："几乎像福伊希特万格。"

福伊希特万格的成功接踵而来，几乎不费吹灰之力。他自己有一次自我形容："作家利翁·福伊希特万格（L.F.）用打字机一个小时可以写7页，作文30行，作诗4行。在写这4行诗时，减重325克。"

接下来就是他的流亡生涯了——他曾旅行到苏联，书写难以形容的表现对斯大林极大崇拜的报道《1937年的莫斯科》(*Moskau, 1937*),并因此被监禁于米勒(Les Milles)集中营,后来他乔装成女人潜逃,最后一秒脱险到达美国。他有许多桃色新闻,并拥有被乔治·泰伯里(George Tabori)称为"一栋吹嘘得像瓦恩弗里德别墅[1]般完美"的大房子。唯一遗憾的是,他至死没有获得美国国籍。1958年12月21日他与世长辞,第二天,1958年12月22日,他的妻子玛尔塔才接到美国移民署的电话,告诉他们,福伊希特万格的文件齐备,他可以变成美国人了。

---

[1] 瓦恩弗里德别墅,瓦格纳在拜罗伊特(Bayreuth)的居所。

阿 诺 尔 德 · 乌 利 茨
Arnold Ulitz

我在古董书店寻找作家**阿诺尔德·乌利茨**（**Arnold Ulitz**，1888—1971）的作品很久。所有作品被焚的作家中，他似乎属于被遗忘得最彻底的那一群。最后我终于找到一卷中篇小说合集。挑衅的红色扭曲字体《兄弟姊妹》（*Geschwister*, 1941）印在书的封面上。下方用很小的字，印着出版社的名字：在布雷斯劳的"地区出版社"（Gauverlag NS-Schlesien in Breslau）[1]。书一打开，一个大大的印戳出现在第一页："阿尔弗雷德·罗森贝格（Alfred Rosenberger）捐赠德军，1939—1941，高·丹泽（Gau Danzig）。"如果你开始读这本书，很快就会知道这本书为什么会被捐赠到军队里去——它是国家

---

[1] "GAU"相传是早期日耳曼人就有的区域划分用语，指的是"地域"或"地区"。17 到 19 世纪都有在用，只是纳粹党把它搬出来用为其各地方党部的责任区，最后也党国不分地域，用为帝国行政系统之用语——当然是因为"日耳曼"之故，使之染上了负面意义，而在实质影响上，则说明了，纳粹政府文化大权一把抓得彻底。

主义的文宣小说，抛头颅洒热血，完全是纳粹的手法："在法国风暴似的保卫战过程中，军报里将一个年轻的少尉也归入最勇敢一群人中，他还未收到书信通知的父母，必须以这种方式看见儿子的名字，经历难以言喻的骄傲和巨大的震惊。"英雄小说《小森林大英雄》(Kleiner Wald und großes Herz)就这么展开，我们渐渐得知，一个爱做梦的年轻人，他的父亲认为他是"装模作样的假诗人"，如何鼓起勇气，成为一个战争英雄，成为父母和祖国的骄傲。最后他回到故乡，想起很久以前附近曾有一片他很珍爱的树林，想起当林子被砍光时，他曾如何伤心哭泣。他告诉父亲："'不要以为一个士兵拥有温柔的爱是丢脸的。父亲，你知道我们为何是世界上最好的士兵吗？因为我们虽然强硬无比，但是内心却有一片森林！我想大概是这样。'父亲站起身，向他伸出手来，轻柔又充满尊敬地对儿子说：'也许你发现了德国的秘密。'"

唯一剩下的问题是，为什么纳粹要焚烧这样一个人的书呢？那是因为他早期的小说，如《阿拉拉特》(Ararat, 1920)、《遗嘱》(Testament, 1924)、《沃布斯》(Worbs, 1930)等，都有反战精神，并且对苏俄太友善。阿图尔·埃勒塞尔（Arthur Eloesser）1931年在他写的当代文学史中记载乌利茨早期的作品，"战争经历的紧张"必须先解决，乌利茨才"能够返回欧洲社会"。阿图尔·埃勒塞尔的意思是既想安慰乌利茨，又想带给乌利茨立足文坛的希望，结果希望破灭。

在阅读这本书的过程中，我们观察了好一些作家，他们匆忙摆脱旧有心态,为的是希望以后作品在故乡重新被喜爱,成为大环境的一部分。但是像乌利茨如此极端的,从有的作品被焚烧,到由"地区出版社"印制赠送给前线军队的中篇小说,作品落差之大,确实也是一个令人吃惊的特例。

15

有一点吵

一
维尔纳·蒂尔克
倾向追求公义的服饰制作行家,逃到澳洲。

一
格奥尔格·芬克
贫苦出身的媚俗者。

一
弗里德里希·米夏埃尔
不小心被焚烧。带着喜剧游遍全国。

一
恩斯特·奥特瓦尔特
跟着布莱希特成为共产党,跟着赫茨菲尔德一起死亡。

一
库尔特·图霍尔斯基
德国与我。最终沉默。

维尔纳·蒂尔克
Wemer Türk

好人在书的第一页一开始就出现了，他的名字是汉斯·拉姆（Hans Ramm），是班诺·博尔曼（Benno Bohrmann）服饰公司的学徒。他必须常常加班，害他的女朋友日复一日在柏林豪斯福格泰广场（Hausvogteiplatz）走来走去干等，最后跟他分手。他对公司怀恨在心，便偷了几件衣料，结果被抓。他感到羞辱、可怜，于是自杀了。这些内容在**维尔纳·蒂尔克**（**Wemer Türk**，生于 1901 年）的小说《服装厂》(*Konfektion*) 中只占 6 页，此书发表于 1932 年。小说里接着由维利·克吕格尔（Willi Krüger）接替学徒的位置，他是一只"猪"，野心勃勃、作践下属，是个一心只想往上爬而剥削下属工资的人。多有意思，1923 年的德国小说主人公居然是一个大反派。可惜作者蒂尔克只忙着跟这个坏人保持距离，他把威利这个角色塑造得很糟，还有那些工人，极端柏林式纳粹和共产主义，说起话来像政治玩偶："'他妈的，不会久了，'一个脖子上挂着绿色围巾的失业工人对着他大叫，'很快就要大清理,犹太人的共和就要完蛋,"马克思党"人的控制也会结束!'——'这是一个纳粹分子',另一个失业工人指着绿围巾说,'这个纳粹分子我认识。'一个穿着灰色短大衣的失业工人挤上前来,对着国家主义者说:'喂,说话别放屁!哪有什么犹太共和。你自己都不相信。统治我们的,难道不是只有犹太资本吗?'"他们用带着柏林方言的口音交换意见,甚至交换精神创伤。蒂尔克最在行的,就是服饰公司内部的描写。公司代表的出差行程正紧锣密鼓地准备着,气氛紧张得不能再紧张了:"模特儿穿梭其间地走着,设计师跟裁缝师脸红脖子粗地大呼小叫。衣架被推来推去,衣架下的轮子好像被踩到的黑色小狗般吱吱地叫着。主管们到处跺脚发怒,他们脚一跺,所有人的神经就一紧。他们追着赶着,发号施令,激动得不知身在何处,顾客也茫茫不知所以然了。"

有关维尔纳·蒂尔克我们所知不多。西格弗里德·克拉考尔(Siegfried Kracauer)刊登在《法兰克福日报》上的小说评论中推测:"大家都得到一个印象,蒂尔克对服饰公司里的老板、主管、他们的行旅、设备、学徒以及管家都了如指掌。很显然蒂尔克不只是站在圈外观察,他自己一定曾在某家服饰公司工作过。"

关于他的一些生平事迹,我们可以肯定的是:1901年在柏林出生,他的音乐学业因经济原因中断后,曾任服饰公司、证券公司及银行柜台实习生。1933年他到布拉格去,给《新世界论坛》(*Neue Weltbühne*)写稿,后逃到挪威,然后是英国,在英国被拘留,接着被驱逐到澳洲。1945年他回到英国,然后便销声匿迹。

格奥尔格·芬克
Georg Fink

这不是很有趣吗？一部最最底层的失业者的小说。1929年由卡西雷尔出版社（Cassier）出版，装订用的还是很土气的白色麻绳。《我饿》（*Mich hungert*），**格奥尔格·芬克（Georg Fink**，1879—1944），真名库尔特·明策尔（Kurt Münzer）所写。他是"魏玛共和时代产量众多的小说家之一"，百科全书如是说。除此之外，关于他的资料几乎是一片空白。可惜他的作品很糟糕。感情过于激动、煽情，虽然立意良善。"我饿……就这样，我有意识的生活开始了。我的第一个记忆是：我饿……"这句话被当成引导主题般一直被重复。读者马上就明白，可是情节还是不向前推进。只有苦难，只有感觉。场景阴森，他观察着乞讨中的母亲。她不知情。父亲命令他帮忙乞讨："行行好，给一点吧。我妈妈病得很重。"当他看着自己的母亲，只有无尽的羞耻。就这样他继续乞讨。最后："我只在残疾人大街乞讨，我——我——如果我叫别的名字，如果这是另一个伸手乞讨的男孩,当我坐在这里书写的时候,还有在柏林、在伦敦、在巴黎、在阿姆斯特丹乞讨的男孩,他们都是我,永远是我,乞讨着,那个永远贫穷的孩子。"等等,还有一个挨冻的男孩,"没有人看见他,没有人听见他,他在你们的身后低语,无人听见,不被答应,脸色苍白,颤抖着——哦!听啊!'我饿——我饿——'。"库尔特·图霍尔斯基评论芬克的作品,在魏玛共和沦为低级作品的书《商店王子》(*Ladenprinz*,1914):"明策尔是很普通的亨利希·曼(Heinrich Mann)鼓吹者,虚伪造假,风格低劣,不是个好作家。但这是我们的事,不关他们(纳粹)。"

然而纳粹并不这么想。

弗里德里希·米夏埃尔
Friedrich Michael

弗里德里希·米夏埃尔（**Friedrich Michael**，1892—1986）自己一直说，他的书《讨人喜欢的女人》（*Die gut empfohlene Frau*，1932）是无意中被烧毁的："而且这部被焚烧的小说，发生场景是在 1825 年，完全与现在没有关系，很显然这是一个误会。也许因为我是维特科夫斯基（Witkowski）的学生，又有几个犹太好友，或许也认为我是一个祖父身份不对的人。"1962 年他在一次访问中幽默地描述。他在事件之后没有认为自己是秘密的、隐藏在历史中的反抗者，令人好感油生。"一个误会"——是可能发生的。米夏埃尔也不需承担什么后果，他可以继续写作，纳粹时代他担任教师以及是安东·基彭贝格（Anto Kippenberger）在小岛出版社（Insel Verlag）的助理。而且他写喜剧。最有名的一部是《蓝色草帽》（*Der blaue Stwbbut*），1942 年公演，非常成功。喜剧？在纳粹时代？为什么？其实"这部戏在战争开始前就写好了。还有，如果我们下定决心，要让人们快乐——战争中难道一句话都不能说吗？"。

当安东·积本贝格于 1950 年死后，米夏埃尔继任主持小岛出版社 10 年，1986 年在威斯巴登（Wiesbaden）过世。

恩斯特·奥特瓦尔特
Enrst Ottwalt

那是1936年11月6日，**恩斯特·奥特瓦尔特**（**Enrst Ottwalt**，1901—1934）和妻子、小姨子坐在莫斯科的红场上喝酒。广场上正在排练隔日将举行的革命庆典。奥特瓦尔特的小姨子伊尔泽·巴特尔斯（Ilse Bartels），在多年后写给编纂奥特瓦尔特传记的作者的信中，回忆当晚的情形："观看排练的过程中，我跟奥特瓦尔特可笑地对应该有多少士兵参加游行而争吵起来。我们争吵时说的是德语，一个警察就因此怀疑我们是偷表的小偷，而把我们带到警察局去，这当然一点都不意外。刚开始我们还觉得这一切都很有趣，不久我们却被从警察局转送到卢比扬卡（Lubjanka）。"作家恩斯特·奥特瓦尔特从此失去自由，不见天日。他和妻子从一个监禁转到下一个监禁，在没有证据的情况下控告他们替德国秘密警察搜集情报。三年后终于上法庭开审，判决五年劳改，三年服刑坐监。他的妻子被带到卡特拉斯（Kotlas），1941年因为一次人犯交换才得以重获自由。奥特瓦尔特则去了阿尔汉格尔斯克（Archangelsk）。从此他的行踪他妻子无从得知。任何人都没有他的消息。直到15年后，才有人通知她，她的先生于1943年8月24日在集中营中死亡。死因没有人知道。卒年41岁。

高中毕业之后，他对右派活动很积极，是志愿军。对于这些，在他的第一部小说《宁静与秩序》(*Ruhe und Ordnung*)中有很深刻的描写。这本书于1929年由维兰·赫兹斐尔德（Wieland Herzfeld）的马利克出版社（Malik-Verlag）出版。书的背面印着小小的、紧密排列的字，描述主题：

这部小说是真实事件的记录，没有一页是出自想象杜撰……这本书要表达的不是单一性或者偶然：有一条红色的线从11月战斗贯穿慕尼黑、卡普（Kapp）、德国中部、上西里西亚（Oberschlesien）直至最近的炸弹攻击。

我曾帮助这条红线布线。

这本书要做的是拆线的工作。

奥特瓦尔特当时早已经改换阵线。与布莱希特的一次相遇，把他变成共产党员。他成为布莱希特亲密的朋友。两人一起编写电影剧本《世界属于谁？》(*Kuble Wampe*)。在这个剧本之前，先完成的《宁静与秩序》是以极安静、简洁的日记风格书写。简短的句子，有如那个时代，描写"一战"结束后，有人成为右派斗士，之后再成为间谍。但是故事一开始时——战争已经结束,学校也是,内心的空虚是那么庞大。他被伟大的使命征召,去见校长,注销学籍,变成志愿军,为了让战斗能继续下去,为了祖国,为了宁静与秩序。那校长呢?"他亲切地接待我们,用军事标准的眼光严格地打量我们。他把手重重放在我的肩膀上,精神抖擞地高声说:'荣誉我的队伍!'"他展开战斗,有技巧地让这片土地不得安宁,这样他和他的同志便能用暴力将秩序再造,还有——进行秘密侦查:"我全心全意献身秘密侦查。我的生命又有了意义。而对外,我只是个小小的中学生。"

对这句"这几声枪响令我们性趣大发,骑士要进妓院了",库尔特·图霍尔斯基在他的评论里写下:"语意精赅,无法再短。"整本书都是如此。极端简洁,而且自我揭露。只有结尾时他欺骗自己:"宁静和秩序已经成为历史名词。上西里西亚得救了。希特勒和鲁登多夫(Edch Ludendorff)只是插曲。"

两年后他接续完成的是一部律政小说《因为他们知道在干什么》(*Denn sie wissen was sie tun*)。全书充满实据——原来奥特瓦尔特和妻子在法庭当报道记者多年,而书中的司法制度严惩因为饥寒交迫而偷窃的小偷,罪大恶极的凶残谋杀犯却被轻轻放过,令读者久久无法从错愕中回过神来。这本书中奥特瓦尔特也置放了信仰主题:"书中详列的所有司法案件、审判过程、判决和结果,都是1920年至1931年间可查证的实例。"对此抱有怀疑的读者,可以通过出版社找他,"所有这样的问题,我们都可以用公开的文件资料来证明我们的回答"。

可惜这本书并没有第一本那么好,风格上虽然比较模糊,文体则比较接近小说。奥特瓦尔特塑造出更多的东西,更强烈地想要有艺术性,反而超过了他的能力所能表达的范围,可惜对作品没有帮助。

纳粹最终痛恨奥特瓦尔特的,是他1932年发表的一个系列——《觉醒吧,德国!纳粹史》(*Deuteschland erwache！ Geschichte des Nationalsozialismus*),在这个系列里奥特瓦尔特写了整整400页有关纳粹党的由来和现况的研究。

然后奥特瓦尔特就失踪了。写他传记的作家安德烈亚斯·米策尔(Andreas Mytze)一直掌握他逃亡路线的线索,他先去丹麦,找布莱希特的一个女朋友,然后去布拉格,最后到莫斯科。他似乎不那么受到其他流亡人士的喜爱。格拉夫(Oskar Maria Graf)于1934年去苏联旅行时写道:"他身上有德国学生志愿军那种咄咄逼人的态度,说话时总是刻意流露出对党的忠诚。"有一次跟朋友谈话时,格拉夫还不容朋友替奥特瓦尔特辩护:"我也不相信他是一个端正的人。但是我也不理解,为了政治我们都需要一些什么人。"

奥特瓦尔特遇见的人对他都有猜疑。维兰·赫兹斐尔德怀疑,奥特瓦尔特搜查过他在布拉格的房子。麦哲甚至猜测,赫兹斐尔德是害奥特瓦尔特在莫斯科被当成间谍抓起来的人。

在第一次公开审判期间,莫斯科到处弥漫着人人自危、压抑不安的气息。认识的人一消失就永远不见。每个人都可能是间谍。每个人无时无刻都有被告发的可能。周遭若有人失踪,没有人会感到惊讶。当贝尔纳德·冯·布伦塔诺 1937 年问布莱希特,奥特瓦尔特被捕是不是真的,他说他不知道,因为消息其实来自报纸。"我和他已经很多年没有联络。"

匈牙利作家尤利乌斯·海(Julius Hay)在他的回忆录《1900 年出生》(*Geboren 1990*,1971)里回忆:"奥特瓦尔特在他的中篇小说《告密者》(所指可能是小说《宁静与秩序》里与此同名的一个章节)中,对告密者的职业技能和心理都描写得很真实。这足以证明他的天分。突然我们会想到,他这些知识是哪里来的?他实际上是否真的学过?"也许,尤利乌斯·海推测,他的文学天才可能恰恰宣判了他的死刑。

"我全身骨血灵魂都是间谍。"

库尔特·图霍尔斯基
Kurt Tucholsky

斗士库尔特·图霍尔斯基（**Kurt Tucholsky**，1890—1935）不再存在。谁比他更明确、更真实、语言更激烈、更有勇气、更激昂、更好战地争取更好的德国？永远不嫌累，他用笔名伊格纳茨·弗罗贝尔（Ignaz Wrobel）、特奥巴尔德·蒂格（Theobald Tiger）、彼得·潘特（Peter Panter）、卡斯帕·豪泽（Kaspar Hauser）和库尔特·图霍尔斯基在《世界舞台》(*Weltbühne*)、在《前进》、在《工人画报》上为更好的书、更好的政治、更好的语言、更好的生活、更多的正义，甚至更好的国家发表文章？1928年，他在《福斯日报》(*Vossische Zeitung*)[1]上发表一张名单，上面清楚写明，他厌恶

---

[1] 《福斯日报》，柏林地区最早发行之报纸，可溯至18世纪初年左右，1704年，后来辗转到Christian Friedrich Voss手上，"Vossisch"从此姓而来。然其原名称上有的德文"koeniglich privilegiert"意思是"皇家特许"，即"由普鲁士皇室发照"之意，本指"只此一家，别无分号"，与皇室本身无关。

什么、他喜爱什么。憎恶的那一边有"军队"、"隔离"、"球芽甘蓝"、"火车上偷瞄别人报纸的人"、"噪音",最后是在引号里的"德国"。另一边是他所喜爱的"克努特·汉姆生"(Knut Hamsun)、"每一个勇敢的和平战士""削得尖尖的铅笔""战斗""我正爱上的女人的发色",最后是不加标点符号的"德国"。刚好不,正好是,如他所想,并且——爱。

他写的究竟如何?

就像这样:

现在我们说"不"已经很多页了,说"不"是因为我们同情,说"不"是因为我们的爱,说"不"是因为恨,说"不"是因为我们的热情——现在我们也来说一说"不"。"不"——对风景,对德国的土地。

在这片土地上我们诞生,我们说这片土地的语言。

当我们爱着我们的故土,国家却很快地离开。

为什么刚好是她?而不是其他的土地?有那么多美丽的地方。

是啊,可是我们的心不爱那里。而且我们的心说话时,用的是另一种语言——我们对大地尊称"您"。我们尊敬她,我们珍惜她。可是这里并不是那里。

然后他把所有的一切都爱上一遍,爱土地、爱大海和森林,他倾心爱慕而且记起——在图霍尔斯基文章里的幸福,这份巨大的幸福,爱情和一切,总是刚好错过,到达不了,擦身而过。这些文章因此都这么悲哀,那些最美的和最幸福的。但是这里还是有当下,1929 年,图霍尔斯基写道:

是,我们爱这个国家。

现在,我要告诉你们一些事情:

那些自称国家主义者,除了是人民和军人之外,什么都不是的人,将这个国家和语言据为己有,这件事不是真的。不是只有穿着小礼服的政府代表,或者大学教授,或者戴着钢盔的先生女士,才是德国人,还有我们呢。

然后,几年过去了,一切也过去了。在瑞士一本来宾登记簿里,1933 年图霍尔斯基写下:"德国——? 闭上嘴巴通过吧!"而同年四月他却写给老朋友汉森克利夫说:"我们的世界在德国已经快要消失不见的这件事,我不需要再提醒您了……事情该如何就如何:我们已经输了。一个有尊严的人这时就该退下。"

图霍尔斯基真的退下,并且去了瑞典。他从遥远的地方发表对焚书的评论:"在法兰克福他们把我们的书装上牛车,拉到刑场(Richtplatz),好像首席教师的民族服装会。"几行字以后,又恢复原来的图霍尔斯基,在括号里写道:"我现在快发疯了——当我读到,我是如何捣毁德国的。这二十年来,一直折磨着我的是:我没能让一个警察离开他的工作岗哨。"

一切图霍尔斯基都看得很清楚,太清楚了。这场战斗已经失败,这个国家不再属于他。语言、故乡,真的都属于别人了。即使是即将爆发的战争,他也早已预见。1934年他写道:"在政治上算数的只有成果。这表示五年之后即将开战。因为如果为的是别的事情,他们不会需要这么多钱。"

接下来什么都没有了。希望已经失去。生命也过去了。而且他病得很厉害,到底是什么病,他不知道,医生也不知道。他闻不到味道、尝不到味道,经常有受不了的压力在脑里,无精打采、抑郁沮丧。额骨和筛骨之间,一个手术动完又动一个。鼻腔里都是黏液还长了东西,必须割开治疗。但是这些都没有用,不幸的原因藏得很深。"我大概不行了。"他写道。他写给玛丽(Mary),他的爱,他曾经的伴侣,他永远的爱,最后的这一封信写着:"想握着她的手(马莉)告别,请求她的原谅,原谅我曾经伤害了她……再过一天就七年了,逝去的,不,是我让这些时间溜走的——现在,记忆铺天盖地而来,所有的一切。我知道,对她我恨的是什么:我们没有生活过的生活……如果爱能回头,如果爱能厘清,那我们就什么都能感受。如果真爱要求的是持续,要求一而再、周而复始地卷土重来——那么我生命中就只爱过一次,她。"

活下去的勇气没有了。12月他获悉,在他的"爱的清单"上排名很高的诗人汉姆生(Knut Hamsun)坦承推崇希特勒,并且站在纳粹那一边。图霍尔斯基开始构思一篇庞大、根本的挑战性文章对付这件难以置信的爱的背叛。但是他没能完成。

他死前几天在日记里写下:"如果我现在要死了,我会说:'就这样了?'——然后,'我没有完全懂。'然后,'有点吵。'"

1935年12月21日,他被发现失去意识。大家把他送到哥特堡(Göteborg)城里的医院,当天傍晚他就过世了。死亡诊断书上写着:"安眠药中毒(佛罗那[Veronal])?"加上问号。

他的坟墓盖在一棵大橡树下,只立着一块大石板,没有花,没有草。他躺在自己曾经形容过的墓园里,在《格里普斯霍尔姆宫》(Schloß Gripsholm),当世界还那么美丽,当比利跳舞般走过去,所有的一切轻抚着他:

"你们看,后面是一个墓园!来啊,晚餐之前我们一定赶得到——走吧!"我们加快脚步。一阵微风轻轻跟上来,然后风推得急了,雨点落下来。有时候风吹过来像是海在呼吸,从海上来的,从波罗的海来的。现在我们到达目的地了,前面是一道小小的木门,矮矮的石墙上冒出老树藤。

这是一个老旧的墓园。从这一边可以看见缺少伴侣、有些损毁的墓碑,另一边美丽的墓碑井然罗列,被照顾得很好。四周非常安静。我们是今天下午唯一来拜访死者的人。——拜访谁?我们拜访死者其实是拜访我们自己。

16

千金散尽换美酒

海因里希·库尔齐希
带着莫大的乐趣报道了一件疏失。

阿尔贝特·霍托普
远扬去,再会吧。

埃里希·埃贝迈尔
是机会主义者。

施伦普
以为自己是幸运的汉斯,走进大战闯关,结果永远消失。

伊万·戈尔
新人类三种语言演唱家。

海因里希·库尔齐希
Heinrich Kurtzig

海因里希·库尔齐希(**Heinrich Kurtzig**,1865—1946)在霍恩沙查(Hohensdza)出生,学习经商,在他的家乡成为工厂厂长,1905年以主管官员的身份搬去柏林,1907年在柏林建立出版社、书局。早在19世纪80年代,他已经用笔名博古米尔·库尔提乌斯(Bogumil Curtius)发表过一些文章。这些文章的标题都很美,例如《欢乐的踏青》(*Fidele Landpartie*, 1886),他还是布雷斯劳(Brelau)诗会的一员。比起他自己的诗歌创作,那个时候他更多是其他诗人的仰慕者,可以参加聚会便已经令他引以为傲。后来他曾经描述过,他20岁时,如何在他仰慕的幽默作家尤利乌斯·施特滕海姆(Julius Stettenheim)面前朗诵他自己的幽默作品,而大师在他开始不久后,便听得悠然入睡,最后还不吝给年轻诗人赞美鼓励:"我从未睡得这么好过。"

库尔齐希在作品中致力于东犹太文化,他书写东犹太家庭以及他自己的出生地，那个今天在波兰的库雅韦恩（Kujawien）伊诺弗罗茨瓦夫（Inowrazlaw）的霍恩沙查（Hohensalza）。在《民主德国的犹太民族》(*Ostdeutsches Judentum*，1927）里他写道："当阿隆·库尔齐希（Aron Kurtzig），我的父亲，离开他的家乡——一个在西里西亚（schlesien）和波兹南（Posen）边界的城市——来到霍恩沙查时，这里还是遍地狼嚎的荒原。这里的居民个个是酒鬼，住在肮脏、用干草铺盖屋顶的可怜村落里。那个时候没有公路，乡间的小路每到雨季便泥泞不堪几不可行。只有四马驾驭的车子才有办法通过'库雅敏式污泥'。"库尔齐希写出优雅的田野乡情，是一个成功的、超越反犹太情结的例子，表达出东部省份的犹太生活方式。父亲阿隆最后在村民的祝祷下安祥辞世。"受人尊敬的犹太牧师在棺材前致辞哀悼：'他的死因是我们所知道的一个古老传说：一个亲吻，上帝印在他的前额上。'"

《民主德国的犹太民族》于1927年出版，虽然他的书在焚书的名单上只有《乡村犹太人》(*Dorffunden*，1928），但在1933年5月还是一起被烧毁。

1934年他重新燃起对幽默风格的热情，古斯塔夫·彦俄出版社（Gustav Engel Verlag）帮他发表了以荷马的《奥德赛》为体裁改写的滑稽史诗。他将奥德赛之旅变成狂欢盛宴：

特洛亚终于失败，
军队整装结束战争。

不久就要开拔,
肌肉结实的军官往回家的路上。
常胜军到达驻扎地,
就是还没清点人数。
有些将军将领,
因为伤重延迟抵达。
独有一个触怒天神,
罚他长久不见。
他的回程十年,
奥德赛是那个聪明人。

库尔齐希只写了短短的篇幅。58 页以后就已经是结局:

伊萨卡岛(Ithaka)这段时间过后,
一些有趣的事也还发生。
荷马已经报道过,
我也已经腻了。
这些希腊进化过程,
我不再咏唱吟说。
现在我——宙斯理解——
要去现代的庙宇拜拜。

焚书之书

这本书在他的书被焚毁后一年马上就出版了。库尔齐希尝试回到轻盈、诙谐的风格。这部作品算是达到他的要求（但是这次不只有嗜睡的施特滕海姆昏昏欲睡）。即使对库尔齐希，留在德国也没有未来。1939年他移民至摩洛哥，1946年死在卡萨布兰卡（Casablanca）。

阿尔贝特·霍托普
Albert Hotopp

"海旁边站着一个女人。她有着金色的头发,看起来很年轻。除了年轻美丽,她并没有其他什么特征。"我们还需要继续读下去吗?哪一种拙劣的小说会这么开场?"海旁边",啊哈,为什么不简单明了地写"海边"?还有,"金色的"、"看起来很年轻",而除了"美丽"以外,作者再想不出什么其他的形容词。哪一种美丽只有"美丽"一词可概括?进一步描写不是作家的天职吗?别急,下面还有。这部小说,这里讲的这一本,确实是拙劣而且滥情,它有很多"海旁边"的场景,还有"海上"。但是它同时也是一部现代小说、政治小说,尤其他是一部描写女人自主意识的小说。一个女人,她从一个懦弱胆怯的渔家女开始,发展觉醒,成为自信有斗志的女性。

这部小说的作者是共产主义记者和作家**阿尔贝特·霍托普**(**Albert Hotopp**,1886—1942),书名是《渔船 H.F.13》(*Fischkutter*

H. F. 13），出版时是1930年。那个美丽的女人叫作莱（Lee），是渔夫欣里希森（Hinrichsen）的妻子。渔夫不幸死亡，她欲继承捕鱼事业，渔船的主人是大资本家，他佩服这个女人的傲骨和追求自由的意志，便成全她，一段爱情也就此展开。接着她怀孕了，但厄运降临，她的大儿子发生船难，流落海上。她的情人冷漠以对，对她的不幸持漠不关心的态度。莱于是动手术堕胎，因此被告上法庭，有可能面对五年牢狱。小说中法庭的场景有着令人毛骨悚然的真实。一年半后莱被释放。她自由之后，被卷入1929年妇女抗议游行，当时大量的妇女参加游行，诉求女人有权决定终止早期妊娠。

人潮一波又一波地挤过来。呼喊持续在她的耳里撞击。左边才是进步，向左！向左！向左！莱看着这些结集的妇女，像男人一样迈步前进，每个人脸上表情严肃。在队伍前面她们高举一幅布条，上面写着：反对强制生育，删除218条款。这幅布条像是有魔力一样，吸引着莱。莱不自觉地跟着迈起步伐前进。她不觉饿，也不感到渴。一种美妙的感觉流遍全身，她感到自由，感到安全，人潮像一道高墙围绕保护着她。

小说的结尾就真的太俗气。一个新的男人向她求爱，欲给她新的爱情、新的生活。共产主义是宗教、是光，让一切都明亮起来、温暖起来。当这个新的共产党员向她保证："他的眼底放光，当他的手臂伸起，指向东方：'光从那里来！那里是太阳升起的地方，从那里开始我们大家都能得到解放！'"令人浑身不自在。霍托普从自己的恋爱中会知道，到底是什么在发光。

虽然如此，莱还是一个精彩的人物，一个令人惊叹的女性。抗议法规第218条，在小说中很令人信服，而且是文学上很果敢的奋斗。

这部小说得到的评论并不高。一般评论界认为，它明显太偏左。霍托普自己说："不用麻烦你告诉我，艺术是中性的。没有企图心的艺术根本不存在。"而左派如《红旗》则指责小说中"多余的、小市民心态的空谈"，书里作者同时也"忸怩地遮掩苏联的名字"。唯一对这本书有好评的，是漫游者和布道人士特奥多尔·普利维尔（Theodor Plievier）。

1933年霍托普先是转入地下活动，继续留在德国生活，也许为了奋斗，为了写作。1934年他还是决定流亡，逃往太阳的方向。直到1938年，他都在莫斯科为德语和文学编辑工作，但1939年被捕，很快就下落不明，1942年被判处死刑，处以枪决。

埃里希·埃贝迈尔
Erich Ebermayer

像埃里希·埃贝迈尔（Erich Ebermayer，1900—1970）这样的人，任何时代都能成功。他可以随时改变自己，给别人想要的，还不用花多少时间。请等一下，我先看看方向。然后，马上又容姿焕发、财源滚滚。纳粹之前、纳粹之后，尤其是：纳粹时代。埃贝迈尔无所不在。只有在过渡时期，他会稍微卡住。埃贝迈尔也会迟疑：会成功吗？能成功吗？当时，他跟一个老朋友坐在莱比锡老剧院旁一间酒馆里。收音机开着，他们并没有在听。直到——他们突然听到，埃贝迈尔在他日后公开发表的日记里写着，他记得："'我们现在身处柏林宫廷广场，'播音员说，'柴堆都已经架好了。'什么柴堆？要生营火玩吗？庆祝胜利的火堆吗？还是迟来的五月庆典？我喜欢五月节——纳粹是应该通过营火庆祝他们的胜利！'上百名学生不停拉来整车的书籍……'整车书籍——用来做什么？'好几千人在广场上，人头攒动，柏林今晚是一个温暖的春夜。'除了播音员的声音外,很清楚的还有人群的嗡嗡声、叫喊声、车子的喇叭声、卡车笨重的转动声。"

一段时间之后,埃贝迈尔如此叙述,他们两个才弄清楚,那一夜在柏林,到底在烧什么。名字在空气中呼啸——斯蒂芬·茨威格、弗里茨·冯·翁鲁、恩斯特·托勒。他们听到人群在收音机里欢呼,书籍往柴堆上丢的声音。——"我们的神经紧绷,每一秒我都在等着我的名字也被喊出来。"有些时刻更是可怕:"每次当一个作者的书被烧时,如果他的名字是埃里希,(我的朋友)就紧紧地抓住我的手臂,所念出的名字和姓中间停顿的时间,在我感觉仿佛相隔无限长久。在这些被焚烧的作者中,可惜有三个或者四个人也叫埃里希……然后就结束了。我的名字并不在内。我不够危险,不够'有名'!我会悄无声息地在暗巷被收拾掉,不会在大庭广众下被红艳艳的火烧。我不知道我是否该松一口气。被烧至少是一个明确的讯号。"

他就这么写下去。奇怪——怎么不烧他的书?他的名字跟他的中篇小说《华沙之夜》(*Warschau*,1929)明明在赫尔曼的名单上。这一夜到底发生了什么事?谁把埃贝迈尔的书从焚烧令中救出?最有嫌疑的人,是戈培尔本人,他想保护这个年轻的作家、剧作家和导演。因为这个年轻人接下来几年将成为德意志第三帝国产量最多、报酬最高的电影编剧。每一部电影报酬两万欧元,每一年好几部,他将为埃米尔·扬宁(Emil jannings)和希特勒最喜爱的女演员奥尔加·切科娃(Olga Tschechowa)度身定做角色。扬宁的电影《做梦的人》(*Tratmulus*)得到1936年戈培尔颁发的国家奖。当埃贝迈尔在希特勒手下写剧本这几年，他有21个剧本被拍成电影。是的，他本来是有危险的，同性恋者埃贝迈尔在魏玛共和时期写了很多充满同性恋角色的中篇小说——例如他的第一本书《安戈罗医生》(*Doktor Angelo*, 1924)就让托马斯·曼例外的很有好感（年轻的作家本身也是）。此外，他在纳粹时期长年雇请犹太女秘书艾米莉·海曼（Emile Heymann），他还帮她伪造证件，让她能逃入地下。他强调，阿尔弗雷德·罗森贝格跟施特赖歇尔（Streicher）曾不计一切要摆脱他。但是戈林（Görnig）和戈培尔一直将他保护在羽翼之下。最后是后者胜利。埃贝迈尔也胜利，1939年他在格鲁内瓦尔德（Grunewald）的别墅之外，又买了一栋美丽的古堡，是拜罗伊特的凯比茨宫（Schloss Kaibitz）。古堡花了很大的工夫整修，起居奢华，就像是希特勒时代的剧作天王理所当然的样子。

埃贝迈尔为朋友克劳斯·曼所作的传记中，描述了当时流亡在外与流亡在内的人分歧的那个时刻。那一天，希特勒成为国会总理。埃贝迈尔和克劳斯·曼相约在柏林火车站的月台上等候。他坐火车从慕尼黑来。两个人计划合作写一出戏。埃贝迈尔一早买了一份《柏林日报》，报上刊载希特勒就职的消息。他没有特别想什么，继续往下读，认出内阁部长名单上都是纳粹党人。其中一个，居特纳（Gürtner），还是他父亲少年时期的老朋友。没什么大不了的。他接到克劳斯·曼，很快问候他一下，随口谈起新总理，并问克劳斯·曼对他的印象如何。克劳斯大笑。老总统不会这么白痴，去提名希特勒当总理。埃贝迈尔说："提的就是他。"一边把《柏林日报》递给克劳斯。"克劳斯陡然站定，看了一眼报纸上的标题。脸色骤变，白得像蜡一样。泛红的眼睑在深陷的脸上像燃烧的火焰。他盯着手上的报纸不放，似乎也不是在读报纸，静默无言。我观察了一下他的眼瞳，一动也不动地瞪着报纸。在他手上的报纸开始颤抖，只是很轻微的，但是它在颤抖。"

他们那一天还是一起在柏林度过。午夜时分，埃贝迈尔陪同克劳斯再一次到车站，克劳斯连夜搭车回慕尼黑。

"我再也没有见过这个朋友。"

然而，他是花费了心力，而且是很大的心力，在战争之后，为了他的老朋友。克劳斯写信给他，希望能来找他。时局艰难，他希望能去城堡拜访埃贝迈尔，这样他们能够有时间好好谈一谈克劳斯的经历，以及境内和境外的情况。德国境内于他，无异已成人间地狱。他写日记，记下他的苦难和抗争。克劳斯·曼引述埃贝迈尔的信："'我等不及要看这发人深省的文稿中特定的几段，'埃贝迈尔写道，'来吧，来看我。亲爱的朋友，请即刻动身！如果你知道，这些年在奋斗中，在孤独里，我有多么想念你；……我的命运和你是相同的：我，也是一个流亡者，流亡在我自己的故乡。'"

克劳斯·曼正在考虑要不要去，埃贝迈尔的信又来了。这封信也在慕尼黑《新报》(*Neue Zeitung*)上发表。一封1942年作家埃贝迈尔写给文学评论家施纳克（Schnack）的信。而施纳克很显然在评阅一部埃贝迈尔的小说时，批得过火了。克劳斯·曼引述：

273

"'您对我的作品中伤诽谤',他挖苦施纳克,'是不负责任和言论不公的惊人例子。有人把这种东西呈给我的部长(戈培尔),我也把你对我的评论转给他看了……然而我何必要和您争论呢?我的小说得到成千上万没有偏见的读者的掌声。国家最高级领导——戈培尔部长(Goebbels)、国家元帅戈林(Göring)、党中央首席常委[1]布勒(Bouhler)(我表哥!)都为我的作品向我祝贺。只有您,施纳克先生,认为我的史诗风格承载太多电影的陈腔滥调。我在部长戈培尔的请托下,写了几部制作庞大的重要电影,这是真的。但是您所指责的那部小说绝对一点都不电影!《在另一个天空下》(*Unter anderem Himmel*)处理得是很深沉的、但又很现实的题目,即德国和美国之间的差异。'诸如此类的文字等等。满满两页纸,全是这种傲慢自大、威胁的语气。高潮当然不可避免地堆砌在结尾:'希特勒万岁!'署名是'埃里希·埃贝迈尔博士'。我很感谢评论家施纳克。没有他负面的评说,可能我跟国会总管布勒的表弟就会重修旧好。"

这份重新修补的友谊对克劳斯·曼在新德国的新开始非常重要。可惜,克劳斯·曼并没有踏出这一步——不过,埃贝迈尔反正也没有再维持多久。

他帮卖座电影《卡拉林思,伊曼霍夫的女子们》(*Canaris, Die Mädels vom Immenhof*)和察拉-莱安德主演的电影《蓝色夜蛾》(*Der*

---

[1] 中央首席常委,在纳粹党组织里有好几位,分掌不同事务。

blaue Nachtfalter）写完剧本后，尝试过两年的婚姻生活，离婚后收养了两个年轻男子，又在罗马近郊的泰拉奇纳（Terracina）盖了一栋乡村别墅，把它取名为"埃贝迈尔之家"（Casa Ebermayer），并获得一级国家服务奖章。他在一次远足到他别墅附近的朱庇特神庙（jupitertempel）途中，因心脏病发而去世，享年七十岁。

施伦普
Schlump

接下来这一位是**施伦普**（**Schlump**），他究竟是何方神圣？施伦普，大家都这么称呼他，早在星期日射击比赛开始前，从他在家乡盖起来的小屋中吃得满身都是时。有一次，他站在高处大叫着把所有的东西扯下，丢到市场上。很快就来了警察，紧张地对着他脱口而出："喂，施伦普！"这是一个误会，警察只是太激动而不假思索，他想说的可能是不要扯烂，结果说太快变成施伦普。市场上的人听了都大笑，从此就叫他施伦普，整整一辈子。哦，可能一辈子，因为关于他，我们并没有那么多资料。我们知道的只有，他自称是埃米尔·舒尔茨（Emil Schulz），而他唯一的一本书，他的生命杰作《施伦普——一个不为人知的剑客埃米尔·舒尔茨（又名施伦普）的冒险故事自述》（1928），也在1933年5月被焚毁。根据猜测，甚至埃米尔·舒尔茨这个名字部分也是编造出来的，我们只掌握两个笔名，作者真名佚失。而之后施伦普发生什么事，我们也没有线索。但是这本书，即《施伦普》，就像是法国美好生活中的智慧小书一样。施伦普去参战时，原本怀着伟大的希望，后来他开始觉得战争很无聊，既冷血、杀生又暴力，他总是能找到办法逃脱，一切都看得很透彻，不会美化事实。有时他也会慷慨激昂地反战、反谋杀一番，也常替自己和同志找到生活中甜蜜的一面。那些还在崇拜英雄的人，是笨蛋。如童话中的幸运汉斯走进世界，他则走进战争，然而当战争结束时——火车还是班班准时，照旧验票——战争前才认识一个晚上的女朋友约翰娜，已经在月台上就位，等待他的归来。这是一个现实生活里的童话，从战争中宣扬反战，歌颂生活的原本、现在和未来。如果我们能够知道，施伦普生活的续篇，该有多好！

伊万·戈尔
Yvan Goll

伊万·戈尔没有故乡：因为他是犹太人的宿命、因为他在法国出生的偶然、因为他被标记成德国人的戳印。

伊万·戈尔没有年龄：他的童年被嗜血的白发老人吸吮殆尽。战神刺死了他的少年。为了成年，需要有多少辈子来活？如沉默的树和大石，办法是孤独：那他离尘世就远，离艺术便近了。

伊万·戈尔（Yvan Goll，1891—1950）当时是这么介绍自己的，1919 年，在诗歌集《人类的朦胧》的尾声。他作有关巴拿马运河的诗，表达他无尽的渴望："到处都可以是诗境的天堂！我们却走着，永远在渴想中行走！某处一个人从窗户里跳出来，为了抓住一颗星星，而死亡。"他创作关于口渴的诗，喝尽尼罗河与尼亚加拉瀑布也止不了的渴。他创作关于森林的诗，对森林的爱恋，对所有一切的爱恋——

　　紫罗兰凋落
　　在我脚下像蓝色星子
　　面向金色的黄昏我托着她
　　我们对望两双眼睛
　　照耀着我们而且熊熊燃烧：多愿长啸相吻！
　　却不能通言！
　　爱恋说不出的苦！
　　两相凋零枯萎。

　　多美的诗句！那么多的美丽、希望、哀伤、苦痛围绕所有。所有的句子里，总是关心一切。人类、世界的统一、所有纠缠不清的一切、革命与永远的和平。只有少数人像戈尔一样，对第一次世界大战后的时代抱着希望，对从革命中诞生的新人类抱着希望。也只有少数人像他一样，很快地对在柏林城市灰黑中流失的革命希望感到失望：

　　千金散尽换美酒
　　解除大众的柏油
　　噢！柏林，你这向东岔路上的草窠
　　在你的尘土里干枯瓦解遗忘。

罗萨·卢森堡（Rosa Luxemburg）死的时候，戈尔作诗道：

神圣的玫瑰开放在堡垒渠道上
德国最后的玫瑰！

奇怪，这些诗作就这样被遗忘了。诗人不是为了永恒而作吗？或者至少该被流传百年吧？跟那些年许多满嘴虚话的表现派诗人相反，伊万·戈尔的情感今天读来还是优美清澈，而且真实。他的《寄望艺术》（*Appell an die Kunst*）不知怎的仍然扣人心弦："然而，你呀诗人，千万别害怕去碰触被嘲讽的禁忌，要过激进取，用雷劈开罗曼蒂克的梦境，将智慧像闪电般射入人群，澄清雨天或晨曦般轻柔的迷惑和微微的怀疑。我们需要光亮：光亮、真实、想法、爱情、良善、精神！唱赞歌、大声喊出宣言、为天地做计划。精神万岁！""暴风，跟我一起来吧！"一个命令空气的诗人！多伟大的梦想！

"伊万·戈尔没有故乡。"他是对的，但是他当时不知道。即使是语言本身，德语也无法长久是他的故乡。当他流亡到法国时，他用法语写诗，总是"约翰，没有国家的人"，然后，他逃到美国，写英语。作的诗尤其偏向轻视，轻视摩登、轻视金钱、轻视美国。无一处比美国更不是故乡。战争结束后，他回德国，患上白血病，他和妻子女诗人克莱尔·戈尔（Claire Goll），饱受痛苦和疾病的折磨。之后他再去巴黎。语言上最后回归德语。他写信给德布林（Döblin）说:"抛弃德语二十年后我又回来了，这次我的奉献是全心全意的，我的心兴奋得怦怦跳。"

伊万·戈尔一首晚期的诗形式稍有偏离，标题是"南北均蓝天"，这里引述原来的诗句，没有标题：

黄昏将至，你不再属于我，
陌生的神祇将你接出我的臂弯，
你跑进夜晚，柔嫩的手被白色月光灼伤，
和灵魂在星丛里捉迷藏，
你哭啊哭，
因为远方是孤独，
风是布满洞口的大衣：
哦，听我一次吧，至少带上我温暖胸膛所叹出的热气，
免得路上受凉冻着！

17

我们没有尽到该尽的义务

亨利希·曼
与伪乐观主义。

阿尔弗雷德·德布林
肉身抵挡炮弹。

贝托尔特·布莱希特
九命怪猫。

约翰内斯·R.贝歇尔
变调的国歌。

埃里希·克斯特纳
浴火的鸵鸟。

亨利希·曼
Heinrich Mann

新的时代,新的德国,他——**亨利希·曼**(Heinrich Mann,1897—1950)——却跌得如此惨重。从共和德国桂冠诗人的宝座上被打入苦难的深渊,贫穷,尊严丧失殆尽,没有言语可以形容。他住在美国某山脚下,这块领地是弟弟的王国。他一周被邀请一次,置身亲戚的富贵中,忍受他们的鄙视,不仅是他,连他太太也跟着遭殃,继续的生命再也没有意义。而且,在这陌生的国度中,连语言都不通。孤单一人走完失去任何生趣的余生,这就是勇气的真谛吧!意志坚韧,绝不放弃。永远不让对手纳粹——另一个德国,得到胜利。

今天看来,当灾难发生时,也就是纳粹接掌政权时,他刚开始所抱持的乐观态度,几乎是可笑的,或者可以说感人? 1936年他回顾那场焚书大火,一定是有人告诉他。难道是他的幻觉对他耳语吗?他知道,那一夜在柏林,该把书本往火堆丢的大学生中,有些人并没有这么做，而是偷偷把一些书私藏起来，"暗自庆幸，这些书籍得来不费分毫"。现在，三年之后，他很清楚："在焚书的大火边烤暖的人，如果趁机救下一些书，现在会很庆幸当时那么做。否则的话，他们现在可没有多少书能看。"

如果真是这样，多好！

他的确需要这种乐观。所有的人都需要，为了能继续活下去。但是，那个写出纳瓦拉的好国王《亨利四世》(*Henri Quatre*, 1935—1938)，写出这部人性对抗逆境、对抗暴力时代的小说的人，他又比常人多需要多少乐观才能继续活下去？这是一部多美的作品，是当时从法国手中救下的童话、历史与希望。我们可以说：它成为被放逐着的人性之书。这是什么意思？虽然身负最美的、最深沉的对人与对人性的信任——但一开始就困难重重："男童是那么瘦小，而山岭又那么险峻。"关于驱逐新教徒那一夜，"人们看见卢浮宫被照得透亮，好像地狱之火本身"。——直到热血澎湃的结局，当死去的法国红胡子国王，也就是纳瓦拉国王，从云端上向亨利希·曼说话，向我们说话："不要丧失你们的勇气，即使是可怕的逆境，有这么多敌人环伺威胁。每个时代总会有民族迫害者出现，在我的时代我就已经讨厌他们。他们鲜少更换衣服，更别说是他们的面目。"最后，"吸取我的教训。我忍得太久。革命不会一呼即至。所以才要奋斗到最后，而且使尽全力。我犹豫了，而且犹豫得太久，因为这就是软弱的人性，而我现在从高处俯瞰，看你们这些人类，我的朋友们"。

被驱逐的状态让亨利希·曼的生活、生命的勇气及创造力完全发挥出来。但是战争结束后,他归国的脚步已经太晚。"德国在呼唤亨利希·曼",苏维埃所接管的区域(民主德国)发出这样的呼声。他听见了呼唤,但是归国并没有发生。他再一次犹豫得太久。死神的动作比他更快。

阿尔弗雷德·德布林
Alfred Döblin

优柔寡断——亨利希·曼的朋友**阿尔弗雷德·德布林**（**Alfred Döblin**，1878—1957）也是这么责备他。优柔寡断，太过软弱。而德布林自己呢，则在巴黎一间小公寓里，准备好随时自责："我们的文学达成了什么？"他在致托马斯·曼的贺信上这样问道，而且自问自答："我觉得（我自己也不例外），我们没有尽到我们该尽的义务。我最近被强迫，在5月10日所谓的'焚书日'到某处去演讲。我拒绝时用的理由是：反正我的书被焚烧是有理由的。"现在写书的人必须想办法多"塞"一些政治在书里，一年后他还是碰到一次必须讲焚书事件的机会，下面这段话听起来像是一只小老鼠，在跟一群狮子对决之前，给自己打气："战争还未结束。我们目睹现在世界上正在发生的事，感到不寒而栗。现在比以前任何时候都需要我们！炮声即将响起，并且将成为世界真实的声音。我们知道：炮声隆隆，会毁灭一切。但是噪音证明不了什么，死亡也不是最终的事实。思想会乘着鸽子的翅膀,感动并维护这个世界。"

德布林也不能适应流亡海外的新生活。"一个年纪稍大的先生在那里溜达——烟叼在嘴边、手插在大衣口袋里、戴着锐利的眼镜、皮肤平滑、表情灵活:他是阿尔弗雷德·德布林,散步在巴黎如在柏林。"他这么看自己。在美国散步,他也会这么看自己。对所在国的语言无从了解,跟所在的世界没有接触,跟旧有的故乡也如新的世界一样,都不再有关联。

贝托尔特·布莱希特
Bertolt Brecht

关于**贝托尔特·布莱希特**（**Bertolt Brecht**，1898—1956）的作品，我们只谈一首回赠奥斯卡·马里亚·格拉夫（Oskar Maria Grafs）的诗篇《当独裁政权下令》（*Als cias Regime befahl*，1938）：

当独裁政权下令，公开焚烧内容可耻的书籍，
公牛到处被强迫，拉着装满书籍的车子去到柴堆边，
发现一个被猎的诗人，最好的诗人，正读着焚烧名单，
震怒地发现，他的书被遗忘。
他冲到书桌边，火速给当权者写一封信。
烧了我！他振笔疾书地写：烧了我！
不要这样对我！不要留下我一个！
我在书中写的不都一直是事实吗？
现在你们对待我却像我是骗子！

我命令你们：

烧了我！

布莱希特不用自己下令，他在名单上排名在前，一点疏失都没有。而布莱希特也是图书馆员赫尔曼的名单上许许多多作家当中，唯一在十二个地狱般的年头过去以后，还有第二个，甚至第三个作家生涯的作家。共产党员布莱希特没有选择流亡到苏联，那些年里他有很多作家朋友把命断送在那里，他也没有去有很多朋友在那里碰头的墨西哥。他去了美国，在美国唯一让他觉得不舒服的是，托马斯·曼也在那里。还好最后证明，美国够大，可以同时容得下这两人。流亡生涯不但没有打倒布莱希特、让他忧虑憔悴、消蚀他的艺术天分，也没有能够把他和他的观众分隔开来。布莱希特是唯一在流亡之后，还能够真正地重新展开成功的写作生涯的作家。他达到几乎没有任何一个戏剧导演敢想象的戏剧成就，在东柏林的施夫鲍尔丹（Schiffbaudamm）拥有自己的剧团以及所有的资源，换成是别人，在一个极权国家中这只能是做梦。而且，凡是在民主德国被禁止发表的作品，他就促成在联邦德国发表。从各方面看来，他确实是个特例。

约翰尼斯·贝歇尔
Johannes Becher

"这些诗作历经地狱与天堂,在这里有震耳欲聋的呐喊,有高瞻远瞩的欢呼,这些诗作的姊妹是忧郁,在它们里面是无底深渊、苦涩、孤独和遥望未来的远大星眸。"这首诗是诗人斯特凡·赫尔姆林(Stephan Hermlin)在**约翰内斯·R. 贝歇尔**(**Johannes R. Becher**,1891—1958)死后对他诗作的描述以及称扬。贝歇尔是一个极左派的表现主义者,他曾想创新文法,以便能创新世界:

孟加拉国形容词蝴蝶啊,
它们吵闹地围绕着名词崇高的六面体构造。
一个过渡分词必须一跃而过!跳!跳!
这时冷静的动词嘎嘎作响,像飞机一样往高处冲。

字的周围应该要有一团漩涡,一群旋绕的蝴蝶,缠着、黏着、回旋着，带着文法舞动起来，互相较劲，直到这一团混乱重新找到自己的秩序，形成新的世界。他对语言、对诗的力量的信心多么强啊！情感多么丰富！自曝其短还什么都想要，是多大的勇气啊！

一次大战时贝歇尔未能参加。他和情人于 1910 年计划双双自杀，结果没有成功，他只是把她射杀了，自己则重伤以至永远无法服兵役。他的父亲是地方高级法院院长，保住他不须接受法律制裁。贝歇尔在大战期间，以泡咖啡馆和出入戒毒所戒鸦片瘾度过。那段时期的作品读起来，写的人像在瞌药的迷幻状态中，例如为介绍他的诗集《写给欧洲》（*An Europa*, 1916）所写的那篇导言。诗集出版时，他跟咖啡馆里的朋友说，这本诗集也结束了战争。他和平诗篇的力量大过将军们的嗜血好战。在前言〔其实不能算是前言，只是一篇 1915 年 11 月发表在《行动》（*Aktion*）杂志上的文章〕中他说："同胞们！朋友们！还有所有附属于你们的人，所有的国民！精神之乡接纳你们！回应吧！回应吧！聚会！讨论！《马赛进行曲》与烟火伴随着革命的标志：新的叫《写给欧洲》的书从高度艺术性仿制的太阳中升起，深深烙印在你们前额的，在胸前像胸针一样的刺青：是国际革命的标志！你们是眼睛雪亮的目击者！闪亮的战车。明确、像狮吼般的口号。"

贝歇尔是一个果决的追寻者：1917 年他加入德国独立社会民主党（USPD），1918 年转投斯巴达联盟（Spartakusbund）[1]，但是

---

[1] 斯巴达联盟（Spartakusbund），为"一战"开打后，马克思社会主义者的结盟，目标是在推翻资本主义、帝国主义和德国军国主义，创建人正是知名的罗萨·卢森堡。

十一月革命失败后,他丧失了勇气。所有作诗的勇气、生活的勇气、革命的勇气似乎一下子空了。他沮丧,在宗教中寻找慰藉,直到1923年他又决定为党效力。他重新加入德国共产党,献身政治的日常运转工作中。

他的书一直都处在被禁的威胁下。他用诗集《皇座上的尸体》(*Die Leichnam auf dem Thron*,1925)来响应兴登堡(Hindenburg)竞选总统的事,诗集中他呼吁"诅咒这个地球",组成"红军行进",扫除皇座上的尸体,否则他会领导国家再度开战。这本书1925年一经出版马上就被警察没收,正在家吃中饭的贝歇尔则遭逮捕。在监禁中,他甚至没有被告知控告他的罪名是什么。他绝食抗议了好几天,才被通知,他触犯了13条法律。其中包括叛国、亵渎上帝以及鼓动阶级仇恨。

我们可以看到:不只是诗人自己,连他的敌人都很看重他的诗。人群结集抗议他被捕,他旋即被释放。这时,他的下一本书差不多完成了:是一部小说,名字起先很古怪,叫作《(CH CI=CH) 3 AS(莱维西特)或正义战争》[(CH CI=CH) 3 AS (Levisite) oder Der gerechte Krieg],后来大家只叫它《莱维西特或正义战争》(*Levisite oder Der gerechte Krieg*)。这本书同样紧急警告,战争快要来临,而且预言共产党在美洲、德国及其殖民地的起义,会抢先在掌权者的开战意愿之前。后来,贝歇尔回忆自己写这本书时:"发着热,觉得我快来不及了,好像战争已经爆发,1924年我一页一页地追砍自己。"

他并没有写得太迟，只是书还是被禁了。但是贝歇尔依然继续写作。1933年国会纵火案一发生，他马上离开德国，逃经布尔诺（Briinn）、维也纳、巴黎到莫斯科。在那里他立即被卷入怀疑流亡者的迷雾森林中。他被控是"摇摆的托洛茨基主义派"，是"异议分子"而不得离开苏联，并且被遣往塔什干。幸好他重新得到党的信任，战争一结束，他和乌尔布里希（Ulbrich）马上坐着第一辆车返回柏林，开始成功的政治生涯。他先后做过国会议员、艺术学院院长，并从1954年开始担任民主德国的文化部部长，1958年辞世。

最后再次引用他的朋友斯特凡·赫尔姆林的话："有尊严的诗人贝歇尔，我们的时代伟人，赋予时间永恒，以将他的时代变成人的时代的方式，令后代任何人都能够了解这个时代。他是怎么办到的？后人问。这样的追求？这样的迷惑？这样的抗争？这样的疑虑？这样的坚信？这样的反复不定？这样的希望？这样出色而惊人的意志？这样的领悟？这样的绝望？这样的胜利？是这样吗？"

"就是这样。"

埃里希·克斯特纳
Erich Kästner

埃里希·克斯特纳（Erich Kästner，1899—1974）是唯一一个身在现场，眼睁睁看着这些书本被抛入火中燃烧的作家。他站在那里，在大学门口，置身群情激动、身着纳粹制服的大学生中，动弹不得。书，一本一本飞进火焰之中。在学生大喊口号"打倒腐败与道德败坏！国家与家庭万岁"之后，有人叫出他的名字。克斯特纳正站在人群里，当一个高亢的女声叫道："克斯特纳，克斯特纳站在那里！"克斯特纳的心被紧紧束缚，"局促不安"，这是他之后书写当时，略带掩饰将之美化的字词。"局促不安"——我们可以想象，一个在新国家一成立便非常明白什么是逮捕与刑囚的作家，藏身于愤怒的、一边高叫他的名字一边把他毕生心力往熊熊大火中丢的群众中，还有什么比这更让人"局促不安"的？"可是什么都没有发生。"（虽然在这一段日子里，发生了太多太多的事情。）克斯特纳如此写道。

克斯特纳没有出逃。之后他不知道有多少次被问到：为什么？有时候他说：为了述史。但是，他所记录下来的，不管是很久之后才出版的大战最后一年所记载的日记《备忘45》(1961)，或者是最近刚刚出版的，记录1945年之前几年的日记，都没有写很多，而且很模糊。他解释，在那个时代光是想办法生存下来，就已经够忙了。他之所以留下来——是为了他已不再适合迁移的母亲；为了他在柏林的朋友；他留下来，也许是真的想写一部时代的小说；他留下来，也许因为他想，这一切应该不会持续太久吧。他之所以留下来，或许是因为他不是一个勇敢的人。因为他私心希望，在德国不会有什么事发生在他身上；不管怎样，情况还是会慢慢好转，就像那个时刻，当他站在焚烧他的书的火堆旁时。多年之后，直到1958年5月10日，在焚书纪念25周年的致辞中，他才说："我只是保持被动。即使是那时，甚至是在我们的书被焚烧的那个时刻。面对这些灰烬我无以笔记。我没有握起拳头来抵抗。我只是把拳头收进口袋中默默握着。我为什么要说这个？我为什么要加入忏悔者的行列？因为我们之中，在事情真正降临到头上之前，没有人能回答这个关于勇气的问题。没有人知道，自己是不是有这种资质，在这样的关键时刻成为一个英雄。"

18

您的烟斗在哪里，斯大林先生？

汉斯·左策韦
改解东犹太人，爱恋小艺术品。

恩斯特·约翰森
痛恨战争和犹太人，认为广播是伟大的艺术。

莱昂哈德·弗兰克
暗算的传奇。

阿尔弗雷德·克尔
世界是一个大剧院。

埃米尔·路德维希
恺撒大帝的勇气。

汉 斯 · 左 策 韦
Hans Sochaczewer

汉斯·左策韦（Hans Sochaczewer，1892—1978）对艺术的决心是伟大的。他对自己说，宁愿死也要成为作家，并且在他父亲禁止他当作家时，选择自杀。如大家所传说，他自杀未遂，命被救回后，父母不顾他的意愿强制他住院，然后又将他转到精神病院。左策韦腰杆还是挺得直直的，宁愿跟父母脱离关系也不愿离开书本。他选择写作，但是否成功，其实是一点成就也没有。1927年他先是替1910年在巴黎去世的画家亨利·卢梭（Henri Rousseau）作传，亨利·卢梭原是海关官员，家境小康，没有什么特别的地方，直到他四十岁生日时，才下定决心开始艺术创作。他不停地作画，世界也不停地嘲笑他。左策韦借他所选的人物，对艺术和他自己的生活提出委婉的抗议，这个人物同时也是他的英雄。

他已经有过觉醒的经历。那是在一次大战的时候：有一次他受伤痊愈后，被送到维尔纽斯（Vilnius）新闻指挥部做事。左策韦来自一个已经融入德国社会的犹太商贾家庭。他在那里发现立陶宛的东犹太世界，这个世界虽然很贫穷，但深植于宗教和传统的东犹太文化还是令他深深着迷，认为这是世上仅有的理想国。1927年他发表关于东犹太工人在柏林的小说《星期日与星期一》(*Sonntag und Montag*)。

左策韦的流亡生涯是在哥本哈根度过的。在那里他展开对祖先的研究，与1492年被西班牙放逐后散布全世界的奥拉比那（Orabuena）家族相遇。他认同这个家族、认同这个强大的犹太家庭传统，这种认同感强烈到令他放弃自己的姓氏，改姓奥拉比那，改名约瑟（José），鄙视自己以前非犹太的生活，否认以前的作品，重新用新的名字创作出一部东犹太与西犹太成功共生的小说《你的忠诚是伟大的》(*Groß ist Deine Treue*)。直到1959年，那个不愿再是左策韦的奥拉比那完成这部作品的20年后，这部小说才得以出版。

恩斯特·约翰森
Ernst Johannssen

1929 年是**恩斯特·约翰森**(**Ernst Johannssen**,1898—1977)生命中最重要的一年。这一年他的广播剧《军旅生涯》(*Brigadevermittlung*)首演,作为第一部战争题材的广播剧,这出广播剧引起听众极热烈的回响。直到今天,这部广播剧仍是这一体裁类型的经典。此外,他的战争小说《四个步兵》虽然没有达到雷马克的成就,但是四个礼拜之内卖了一万本。他的短篇小说《一匹战马的回忆》(*Fronterinnerungen eines Pferdes*)也是在这一年发表的。导演奥尔格·威廉·帕布斯特(Georg Wilhelm Pabst)来年还将他的小说拍成电影在德国上映,比雷马克的《西线无战事》在美国拍成电影还早一年,约翰森可说是反战事业的重要人物。然而他的广播剧更多只是对前线电话总机实况的纪实以及同袍情谊的描写,志在铭记当时的真实情景。小说,尤其是关于战马的短篇才有比较明确的反战语言。"把人类毁灭吧!"马这样向它的神祷告。人类这种禽兽对世界造成无与伦比的伤害。而四个步兵在西方前线死得毫无意义，故事结尾心已死："他们就这么躺着。雨开始沥沥下起。弹坑里，紧紧相依，他们躺着，等待死亡的降临。"

这就是恩斯特·约翰森。

1931年他阐述工人世界的小说《第三站——一个指挥官、六个男人和四台机器》(*Station 3 — Ein Kommendeur, sechs Mann und vier Maschinen*)出版，这部作品讲述一个发电厂剥削劳工、强制劳动和个人奋斗的故事。迪特里希（Dietrich）是书中的主角，他遭受剥削，默默抗议，单独一人，最后辞职，离开他的爱人。他也想结束自己的生命，他的爱人却不放弃他，不让他离开。最后，"两个年轻人走下山谷，迎着不可知的未来"。充满工人阶级情调。1932年他留有一份访谈记录。这个访谈针对"犹太问题"提问，访问了一些作家和政治家。他所准备的回答是："如果一个民族内反犹太主义不肯消失，这证明了这个民族的相对性平等。"啊哈，不管这个相对性平等代表的是什么，这都是一个相对愚蠢的答案，接下来几年对约翰森并没有什么帮助。他的小说《四个步兵》被焚毁，但是他在德国境内还是可以继续发表作品，他的广播剧也继续播出。他的一个广播剧和一篇短篇小说在纳粹时期还得过奖。1939年他逃到伦敦。

在伦敦他虽然被认为是知名的广播剧作者，但是并没有什么建树，他跟英国广播公司（BBC）闹翻，20世纪50年代初回到德国。约翰森最好的几年已经过去。再来已经没有什么可以期待，他苦恼地写道:"有一些幸存者偶尔会问自己,为了幸存所付出的代价是否太大。他们其实想以鬼魂的身份出现,以死者的身份,这样的话还可以继续留在成功的年代,以被虐待的、被不公平对待的人——敌人听到会大笑——以被歧视的人的身份出现。"

莱昂哈德·弗兰克
Leonhard Frank

这个人以刺刀暗算闻名。他的书《人性本善》(*Der Mensch ist gut*, 1917) 是他第一次世界大战期间流亡瑞士时所写。这本书毫不掩饰、立见真章、清楚地描写了战争的残暴,好像他本人就在现场。社会民主党马上把它刊登在报纸上,印了 50 万份,并且送到前线战场上。不,这不能增强军事力量,也没有人知道,当士兵们在战壕里再次在报上读到自身的苦难、可怕的经历时,他们作何感想。一切如常,书中提到在部队野战医院里,在外科截肢部门:"割锯下来的手臂、脚、腿浸泡在脓血、棉花中,装在一米高、两米宽、停在门边角落可推动的圆筒里。每天晚上清理一次。秩序无懈可击。"

当女演员蒂亚·迪里厄(Tilla Durieux)在柏林为这位流亡作家朗诵这段文字时,必须动用武力才能阻止听众为抗议这场疯狂的战争而冲向波茨坦广场。**莱昂哈德·弗兰克**(Leonhard Frank, 1882—1961)从一开始就是反战者,一个勇敢的人。当他 1915 年在柏林一家咖啡馆遇见社会民主党记者费利克斯·施特辛格（Felix Stössinger）时，因这个记者曾在一篇报道中，将德国潜艇击沉英国客轮"露西塔妮亚号"（RMS Lusitania）形容成"人类史上一次伟大的英雄行为"，于是在咖啡馆所有人的眼前，弗兰克扇了这个记者一个响亮的耳光。

接着他逃出德国。在国外，反战者几无听闻，但是他给热内·席克勒（René Schickele）的和平杂志《白色报章》（*Die Weißen Blätter*）写中篇小说《原因》（*Die Ursache*, 1915），小说里他谴责死刑，"血已经从脖子里涌出，射出的弧线好像它还想再倒流回体内。锯子的末端已呈红色"。最后那一部《人性本善》令他终于成为军国主义永远的敌人。根据德国文学家文德林·施密特-登格勒（Wendelin Schmidt-Dengler）所言，书中五个短篇是反对未经思考的定律的宣言：他得到死亡。是啊，但是他曾要求过死亡吗？莱昂哈德·弗兰克问道。

弗兰克有一种冷静、客观的写作风格。他的童年往事，先是隐藏在第一部小说《强盗一族》（*Die Bäuberbande*, 1914），然后在自传性质的小说《左心所在之地》（*Links wo das Herz ist*, 1952）里完全揭露出来，内容扣人心弦、哀伤无尽。道尽他童年遭遇的贫穷、学校里的恐怖暴力、不受父母疼爱，以及被憎恶的惶恐。

有时候你觉得他的风格太过冷淡时，又会忽然在文句中发现他的写作天分，例如这两句形容一群在首都柏林无家可归的南德人窘迫的处境："柏林的生活不像在如画的慕尼黑那么温暖，不像在家一样舒适熟悉。我们必须锻炼还没有用过的肌肉,为未来的大事做准备。"

20 世纪 20 年代,弗兰克生活富裕,享有声誉。《文学世界》创办人维利·哈斯(Willy Hass),曾描述过那几年里莱昂哈德·弗兰克的形象:"他是西柏林衣着最考究的男人之一,开一辆品牌稀有、非常昂贵的限量版跑车。他有最漂亮的女朋友,是位年轻的小姐,脸蛋像爪哇人。他是公认赌纸牌理想的牌友。"

1933 年,他是第一批往法国潜逃的人,也是最后一批还能踏上美国土地的人。他在美国无法融入当地社会,试过写剧本,但成果不彰,倒是他的小说被翻译成英语,收入足够他生活下去。1950 年他返回德国,从离家后已间隔 17 年。他根据记忆写下归乡作者米夏埃尔(Michael)的故事,书中主角米夏埃尔具备弗兰克所有的特征,有过他所有的经历:"米夏埃尔到车站询问去维尔茨堡(Würzbmg)等级最高的火车。在书店里,他踌躇不前,挂着微笑询问他的书。他说出一些书名。卖书的年轻人不认识这些书,也不认识米夏埃尔这个名字。一个德国书店店员居然不知道米夏埃尔的大名,而米夏埃尔在回乡前,刚刚才在纽约第五大道书店橱窗里看见自己的书,在客轮'飞行冒险号'上还偷偷观察过一个沉迷在他写的法语版《卡尔和安娜》(*Karl und Anna*)的旅客。在米夏埃尔的母语国度里,他的书被禁止,被焚烧。德国读者到 20 世纪 40 年代以前,对他的作品一无所知。希特勒确实战胜了米夏埃尔。"

阿尔弗雷德·克尔
Alfred Kerr

他重新唤醒了评论,用怒气、用热情、用语言接掌剧院。所有的、所有的一切对他而言都是戏剧。他评论过所有的戏,世界上所有的剧作他都做过评论。当他去美国时,每到一处都要看戏。好!好!——嘘!嘘!继续下去。"我的作品不是远离艺术,不是用学术的汗水写的,而是用我的心血。"他讨厌布莱希特,喜爱豪普特曼(Hauptmann)。他的戏剧评论通常是生活小品或者艺术报道,有关戏剧对观众或评论家的影响。他总是将评论文章写得富有教育性,也有些小家子气的详细分章划节。就像上课的讲义一般,列出第一、第二、第三、第四,以此类推结论自然而然水落石出。例如高尔基(Maxim Gorki)的《敌人》(*Die Feinde*)——马上就是一个大大的推荐:"去看,去看这出戏。看过了一部'出色的戏'后,就值回票价了。"然后他秋风扫落叶,整出戏呼啸而过:"剧作家给了什么?很多人。"还能够再明确一些吗?等等。他把怀疑也写进去，因为没有疑问的人，不算是一个人，而是一个糟糕的评论家。"或者这更是一出国际性的戏剧？我几乎相信。"——什么？只是相信，不是确知？是啊，文章继续这么发展下去。第"十一"，最后一段，写着："这不是一部好戏，其实我想知道的不是这个。我从头到脚都是一个艺术家，但是我对好的戏剧不在意。我宁愿跳上舞台，对着已经化好妆、穿戴好戏服的人大叫：演得再像一点！加油！加油！"

阿尔弗雷德·克尔（Alfred Kerr，1867—1948）是一个挑剔艺术家，一个彻头彻尾的艺术家。一个好的艺术作品、一个好的作者，必须能够"闪电般变出一个存在"。而他自己，就是这样一个人，跳着唱着，燃烧所有的热情。生活本身就是艺术，谁掌握了剧院，就掌握了艺术，掌握了国家。他不得不流亡国外，对国家真是一大损失。"无论如何：不再用德文写作？……跟这个语言道别真是令我柔肠寸断——为了它我奉献了这么多。"在绝望和困境里，就是要有这么多自信、幽默和疯狂。他流亡时写道，"我问自己，柏林的剧院没有我怎么办？"哦，是的。

像几乎所有的人一样，他流亡在外的日子并不好过。"老虎变成病猫。"他一再重复。德国戏剧作家在伦敦要怎么赚钱呢？仇恨还很强烈，尤其对他。恨他这个陪伴、赞赏、为格哈特·豪普特曼（Gerhard Hauptmann）辩护的人，而豪普特曼却留在德国，让纳粹捧他，自己也高举双臂拥护新的势力。这次，第一章之下是："我是他在德国作品的守护者。我伴随他的左右，走过艰辛与太平

（尤其是艰辛）。如果有人胆敢攻击他，我就左砍、右劈。如果他松懈偷懒，我会自己打他。如果他努力振作，我坚定他的信念。他晚年又重新东山再起，我真是高兴。我除了喜爱他所写的戏剧之外，我还爱他这个人、这个静默的朋友，独一无二、少有的而且照亮别人。"

第二章，"从昨日起我和他之间失去交集，不管是生或死都不往来。这个懦夫我不认识。他所在之处荆棘应该生长。他应该每一刻都因感到羞耻而窒息。格哈特·豪普特曼，已经身败名裂。"接着第六章写道："他的纪念碑应该被棘刺围绕，他的照片应该埋入尘土。"

流亡期间，虽然心中充满怨恨、绝望，又身处困境，他依然还是保住了爱的能力："我的土地一直会是我的爱——不会忘怀。但是土地上居住的人啊，我想遗忘。"

1948年9月15日，他再次踏上故土，从伦敦飞到汉堡。这是他这辈子第一次飞行。当然他把经验记录下来了："干净。诺索尔特。第一次飞行。所见如画报中的庭园。云上撒着阳光的雪花。看起来像雪的沙漠。清爽的天空。光明无垠，快乐的棉花团絮，之上是一个（只是浅灰的）'天堂'。美妙极了——身在明亮的遗忘中，美丽而绝望。命运无法掌握在自己手上！至少再一次看到光辉，光辉，奇迹般的经历，在坠毁以前。也许还有另一种雪的风景可见——而这风景不再有阳光照耀。""另一种雪的风景"——81岁的克尔在飞机上预见了他的死亡。当晚，在汉堡，在剧院里一上演的是《罗密欧与朱丽叶》,克尔心脏病发,接着是瘫痪。短短一个月之后,10月12日,他服用过量的安眠药(佛罗那[Veronal]),结束自己的生命。他的遗物中,有一个信封,封面上是他太太朱丽叶的字迹,写着:"信封,从里面他拿出佛罗那,然后将它(虽然瘫痪了)塞进皮夹。"

埃 米 尔 · 路 德 维 希
Emil Ludwig

  他离开圣多明各（Santo Domingo）至今半年多了，希尔德·多明（Hilde Domin）仍为他写的书所带来的后果战栗不已。因为**埃米尔·路德维希**（**Emil Ludwig**，1881—1948）是那么的世界知名，尤其在独裁者中间他享有很高的名望。他擅长书写历史与现代大人物心理分析式的传记，表达出这些驾驭世界前途的人，他们戏剧性的、雄伟的、个人的并且极人性化的苦难，他们的生命。斯大林为了与他长谈而接见他，墨索里尼也是。现在圣多明各的独裁者特鲁希略（Trujillo）也想要有这样一篇传记，让他能够最终跨过海岛的界线，扬名域外。只有一点，路德维希不愿意。对路德维希来说，特鲁希略这个人物分量不够重、不够有地位。但是为了确保这个传记名家不会只粉饰美化这个欺压人民的暴君，几个学生在夜里闯进岛上最豪华饭店的总统套房，路德维希住的房间，请求路德维希不要替特鲁希略写传，或者至少不要只做正面描述。路德维希没有答应写这篇传记。这让希尔德·多明又开始担惊受怕，因为她被指派照顾这个赫赫有名的客人。客人留访期间，她得到的接送轿车是车号为"1"的总统轿车。客人不合作，她害怕独裁暴君会把责任加诸在她身上。或者，当路德维希在美国和好友罗斯福总统谈到他在岛上的时光时："他在华盛顿随便一个小玩笑，讲述戒备森严的小国居然有人爬墙，闯进豪华旅馆来求路德维希解救他们，或者随便一个有关这篇传记的谈话，也许就会让我们失去生命。"多明后来写道。她随即松了一口气地补上："不论如何，埃米尔帮我们保住秘密。而且时经半年，我们不再害怕了。"

接着，就永远有这种尴尬的时刻，不管是诗人或者知识分子遇到路德维希，跟他谈起他的书，或者根本不谈他的书时。因为这段时期属于他生命中被文化人轻视的时期。当然这也不全然是错的——因为他写的历史作品夸夸而谈，被宿命的迷雾、虚无的意义和妄想所遮蔽。这种时刻永远存在，这种路德维希的时刻——多明的经历是这样的："这是路德维希来到我们这里的第一个晚上。刚刚惊魂时刻才过去，他看着我们的德语图书馆——德语书籍被陈列在饭厅，和我们其他所有的书籍一样，是按照年份，毫无差错的排列——我们屏住呼吸，大气不敢出一声。他站在书橱前，无声地发现，他的书不在里面，而就在这个时候，我们开始喜欢他。"

当汉斯·扎尔（Hans Stahl）在战争结束后，去路德维希位于瑞士富丽堂皇的居所拜访他时，他并不是一个路德维希迷。在《一个伦理学家的回忆录》（*Memoiren eines Moralisten*）里，他把这位有名的传记大家描写成险恶小人:"埃米尔·路德维希是一个漂亮的人物,至少他自己这么觉得,而且他把自己定格在接近古典希腊或罗马的思想家姿势。"扎尔为他的采访提出若干问题,在采访中,路德维希忽然简短地反问:"'现代年轻的德国文学都怎么评论埃米尔·路德维希?'主人突然发问,而且充满期待地望着我。"扎尔并没有什么时间考虑怎么回答——"'什么都没有。'我想都没想就脱口而出。一阵沉默后。路德维希太太呼唤一只阿富汗狗前来。'什么都没说?'路德维希说。然后他看一看时钟,站起来说:'我想,在司机送你回阿斯科纳(Ascona)以前,我们很快来看一眼我的书房。'"

嫉妒就是这样。库尔特·图霍尔斯基有一次写道:"身为埃米尔·路德维希很不容易呀。他应该寄给所有评论家一封通函,写着:'真的很抱歉,我这么成功不是故意的。'"

埃米尔·路德维希真是有勇气。今天再读他跟斯大林的访谈,下巴会惊讶得掉下来。他如何多次提问有关"你的政府彻底严格地对抗敌人"原因是什么,提问托洛茨基(Trotzkis)的角色,或者提出以评论开头的问题:"我感觉,苏联绝大部分的国民对苏联的势力都很惊恐。然后在问题的最后还强调:'国民的恐惧是被灌入的。'斯大林只是很冷地回答:'你错了。'"

他还故作天真地提问:"我们入座的桌子周围配有16张椅子。在国外,大家知道,苏联在一方面应该所有的同志一起共同决定事项,另一方面大家也心知肚明,其实只有特定的那一个人,他说的话才算数。到底做决定的人是谁呢?"还可以更大胆、更狡猾、更明显地问到苏联共产主义的基本困境吗?这段访问是在政治、大屠杀和生活中间,考虑记者胆识的大师杰作。最终,典型的路德维希问题也没有缺席:"您抽的是香烟。您的烟斗在哪里,斯大林先生?"

路德维希大部分都在对的时间问到对的问题。他的书《7月14日》(*Juli 14*, 1929)处理战争责任归属问题,是一部调查严谨的历史杰作。这本书也令他成为全世界的敌人,尤其是纳粹党人。

路德维希很早便撤退到瑞士去,1932年即成为瑞士公民,在瑞士攻击德国纳粹。他的作品《在达沃斯的谋杀》(*Der Mord in Davos*, 1936),写的是年轻犹太学生戴维·弗兰克福特(David Frankfurter)射杀瑞士纳粹党头目威廉·古斯特洛夫(Wilhelm Gustloff)的事件,这令他无法再滞留欧洲。他把这个事件定位成"国家的英雄行为"。那时候的瑞士对此是另一种看法。战争过去很久以后,路德维希才以国家英雄的身份重新被接纳。

19

戈特弗里德·贝恩以及其他毒品

—
奥托·林克
来自居格林根（Güglingen）桀骜不羁的守林人。

—
贝尔塔·冯·祖特纳
和平光环常罩在她身上。

—
安娜·西格斯
镶着墨西哥的十字架。

—
伊姆加德·科伊恩
"身披灰鼠皮，我很美丽。"

—
克劳斯·曼
所有流亡都集中在他身上。

奥 托 · 林 克
Otto Linck

我问自己,**奥托·林克**(**Otto Linck**,1892—1985)到底做了什么?在我看来,他是符腾堡(Württemberg)居格林根(Güglingen)的守林人,住在那里写作情感丰富的故事。因为第一次世界大战,他写了一些感情丰富的随军诗,内容并不是斗志昂扬的,而是描写故乡的、抚慰人心的以及爱国的。

这是一首古老的、苦涩的歌曲,
战士们的歌曲——
当我们从战场上归来,
有美酒和飨宴……
和平的钟声敲响,
打鼓的人和吹乐器的人声齐欢跃。

这些诗是否都太缺乏英雄气概了？即使是《1914年夏天》（*Sommer, 1914*）这首诗，对极端国家主义者而言也太过自暴自弃，太没有上战场的斗志。虽然如此，他和他的中篇小说《战友的命运》（*Kameradeti im Schicksal*, 1930）居然位列焚烧的名单上，真是一件很不可思议的事情。20世纪20年代时他发表的中篇小说都是关于红酒，所有的作品读来就像是一个居格林根守林人所写。而这些作品在1933年之后，照常印行出版。例如，我有一本他的中篇小说《圣马丁》（*Sankt Martin*），是1941年在海尔布隆（Heilbronn）出版，还写有黑色墨水的德语题词：“小小的问候！战争中的圣诞，1941"。1943年时，一本战地邮政版（单本价钱60芬尼，订购100本以上58芬尼，1000本以上55芬尼）书内含很多中篇小说。

今日，我们行走居格林根森林时，仍可以循着奥托·林克的足迹前进。在一份奥托·林克学术旅游路线描写里说，他是共济会（Freimaurer）成员，"家庭背景相当符腾堡式"。蒂宾根大学在战后鉴于他对地理学的贡献，颁给他荣誉博士学位。林克"发现数量颇多的化石，其中也有不知名的种类。林克尤其引以为傲的是在白石矿场附近发现肺鱼类的臼齿"。在林区中，奥托·林克的名字最常和花楸树一起被提起。"林克在德国花楸树爱好者中，被看作是重新发现花楸树的人"。

此外，他孜孜不懈研究晚三叠世地层，"因此在他人生的最后几十年跟他的专业同事陷入不可消弭的争论中。"

显然森林专家奥托·林克并不喜欢别人和他确信的事实有分歧。纵使过了二十年，纵使这是反对全世界的专家也在所不惜。1933年新的时代新的氛围当然让他深恶痛绝。居格林根报道中只有一小段线索透露：1933年他开始培植种类繁多的实验林。为什么刚好是这个时候？"林克感觉，他林务长的工作被忠贞的党林务员阻碍，所以他宁愿退回学术研究领域。"

每次检视纳粹如何在德国渗透它的势力，就会发现即便是最隐秘的、最平和的地区也惨遭染指，卑鄙小人如何利用这股势力强大茁壮，在新的时代达到新的威势，总是令人浑身发冷。像奥托·林克不愿攀附党的这个消息，如何在1933年5月以前就已经传到柏林图书馆员赫尔曼耳中，永远是个谜。或者从一开始，一个完美精密的告密系统已然存在？

贝尔塔·冯·祖特纳
Bertha von Suttner

这本书的名声实在太大。即使贝尔塔·冯·祖特纳（Bertha von Suttner，1843—1914）已经死了快 20 年也没有帮助。她 1889 年所出的反战文集《放下武器！》(*Die Waffen nieder!*)威力着实太大、太强，太让人没有余地商量是否该烧了它，而只能直接把它烧毁。贝尔塔·冯·祖特纳 1914 年 6 月 21 日过世，不到一个月后，她花了一辈子时间企图阻止的第一次世界大战随即爆发。也许现在是借着焚毁她的书，来象征模拟她的死亡，好开始第二次世界大战。

安娜·西格斯
Anna Seghers

在这里，这个地方，西班牙宗教法庭在好几百年前成立了一个焚烧异教徒的处所，魁马德洛（Quemadem），位于阿拉梅达县（Alameda）东端，墨西哥城一个大公园。昔日异教徒被烧死的地方，在柏林焚书日九周年的前一天晚上，一群斗志高昂的德国流亡作家，大部分是共产党员，以及墨西哥作家在此聚会。聚会上安排了乐观主义的演讲，内容是反希特勒的战斗必须继续下去，胜利已经在望，而真正的德国文化不会灭亡。**安娜·西格斯（Anna Seghers，1900—1983）** 在此次聚会上也发表了演说，历经半年无休无止、艰辛危险的逃亡后，她和家人终于到达墨西哥。这天晚上不是只有空谈和胸怀美丽的梦想，他们同时也成立一个出版社——"自由之书"（Das freie Buch，El Libro Libre）。现在听起来，好像一切都很简单。但这个出版社没有资金，没有作业部门，没有负责人，只有文稿——多得不得了的文稿。一个作家协会暂时接管出版社，这些人里有路德维希·雷恩（Ludwig Renn）、博多·乌泽（Bodo Uhse）、埃贡·埃尔温·基施（Egon Erwin Kisch）和安娜·西格斯。

出版社成立的第二天就有了一份公开宣言："我们德国在墨西哥的反法西斯作家们，今年以一种特别的方式纪念焚书日，我们成立了出版社'自由之书'。"

而出版社发表的第三本书，也正是令它的作者安娜·西格斯扬名世界的作品：《第七个十字架》(*Das Siebte Kreuz*, 1942)。她还在欧洲流亡时，从这一站移到下一站的过程中，同时也将这本书完成。这是一部希望之书。今日，书里希望的中央象征——在居格林根集中营（KZ Westhof）七个十字架有一个是空的——对我们来说也许太过明显，太滥情。集中营有七个囚犯越狱了，营长架起七个十字架，每抓回来一个，就钉上一个，也借此警告其他囚犯，不要存有逃走的妄想。七个人中有四个很快被抓到，第五个自杀，第六个自首，而第七个——奥尔格·海斯勒（Georg Heisler）——踪影全无。奥尔格·海斯勒代表希望，也代表怀疑。奥尔格·海斯勒和那个空着的十字架是对抗独裁的象征："一个逃走的囚犯，一直在那里，总是一再激起什么事情来。他永远会对无限权力质疑。"

这本书获得世界性的胜利。在美国，短短的时间之内就卖出60万本。而且1944年被改编成电影，更是把作者推上世界巅峰。来自墨西哥的德国希望之书，也让人看到另一个更好的、战斗力旺盛的德国。

作者因为这本书、这一成就、她的斗志和对共产主义的忠贞，让她一辈子声名不坠，她在民主德国被克里斯塔·沃尔夫（Christa Wolf）封为"传奇人物"，也是共产主义的"圣母"。汉斯·扎尔（Hans Stahl）流亡法国时，很贴切地描述了她的角色和在党的地位。扎尔拒绝签署由共产党作家保护协会联名声讨社会民主学生组织（SDS）会员以及流亡杂志《新日记》（Das Neue Tagebuch）发行人莱波尔德·施瓦茨席尔德（Leopold Schwarzschild）的声明。这份完全奠基在臆测的公开声明如果一旦发表，会给施瓦茨席尔德带来和死亡差不多的严重后果。扎尔拒绝签名。然而没有他的签名，这份声明便无法公开。社会民主学生组织祭出他们最厉害的武器："一位重要的女作家、世界闻名的女作家安娜·西格斯将被派来替我处理这件事。她被册封为热血作家的保护天使，她是天主教圣女孔纳斯罗伊特的德蕾莎，[1] 当她转达政府当局宣布之时，条规会被她说成像念经一般。她不只是报告，而是传达某种神迹。她把改造我的任务以梦游者般的热情来执行，她警告一个即将失足的朋友，不要把对抗希特勒的奋斗降低到只会帮助阶级敌人的小市民道德观，而阻碍了奋斗的原意。"

第七个十字架必须一直空着，哪怕用尽所有的手段。就算在别的地方要架起新的十字架也在所不惜。

---

[1] 德蕾莎·诺伊曼（Therese Neumann, 1898—1962），居住南德孔纳斯罗伊特（Konnersreuth），身上出现圣痕。

伊姆加德·科伊恩
Irmgard Keun

伊姆加德·科伊恩（**Irmgard Keun**，1905—1982）留下来的照片只有两张，我一直这么认为。其实当然有留下更多的照片，但我只认识这两张照片，也只想认识这两张照片。第一张照片里，她有短短的卷发，俏皮地披在右额上，白色的丝巾，在后面高高扬起，随风飞绕在她的脖子上。她的眼睛，看起来好像爱上了摄影师，或者爱上这个世界。眼里有一丝哀愁，表情有一些害羞，还带有一点女孩子的自信。尤其是画面上一切都那么安静。嘴巴不笑，眼睛在笑。很相信，美好生活会来到。我知道，一切会很美好，会永远幸福，因为我很美，而且我写作，为我自己、为男人、为了这个世界。那时她 21 岁，拍摄这张照片的时候，她已经从科隆搬到柏林。或者她那时是 26 岁。没有人记得清楚，因为她把自己的出生年月跟她小说里的人物吉尔吉（Gilgi）合而为一，也就是 1910 年。伊姆加德·科伊恩对现实和对生活的认感知，一向都是诗意的。

是的，第二张照片，大概是她的时代结束时拍的。也许是20世纪70年代末，也许又回到科隆。头发是借的，直直的，很假，直接就是一顶女用假发顶在头上。围巾是彩色的，松松地挂着。嘴上尝试要笑，眼睛却不合作。

科伊恩成名的速度多惊人啊！《吉尔吉——我们中间的一个》（*Gilgi - eine von uns*）1931年出版后造成大轰动。语调那么新奇，德语那么自信，但又半对半错，小说里的女性那么新潮、摩登又有自信。半年之后——谁写得慢，谁活该——《人造丝姑娘》出版。"我写书要像写电影，因为我的生活就像电影，比电影更像电影。"小说中的朵丽丝（Doris）说。这部小说也是，就像生活，就像电影，快速、肤浅，但正确、服膺世界，把自己奉献给世界，跟世界一起嬉戏，一步一步征服柏林、征服男人、征服生命。用的不是辛勤工作，而是从内在散发出来的光辉，用的是磁力，让世界围绕着人造丝女孩起舞。很容易，没什么比这更容易："身披灰鼠毛皮，我很美丽。"

当然也有阴暗面、渴望和良知。用惊叹语句来表达的话："男人就是如此。他们完全不知道，看透他们比看透自己容易……爱情和那些不会马上分裂成两半的东西在哪里？……我渴望听见一个男人的声音，像深蓝色钟声那样的声音，在我里面说：听我的，我说的是对的。我渴望心中有这样的血，能够相信他……有时候情爱只有在一起学习亲近时是好的，而我在任何时候都无法放下身段……只有当我们不幸福时，才能继续前进，所以我很高兴，我并不幸福……其实我早就料到，只是我的感觉没有兴趣知道。"

接着发生了焚书事件，她的书也是。在新国家被纳粹憎恨的女人中，她是最可恨的。然而科伊恩没有逃走。她先是居留国内。她的先生，比她大23岁的作家和导演约翰内斯·特拉洛（Johannes Tralow），很受纳粹政权的欢迎。接着她做了在所有被焚书的作者中最有趣、最冒失、最大胆的一件事。她花了一段时间仔细观察〔观察人如何在她的小说《午夜之后》（*Nach Mitternacht*，1936）中解读纳粹的最初几年〕。1935年10月29日，她向柏林地方法院要求赔偿，指控："秘密警察在1933年7月没收我所有的书籍。而判定这是正当步骤的法院判决书一直没有下来，也没有人在办理。"这是何等壮烈、明知不可为而为的勇气！她现在没有收入了，便向初级法院申请提供法律诉讼救助。法院针对这个申请没有给她答复。但是，她被捕入狱，并一再被审讯，所问的都是有关她和在国外朋友的联络，地址、关系及活动。她的父亲，原是一名企业家，把她救了出来。她是这么说的。她父亲为了救她付了20万马克，这是科伊恩听母亲说的。这也可能是科伊恩自己编造出来的。总之，她自由了。她不只是从牢里被释放，而且离开了德国。她出逃到比利时的奥斯坦德（Ostende），在那里遇到了一个男人，她生命中唯一一个有深蓝色钟声声音的男人，告诉她：听我的话，我说的是对的。在她里面有一颗心在告诉她，你可以信任他。她碰见的人是约瑟夫·罗特（Joseph Roth），她跟着他的两年流亡时光都在酗酒。是的，科伊恩也喝酒，罗特也是，他们喝很多，而且恨不得喝死,并且一边喝一边写作。在咖啡馆里,他们互相在写作上鞭策对方、咒骂希特勒、咒骂这个疯狂的世界。他们一起旅行,前往世界上还能旅行的地方。当她第一次见到他时,他柔嫩的手特别引起她的注意,然后是他敦厚的大肚腩,接下去是两条细腿。她觉得,他看起来像一只蜘蛛。后来她又写道,她的印象里是遇到一个下一刻钟便会因哀伤而死的人。

写作和喝酒,还有恨。"罗特那时不只是哀伤,他还是最好最灵活的仇恨者。"也是最快的写手。"罗特和我开始奥林匹克写作竞赛。到了晚上他的页数总是比我多。他无休无止地督促我,但是他是对的。"

不论如何,科伊恩和罗特,还是分手了。跟罗特在一起,就像陪伴一个充满仇恨的人,他在最后的几年不是一个能让人继续下去的伴侣。他易怒、自我毁灭、对想救他的人心怀恶意,跟他只能短期在一起。科伊恩后来写他:"约瑟夫·罗特是唯一一个深深吸引我的男人,所以他的一些话能够住进我的心灵。"

接着,她远赴美国,投入另一个男人的怀抱,不久又回到欧洲。先是去法国,然后1949年她用假证件潜回科隆,回到父母身边。她的兄弟1943年在苏联战死。她的父母只剩下她一个孩子,她于是留在他们身边做伴。

战后的德国将伊姆加德·科伊恩很快而且非常彻底地遗忘。直到于尔根·泽尔克(Jürgen Serke)在《星》杂志连载这些著作被焚的作者的故事,才唤起大众的回忆。泽尔克曾与科伊恩在她科隆的居所会面，写了一篇有关这个被遗忘的孤独女人的凄凉报道。"她拖着低迷的心绪，日复一日地生活。何必坚强？为什么坚强？为谁坚强？"

终于，战争结束后都已经过了30年，这个国家又再度想起她。克拉森（Classen）出版社全新推出她的作品。她又被阅读、被喜爱。她的编辑克劳斯·安特斯（Klaus Antes）还记得她的一次书友会："那个时候，她在美因茨大学朗诵《全世界的孩子》，人潮汹涌。学生甚至连走廊都挤爆了。伊姆加德能够打动你的心弦。当她结束时，已经很晚了。观众热烈疯狂地鼓掌。她累得几乎快瘫了，但还是继续朗诵了几段。观众起立致意，喝彩不绝。教授扶着她下台休息，她嘟哝着说：'我的妈呀，我又不是电影明星。'"

她还计划写一本书，最后一本书，书里应该有她生命中所有的经历。这会是多伟大的书啊！但是她还没有开始写，就于1982年5月5日，在科隆住所去世。

克劳斯·曼
Klaus Mann

1933年5月9日上午在滨海萨纳里（Sanary-sur-mer），**克劳斯·曼**（**Klaus Mann**，1906—1949）写信给戈特弗里德·贝恩（Gottfried Benn）。这封信清楚明朗，充满轻视又充满爱，彻底将流亡者的世界和纳粹追随者的世界划分开来。这是一封情书，克劳斯·曼并没有意图将它公开。这封信末尾写道：

这个时刻谁若还犹豫不决，现在开始就不再是我们的人，而且以后也不会是。当然您必须明白，我们的爱会换来什么，您会得到什么样的替代。如果我说的没错，这个替代将是不知感激和讥嘲。如果有人还不明白，他们属于哪一边，那一边的人可非常清楚谁不属于他们——那些有精神信仰的人。

如果能得到您的回复，我会很感激……

您的克劳斯·曼

然后他去了海滨。他的父母在那儿，姐妹艾丽卡（Erika）也在。"饭后，将写给贝恩的信念给家人听。"他记载在日记上。托马斯·曼[1]听后似乎不为所动，他写道："然后下去沙滩，用餐时间偕同克劳斯与孩子们一同回来。之后讨论了瑞士一间房子。"托马斯对克劳斯给贝恩的信只字未提。记录的只是留在国内知识分子间不可思议的情况。而且："我脑海里真的又在考虑秋天回慕尼黑去一趟。"

在归乡的可能与真正下定决心移民之间，又拉扯了很长一段时间。托马斯·曼两个最大的孩子克劳斯和艾丽卡，将使出浑身解数，逼迫他踏出决绝的一步，逃出德国，彻底、明确与独裁者断绝关系。

克劳斯·曼已经下定决心。曾经定义过自己是个作家的他，"首要兴趣在美学、宗教与情色的领域，但是情势却让我陷入清醒的、甚至必须斗争的地步"。

这个挣扎，挣扎在新的与旧的克劳斯之间，挣扎在面临毁灭的朋友、美学家与和平主义者以及奋战的流亡者、之后的美军之间，这个内心的挣扎也是为他爱慕的戈特弗里德·贝恩（Gottfried Benn）和诗作而战。"昨夜，又是一个沉浸于戈特弗里德·贝恩诗句，罪孽的夜。"他在1936年9月的某日写下。一个月之后又写道："又是只读戈特弗里德·贝恩的诗篇，多么深刻、摄人心志的语句啊！"

---

[1] 托马斯·曼与克劳斯·曼是父子。

就像他秘密地渴恋戈特弗里德·贝恩,他也渴恋毒品、爱情和死亡。这是克劳斯·曼黑暗的一面。流亡并没有让他从这些渴望里解放,但是流亡赋予了他使命。他是这么理解的。

20

死或者攻击

约瑟夫·霍夫鲍尔
奥地利小说对抗战争。

理查德·霍夫曼
谁才是对的?

罗伯特·诺伊曼
真艺术的滑稽模仿。

B. 特拉文
焚烧幽灵的难处。

约瑟夫·霍夫鲍尔
Josef Hofbauer

他为奥地利写了一本反战的书,加入社会民主党的维也纳人**约瑟夫·霍夫鲍尔**(**Josef Hofbauer**,1886—1948),在 1933 年发表了一部小说给奥地利在意大利前线的军队。出版社自己在《走进战乱》(*Der Marsch ins Chaos*)的封页广告中有些气短地说:"大众,有如传言,对有关战争的书已经厌倦。但是我们知道,这本新的战争之书收藏了什么威胁。"是的,这是对的,连我们都已经厌倦了与野战医院相关,外科截肢、荒芜、恐惧、尘土中的尸体,也厌倦了一本接一本的战争小说。这本书里描写山地战争有关的新鲜、有意思、不错的地方,是呈现一个多种族国家如何崩溃的精密观察,以及这个崩溃如何在战争四年的时间里,贯穿整个奥地利军队。毫不起眼的混乱和小小的争执如何在一个多种族的军队开始,升级到溃散至整个国家:

"普罗恰斯卡（Pochaska），你反正是一个波希米亚人，这个你不会懂的！你们波希米亚人对战争的看法完全不同……"

"如果报纸上说，这是一个德国的战争，那么这个战争跟我有什么关系？你是知道的，我不是波希米亚人，而是维也纳人，虽然我是捷克人，但也是维也纳人。你比我更是波希米亚人，因为你住在波希米亚……"

"虽然我在科莫陶（Komotau）[1]当了五年的官员，也不会把我变成波希米亚人。你很清楚，一个波希米亚来的人不能被理解成一个波希米亚人，而是一个捷克人！如果我们让你们就这么转换过来的话，笑话就闹大了。我们德国人至少知道，忠诚是什么……！"

他们就这么吵着、闹着，但是其实他们战斗的目的是为了同一个祖国。维也纳匈牙利是不可能打赢这场战争的。这个国家在战争爆发前，早已四分五裂。这场战争所以会开打，是因为奥皇和大臣想借着战争拖延帝国的崩溃。为了成全这个延宕，牺牲无数人的生命。

战争结束后，当侥幸活下来的士兵解甲归乡，回到他们当初为之而战的家乡，他们却不知道家乡现在叫什么名字了，也不知道，家乡会挂上什么样的旗帜来欢迎他们：

---

[1] 科莫陶（Komotau），现在的霍穆托夫（Chomutov）。

这时他想起跟捷克同袍的对话。他们谈的是未来国界的问题……如果能够读到报纸，就可以知道得详细一些！在波希米亚有革命……当我回到家乡时——我回到哪一个祖国？也有德国区的捷克划归到捷克吗？那不是跟战前正好相反而已——为什么还要革命？为什么？

为的是建立新的前线、新的祖国、新的正义，这些前线是给社会主义的。"你一起来吗？"霍夫鲍尔书中的主角最后问道，虽然腿被枪打伤，但是对新的生活仍充满希望。"我会不会一起来？一个经历过战争的人怎么还能怀疑？还能踌躇？每个人都知道自己的位置在哪里，他的前线归属何处。"

约瑟夫·霍夫鲍尔自己在战后，在布拉格以及特普利采（teplitz）当过许多不同社会民主党报纸的编辑。1934年他在奥地利用标题"维也纳，歌之城"（Wien, Stadt der Lieder）写了一系列有关1934年二月革命处理成合唱曲的诗歌。1938年他流亡到瑞典的马尔默（Malmö），1947年回乡，1948年在法兰克福辞世。

理查德·霍夫曼
Richard Hoffmann

如果你从一本旧书中发现另一个时代剪下来的讯息，感觉很不寻常吧。手写的字句、纸条、剪报，这些不知如何都以某种方式跟这本书、这个作者以及这个读者有某种关联。在这些书中，特别是我眼前的这一本，感觉更是奇异。这是一本经过时代的洗礼、从大火中幸存、没收、禁止，却依然活到现在的书。所有这些书都挺了过来，完成它们的抗争，被藏起来，或者只是简单地被遗忘。然而，它们还是存在着。甚至，有时候还夹带了来自那个时代的讯息。《德国日报》闪亮刊登当日的头版头条，并且引以为傲。那是1932年4月21日发行的。在头条标题"选举重新举行"的旁边有一篇严厉的国家性呼吁，抵制选举疲乏战，拥护将选票投给正确的国家议题。这里什么思想都不隐藏："我们的读者明白，在《德国日报》中，国会的政府方法——虽然魏玛宪法认为是它带来十一月推翻帝制的果实——总是被解释成对德国行为和德国人民不适合。

因而，从中产生了对抗这个制度的义务，直到这个制度瓦解，而不是放任给机会甚或权利。"这篇呼吁的作者很确定，好的，德国事务的胜利已经近了。

除了报纸上醒目的标题以外，作者——州法院院长**理查德·霍夫曼**（Richard Hoffmann）还写了同样被柏林警察总长格尔策辛斯基（Grezesinski）禁止的书。这本书名字是《赫尔辛－哈斯案件——答复普鲁士司法部长》（1932），也是那本我在里面发现剪报的书。在"申请起诉格尔策辛斯基"的标题下，霍夫曼陈述从他的观点如何看待禁止这本书的案件，控诉他所提出的论点没有一点被接受或者被当成可疑处来调查，就这点便可证明他所谴责的都是事实。他的书中所处理的案件，是魏玛共和时期非常受人瞩目的司法案件。在这件案子中，审理一桩谋杀案件的法官克林（Kdlling）在杀人者理查德·施罗德（Richard Schroder）招认之后，仍不洗刷犹太大企业家鲁道夫·哈斯（Rudolf Hass）是共犯的罪嫌，也不释放他。后来当局做了对哈斯有利的决定，使他重获自由，并终止对他的诉讼程序。施罗德以独立犯案谋杀的罪名被处死。正义得到伸张，左派欢呼。法官克林和他的上司州法院负责人霍夫曼接受内务调查，宣判两人有罪。霍夫曼在判决以前，已经申请放弃退休金而退休。

现在他为自我辩护而写、为控诉国家和它的管理当局而写这本书。警察总长查禁这本书的理由是："从眼前到几乎达到沸点的政治紧张，根据1931年8月10日所订法规第二条第一项，会导致公共安全和秩序严重被危害。"

霍夫曼在报纸上回应："我们已经到了什么地步？难道这样对吗？如果当局的处理完全不让我们有机会去批评时才能谈论？一旦宪法被严重伤害时，任何谈论，甚至是最客观的建言都被禁止，这种情况让人如何忍受，它将造成国家的沉沦。"

听起来很可怕。在刊登着那篇文章的纸上，这么为德国共和感到担忧，这么明显的奋战。书的结尾读起来更是好战不懈，而且与《德国日报》这篇文章同一种语气："我的人格没有受伤，而且知道，这种过分的恶劣行为如果被指认出来，就对治愈这种行为有帮助，抱着这样的信念我写了这一本书，希望书里描述的堕落在我们国民中生长只是暂时的。苏醒中的德国会击败它。"德国苏醒了，距离这个事件不到一年，德国真的苏醒了，一如共和时期国家主义的敌人所希望的。

然而混乱的局面仍继续着。州法院院长理查德·霍夫曼因为是犹太人而被禁止执业，1941 年跟他的妻子一起，被遣送到罗兹（Lodz）。1943 年，他在那里过世，一年后，他的妻子也跟着去了。有那么一刹那，我希望这是书写轰动官司禁书的那个理查德·霍夫曼，所以那本书在魏玛共和被禁不到一年，马上又被新的政权丢到火堆里去。这个理查德·霍夫曼有可能也是一个犹太人吗？这种独一无二的例子不是完全不可能吧？因为叫这个名字的作者无从找起，那么赫尔曼在执行时，犯下错误也不是无法想象。

真相却不是如此。在新德国守住立场对霍夫曼是有利的：1933

死或者攻击

年他在大柏林被任命为州法院院长。而犹太工业家哈斯和妻子在家乡的骚动中，完全无反击能力。同年便双双自杀身亡。

那么到底作品被烧毁的理查德·霍夫曼是何许人？这个人一定是1894年在蔡茨（Zeitz）出生的，而1927年出版的战争小说《前线士兵》（*Frontsodalten*）是他写的。书的封面非常耸动，画面是一个死人的头颅，旁边是第一次世界大战一次有名战役的名字。作者献辞是给"大战的牺牲者及他们的母亲，尤其是凡尔登（Verdun）一役的百万死者和第256师的战士们"。对这本书的第一个想法是感到奇怪，这么一本书，这么一部小说，早在其他描写战争残酷的百万小说出版前就已经出版，居然默默无名，作者名也佚失，而要得到这本书也很困难。但是读了几页以后，这个谜便不揭自解。原来理查德·霍夫曼根本不会写书，当时也没有编辑或者其他人能帮他润饰。这本书措辞拙劣，是不知道自己是小丑的小丑，从头到尾都是灾难。它既不是以一个简单无忧的士兵的语气写的，例如我们读《施伦普》（*Schlump*）时所见。霍夫曼刻意修饰文辞，却适得其反。战争开始，年轻的主角感到惊讶："一个吃惊的泡泡在他的肚子里爆开。接着一片红开始顺着他的脊椎往上爬，一直红上耳根。他必须说服自己去相信那张红纸上的内容，同时违背他一向的如厕习惯，肚子里好奇的感觉迫使他下楼。"看到这里的读者已经在期待，当主角在上战场时，枪能拿得比作者的笔好一点。读者还嘟囔着"如厕习惯"，被战争惊吓到的作者带着从脊髓爬到脸上的红霞在街上迷走，我们看到，这一切都是新的——文辞拙劣、语意不清又何妨："世界真的改变了：因为每天千篇一律的日常生活已经消失。小小的红色纸片紧紧抓住人类的历史，让历史为一个生活目标而高兴，所有人都不再相信曾熟悉过什么。"

　　整本书一直这么纠结，好像它的作者其实来自一个陌生的国度，被硬生生丢进这个语言里面，磕磕绊绊，找不到出路。句子总是结束得莫名其妙，文末，没有人比作者本身更松了一口气："如同所有在这四年大战期间对抗世界的人一般，他最憧憬的便是安宁。"

罗伯特·诺伊曼

Rober Neumann

罗伯特·诺伊曼（Rober Neumann，1897—1975）是一个讽刺作家。他一辈子只出版过两册风格严谨的讽刺作品，在他写作生涯刚刚开始时。《借别人的光彩》（*Mit fremden Federn*）出版于1927年，以及1932年出版的《在错误的旗帜下》（*Unter falscher Flagge*）。诺伊曼把他那个时代的文化人物都写进了作品中。托马斯·曼很欣赏他的作品："我甚至把他的作品念给家人听，大家眼泪都笑出来了……一般的评论都说，把我写得很适切，而且我还出现了两次，真是无上的光荣。"托马斯·曼对书里描述他的段落感到既高兴又骄傲，他选这本书为年度最佳图书。其他人对描述自己的段落则没有觉得那么有趣。汉斯·莱普写信给作者说："我对你一向的想象获得证明：你是一个可怜的假道学！"

这样更好，如果被写的人恼羞成怒，才符合讽刺作品的意义。诺伊曼讽刺当时文人所用的方式，相当幽默。在他的中篇和长篇小说中——他的作品很多，讽刺也随处可见，不管是：新即物主义、表现主义、托马斯·曼、亨利希·曼，老的、少的，还有他自己。这些所彰显的效果都很单纯，只要印象不计其他，而且有些失焦。马塞尔·赖希－拉尼基（Marcel Reich-Ranicki）有一次描写他——很坏，但是很真实："诺伊曼最会的就是，起跑枪声还没响就认输。因为他赛跑时喜欢穿奇装异服，虽然吸引观众的视线，却也严重妨碍他的行动，所以从一开始，跑出好成绩就已经是不可能的事了。"

奥地利犹太作家诺伊曼1934年离开欧洲大陆流亡到英国，住了几年后甚至用英语写小说。直到1958年他离开英国搬到瑞士的提契诺（Tessin）。他为作品在德国和奥地利受到这么少的回应而感到很苦闷。但是其实跟其他的流亡作品相比，他的作品在德国是很受欢迎的。1961年《镜报》（*Spiegel*）发表一期他的专刊，但是又把他归到"借别人光彩"的标题下面的讽刺作品一类，这让他很生气。

诺伊曼的归乡经历和其他流亡作家一样，根本无家可归。家乡只是他新的流亡之地："我忽然又看到自己流亡第一天的景象——我站在那里，英语不流利，没有朋友，没有意义——纳粹把我的声音抢走了。现在我站在这里，又像回到可怕的年轻时一样，发不出声音，好像那第一天，又流亡到流亡的时期，虽然是移民回家——如'里普·范·温克尔'（Rip van Winkle），但有人偷走我生命中最好的时光。对这样的发现可以有两种反应。你可以死——或者攻击。我是一个有经验的幸存者，攻击是我的天性。"

刚好在彼得·汉德克（Peter Handke）于普林斯顿发动针对观众效应的攻击之前，他在1966年恰好选择"47社"（Gruppe 47）当作反对的目标，这对他相当不利。他谴责这个社团缺乏政治勇气、容易自满、"违背反对党抗议设都波恩计划"、依赖补助金、懒惰、尤其是"互相颁发文学奖项"。他写京特·格拉斯（Gunter Grass）是一个"万事通，总是不断地攻击冲刺争取排名"，而文学界的权威大师瓦尔特·赫勒雷尔（Walter Hollerer）则是："他喜欢到处掺和，像是汤里的葱不可或缺，他对文学补助金嗅觉敏锐，有如以前寻找地下水的师父。"

诺伊曼不常发表一语中的、充满勇气的谩骂，这点很可惜。这个社团仍然嚣张。赫勒雷尔所办的杂志《科技时代的语言》（*Sprache im technischen Zeitalter*）出了一期主题"谩骂的艺术与困境"的专刊，来为他自己和朋友辩护。

B·特拉文
B. Traven

要焚烧一个幽灵,很不容易。但是,总是可以先烧他的书。他的书大家都知道,而且世界有名。究竟谁是 **B. 特拉文**(**B. Traven**,? — 1969 年),那个时候没有人知道。而且一直到今天,这都是世界文学史上最美丽、最刺激、最诡异的谜。谁是 B·特拉文?一个德国君主秘密的儿子?梅克伦堡(Mecklenburg)某个诸侯的子嗣?或是一个德国革命家?他住在墨西哥,这点我们知道。他书写用的是德文,我们推测。图霍尔斯基写过一篇评论说,他原先以为这是英语原文的低劣翻译。他写工人冒险小说,场景绝大部分在墨西哥。这些小说熟知这个世界,熟知商业世界,熟知资本主义在南美洲和地球上其他地方所有的不公正及潦草轻率。而这一切并不是抽象的绕着圈子,也不是为了传达宗旨,吃力地缝缝补补。不,他描述得清清楚楚。这些书在世界上超级畅销。直到他过世,全世界应该有 2500 万册的销售量。

直到他垂死时，才告诉妻子他一部分的真实身份。那是他生平的一部分，之前也已经获得证实。根据一些文献，B. 特拉文是革命家与无政府主义者雷特·马鲁特（Ret Marut），在战争期间他躲过审查，发行过极端无政府主义的《瓦窑》（Ziegelbremer）杂志，11月推翻帝制时，他站在最前线，并且在慕尼黑的苏维埃政权中担任文宣负责人。1919年5月1日马鲁特被捕，根据他自己的说法，在临时法庭里抽着烟的少尉还来不及判他死刑前的几分钟，他就侥幸逃脱。他先是到英国，然后经美国到达墨西哥。他秘密地定居墨西哥，直到去世。

某个时候，他将几篇文稿寄回德国。《前进》（Vorwärts）首先刊登他的一个短篇，然后是他第一部小说《摘棉花的人》（Der Baumwollpflücker, 1925）的试行本。这篇小说他寄到古滕贝格（Gutenberg）的图书协会，协会帮他出书，取得惊人的巨大成功。自此每年都有一部特拉文小说出版，书卖得愈多，"作者是谁"这个问题就愈不重要。而特拉文自己也宁愿匿名写作。

为什么？为什么特拉文这么喜欢保密？有一次他写道："如果要应征夜里的守卫或者是点灯的人，必须写一份履历，而且在期限之内交出去。一个真正工作的人，尤其做的是有精神价值的工作，永远不该要求他写履历。这是不礼貌的，会引诱他说谎。"

然而，1933年他的秘密存在给他带来严重的困难。纳粹真的把他的两本书《推车的人》（Der Karren, 1930）及《政府》（Die Regiermg, 1931）放在焚书的名单上。至于他其他的书，纳粹则要从他所受的工人阶段欢迎中获得利益。而且——掌权者该对付谁？一个住在墨西哥的幽灵？

冲锋队（SA）在焚书前一周占领了柏林图书协会，该出版社随即被"工人前线"兼并，旧员工必须卷铺盖走人。一个冲锋队队长继续使用原来的名字经营图书协会和出版社。同时，原来的社长远从苏黎世努力恢复建立古滕贝格图书协会的传统精神，有如传记家卡尔·S.古特克（Karl S. Guthke）曾经记载的。特拉文当然愿意追随旧部，把他的书移到瑞士，而不再于德国出版。光是这一点，做起来就不简单。7月柏林法院发给苏黎世图书协会意向书，禁止他们出版特拉文的小说。特拉文的小说也继续留在柏林图书协会的出版目录上。特拉文为他的名声奋战，极力反对他的书在德国印行。他写给他在苏黎世的出版人说："所有阻止我的书[特拉文新的小说《向桃花心木王国进军》（*Der Marsch ins Keich der Caoba*）]在德国出版的每一个行动，都应该不计一切后果执行。"接着他写一封信给柏林图书协会新的负责人，内容是："我向所有的人公开说明，我和你们以及和第三帝国一点共同点都没有。"信末，他有如胜利者般写道："再见，柏林的古滕贝格图书协会，再会！万岁！战场上攻无不克，犹如芒刺在背。只用一行字建国，拥有四千万人心的第四帝国万岁！B.特拉文上"

他赢了。他的书在德国不可能再被发表。他所有的书都是。这个匿名给他带来的危机过去以后，一切似乎恢复正常。特拉文又可以享受幽灵生活的便利，以墨西哥式的嘲讽取笑纳粹。——我的书在这里没有人会烧，除了我自己。

他继续在海外秘密地生活了很久。他有一张 1966 年 12 月 10 日的照片，是在墨西哥城贝利亚斯艺术宫（Palacio de Bellas Artes）观看莫斯科波休瓦芭蕾舞团演出时的留影。照片中是一个体面的、有些瘦弱的白发老翁，戴着黑色眼镜，下巴抬得很高。芭蕾舞剧院里的幽灵。在他死前，寻找他很长一段时间的《星》周刊记者格尔德·海德曼（Gerd Heidemann）很幸运地找到他并与他见面长谈。海德曼通过得到他妻子的信任，才得以接近他。但事实上，海德曼也这么叙述，特拉文当时已经又老又聋，对"特拉文先生"的称呼几乎没有反应，除此以外，海德曼也没能套出这个作家不为人知的来历。

1969 年 3 月 26 日——在他所有的经历中，其实这是我们唯一能肯定的日期——这个笔名 B·特拉文的世界知名作家，在墨西哥城家里过世。他的骨灰由一架滑翔机撒在哈塔特（Jataeé）河流域的雨林上。这个人是谁，他来自何方，他的父母是谁，为什么他决定流亡一生，永远只有他自己知道了。

21

燃烧的蝴蝶

—
马克西姆·高尔基
父亲。

—
伊萨克·巴贝尔
眼镜架在鼻上,秋天挂在心上。

—
伊里亚·伊里夫
旅途上的钻石椅。

—
伊利亚·爱伦堡
充满谬误的生命。

—
沙洛姆·阿施
相信犹太世界的信念。

—
欧内斯特·海明威
"极权主义是什么,我很清楚。"

—
约翰·多斯·帕索斯
在另一条前线争战。

—
厄普顿·辛克莱
在泥泞中挣扎。

—
亨里·巴布塞
和平主义的狂热从他开始。跟着火跳进"火中"(Feuer)。

—
雅罗斯拉夫·哈谢克
和斯威伊克(Schwejk)一起大笑。

—
德永直
孤单的日本人和《没有太阳的街道》。

马克西姆·高尔基
Maxim Gorki

5月10日所焚烧的书籍中,也有外语作家所写的书。至少赫尔曼的名单上,这些书都榜上有名。德国大学生组织坚称,在那一夜柏林的焚书活动中,只有德语书籍被焚烧。而柏林市政当局在1933年5月22日一份裁议中也说:"在被焚烧的书里面——就市政当局所知——所有外语书籍一律排除在外。"但这只是面对外国的抗议所做出的回应。在第一次焚书的基础名单上,这些名字都在上面。这些作品是否真的被丢进火里,柏林市政当局恐怕也无从得知。名单上总共列出37位,他们的作品都被翻译成德文。我们审视这部分的名单时,会有杂乱无章的感觉。所有跟社会主义、犹太文化以及和平主义沾上边的,在德国有点名气的,统统上榜。尤其是苏联作家占很大一部分,共有21名。此外还有8名美国人、三名捷克人、两个匈牙利人、一个波兰人、一个法国人和一个日本人。当然他们的作品被焚毁,并不意味着他们的生存受到威胁,不像德国作家,焚书是一个威胁的态度、一种侮辱。他们的生命并没有危险,大部分的作家在焚烧之后,仍然用他们的母语照常写作发表。

虽然如此,看一看这些1933年对德国有威胁的世界性作家是谁,甚至必须把他们的书从书架上移除,这点还是值得的。

当然,**马克西姆·高尔基**(**Maxim Gorki**,1868—1936)要算一个,1927年他回归苏联,同一年被选为苏联国家级作家,在斯大林的统治下,他的作品中虽然只有小说《母亲》(*Die Mutter*,1906)有其可用之处,可是大家还是往这位70岁的老先生身上堆满奖章,让他加入苏联布尔什维克,1932年他的家乡下诺夫哥罗德(Nischni Nowgorod)还正式改名为高尔基。正好在这一年,斯大林的大清洗运动推到高点,高尔基却已失去在列宁时代批评国家时,对情势清楚、客观的醒觉。他在1905年就认识列宁,从他和列宁一起办杂志《新生活》(*Das neue Leben*)开始,到列宁死后,他写下他们之间的对话:"我常常有机会和列宁讨论残酷的革命策略以及新的情势。'你想说什么?'他又惊又怒地问我。'在这样极端愤怒的战斗下,保有人性是有可能的吗?我们有位置给心肠柔软和宽容慷慨吗?'"他们经常争执这些。高尔基总是为囚犯求情,他宣称,他的要求都被允许。虽然如此,他还是宁愿逃奔外国。到柏林、萨罗夫(Bad Saarow)以及索伦特(Sorrent)去治疗他的肺结核,借以远离苏联这个国度。

伊萨克·巴贝尔
Isaak Babel

即使在斯大林统治下,尽管高尔基好像已被花言巧语和奖项冲昏头,他还是不忘为被追捕和囚禁的作家说话。**伊萨克·巴贝尔**(**Isaak Babel**,1894—1940),因为报道 1920 年苏俄—波兰战争的《骑兵》(*Die Reiterarmee*,1926)并不标榜英雄色彩,早就被斯大林打入冷宫。他暂时得到解救,这都要感谢高尔基在斯大林面前替他美言。在一次国宴上,高尔基说服斯大林,巴贝尔的作品并没有那么糟糕。巴贝尔因此得享一阵子的安宁。而他也很清楚,他得到这个好处该感谢谁。当高尔基生病时,巴贝尔慌了。"他是唯一站在我这边的人。"他大叫。当高尔基于 1936 年 6 月 18 日不明原因死亡时,埃尔温·申科(Erwin Schinko)把接下来的情形记载在他的日记上:"巴贝尔哀悼高尔基,好像失去自己的父亲。这里所有的人都感到恐惧,好像高尔基一死,灾难就会马上降临。一种无法防御的灾难,或者,更准确地说,自从高尔基不在以后,大家好像被一种神秘的方式更加强烈地威胁着。"

高尔基是作家的守护神。他们的守护神被夺走了,他们的父亲过世了。现在国家对他们再也没有顾忌。伊萨克·巴贝尔直到 1939 年 5 月才下狱,简直是一个奇迹。1940 年 1 月 27 日他在布季尔卡监狱(Butyrka)被枪决。我所认识的犹太大屠杀故事中,没有一个写的比来自敖德萨(Odessa)的伊萨克·巴贝尔更悲惨、更抑郁。他写一个犹太学校"眼镜架在鼻子上,秋天挂在心中"的学生去采葡萄的故事。在这个学生短短的一生中,他心心念念的就是想吃葡萄。那一天,当他终于带着葡萄回家时,世界分裂成两半。敖德萨犹太世界那一半是:"我躺在地上,被扯碎的鸽子内脏从我的太阳穴上滑下来,黏在我的脸颊上,喷得我满脸是血,糊住了我的眼睛。鸽子柔嫩的内脏黏在我的前额上,我闭上了之前一直睁开的眼睛,不想再看到这个世界。这个小气又不仁的世界。一颗鹅卵石躺在我眼前,一颗像老妪一般脸上布满皱纹、牙床又大的鹅卵石。一小段绳索蜷曲在离我身边不远处,它的旁边是一堆似乎还有呼吸的羽毛。我的这个世界既小又残酷。我闭上眼睛,不想再看。我把自己紧紧地压进我身下无言的地上。"

伊里亚·伊里夫
Ilja Ilf

1933年在德国被焚烧书籍的作者中,不少人之后在苏联也遭到迫害。有些作者在那时的苏联已经无法再出版任何书籍。整个局势迷雾重重。任何时候都有可能发生任何事。有一个作者的书从图书馆内消失,不久作者本人也消失了。那时发生在苏联作家身上的事是另一个故事了。亚历山卓·柯隆泰(Alexandra Kollontai, 1872—1952)的故事怎么说?早在1899年争取两性平等的战役中,她已经朝马克思主义者开枪,孜孜不懈地书写妇女必要的性解放,写过的书例如《工蜂的爱情》(*Die Liebe der Arbeitsbienen*),1925年在德国出版时获得巨大的成功。她一直忠于党,并且为革命在世界各地奔走奋斗多年,甚至直到1945年还被送去挪威、墨西哥、瑞典。然而她的书从1927年起,在苏联境内已经不准再印行。一个既是被禁的女作家,又是国家亲善大使。还有尼古拉·奥格涅夫(Nikolai Ognjew, 1888—1938),革命之后他创立莫斯科第一个儿童剧院,他所编写的《小学生科斯贾·里亚布热夫的日记》(*Tagebuch des Schülers Kostja Rjabzew*)(德语版 1928 年出版)在德国声名大噪,他 1938 年过世以后,在苏联文学史上却消失了 30 年之久。原因是他在作品"学生日记"里,描述学制改革学生自治时,批判语气太强。费奥多尔·索洛古布(Fjodor Sologub,1863—1927)在那些年中,书写最绝望、最荒芜、最至死不渝的爱情中篇。还有**伊里亚·伊里夫(Ilja Ilf,1897—1937)**,他跟叶夫杰尼·彼得罗夫(Jewgeni Petrow,1903—1942)合写的闻名世界的《十二把椅子》(*Zwölf Stühle*),在 1928 年也不能未经苏联的审查就出版。这本书是苏联文学的最后一朵花,之后斯大林统治下宣传小说建设开始,文学寒流也开始了。小说中描写一位垂死的老妇告知她的女婿,她把价值连城的珠宝藏在一组十二张椅子的其中一张里。可是她这个秘密并不仅仅只告诉她的女婿。就这样,一个贯穿苏联各地的热闹有趣的旅程开始,因为这些椅子早被卖到全国各个角落。故事用一个忠于共产主义建设的笑话结束:当心急的女婿在旅程的尾声匆忙赶到藏着珠宝的那张椅子那里时,他发现,勤劳的工人早就发现椅子里的珠宝,并用它盖成一座时髦漂亮的工人俱乐部。

这本书被翻译成 15 国语言,到今天这个故事总共被拍成电影 7 次。伊里夫是一个伟大的讽刺作家,他和同伴彼得罗夫一起游遍美洲与世界。他很早就死于肺结核。生命中的最后几年他丧失了信心,最后一次在巴黎时,他问苏联作家伊利亚·爱伦堡(Ilja Ehrenburg):"现在还能写作吗?""报纸可以揭发冥顽不化的官僚、小偷和流氓。可以写出名字、地址——好吧，这算是一种'解放的现象'。可是只要你一写短篇，就人人喊打：无一幸免地被毁谤中伤……"最后他在日记里写下："这个恐怖、冰冷的春晚——寒战和恐惧盘踞在心。可恶，为什么我运气这么差。"

像伊里夫和彼得罗夫这样的讽刺小说，在他们之前有一个非常有成就的先驱刊登在杂志《小火》（*Das Feuerchen*）上，那一期卖出了 50 万份。这篇标题《大火》（*Die große Brände*，1927）的作品是 25 位作者合力创作的成果，它讽刺新时代，讽刺一定要进步以及流汗耕种必欢笑收割的迷信。每一个作者负责一个章节，下一个作者按照文意接续下去，就这样一个无比滑稽、奇幻有趣的末代大火中的世界出现了。很多参与其事的作者——伊萨克·巴贝尔、韦拉·因贝尔（Wera Inber）、列奥尼德·列奥诺夫（Leonid Leonow）、朱里·利伯定斯基（Juri Liebedinski）、弗拉基米尔·利金（Wladimk Lidin）和其他——在 6 年后的德国成为被贬斥的作家。故事讲述在俄国境内一个乡镇，无缘无故大火冲天。任何时候、任何地点都可能发生这样的事。是蝴蝶带来这场大火。故事结尾令人不寒而栗："我宣布，小说《大火》的写作协会工作结束。小说里所有的角色，还有斯拉托哥尔斯克（Slatogorsk）城的所有居民都被解散。而斯拉托哥尔斯克城也不再被需要，我们就让它消失吧。事件的下文呢——看报纸或者去你的生活中找！不要跟生命失去联系！不要睡着！'大火'只是暂时过去，更大的火还在前面等着我们。"

德国五月的焚书大火中，苏联作者尼古拉·博格达诺夫

（Nikolai Bogdanow，1907—1972）、费奥多尔·格拉特科夫（Fjodor Gladkow，1883—1958）、约瑟夫·卡利尼科夫（Josef Kallinikow，1890—1934）、瓦伦丁·卡塔耶夫（Valentin Katajew，1897—1986）、米哈伊尔·库茨明（Michail Kuzmin，1875—1936）、亚历山大·内韦洛夫（Alexander Newerow，1886—1923）、费奥多尔·潘菲罗夫（Fjodor Panferow，1896—1960）、雷旺尼德·潘特雷耶夫（Leonid Pantelejew，1908—1987）、利季娅·谢夫林娜（Lidija Seifullina，1889—1954）、米哈伊尔·索斯琴科（Michail Soschtschenko，1895—1958）以及亚历山大·绥拉菲莫维奇（Alexander Serafimowitsch，1863—1949）也成为牺牲者，至少他们的名字都在名单上。名单上另外还有波兰人海伦娜·博宾斯卡（Helena Bobinska，1887—1968）、匈牙利人贝拉·伊勒斯（Béla Illes）和安德烈亚斯·拉茨科（Andreas Latzko，1876—1943），捷克人伊万·奥尔布拉赫特（Ivan Olbracht，1882—1952）。

伊利亚·爱伦堡
Ilja Ehrenburg

现在我们回头来看看柏林一间奢华的《法兰克福日报》编辑办公室，仍然是1927年。一个胖胖的编辑坐在他的编辑座位上，旁边坐着约瑟夫·罗特。他们两人共同会见一位苏联来的小说家访客，这个苏联小说家的名气在德国和苏联刚刚开始上升。他写了三部小说，同时在德国和苏联刊印，内容不一定都是忠于党的。《法兰克福日报》想发表一篇他的专访。这个俄国人态度很保留，而罗特正用简单的俄语跟他解释记者这一行的两条金科玉律："请跟他说—— 一个字都不许删，钱要再多一点，他们资金雄厚。"这个苏联作家是**伊利亚·爱伦堡**（**Ilja Ehrenburg**，1891—1967）。他后来在回忆录里特别感谢罗特。而要描写伊利亚·爱伦堡这个人的生活、作品和影响力确实是一个字都不能少。也许这个在适应、抗议、狡狯、政治宣传、对立之间的奇妙生命最好用这句话来形容：这个人，在那些年尽心为国家书写无数政治宣传文稿，而也是这个国家却将伊萨克·巴贝尔，他最好朋友的朋友，无理由枪毙。爱伦堡是一个性格充满矛盾的人、革命的勇者，刚开始时常常站错边，但是很快就回到对的、还算安全的一边。他的书《解冻》(*Tauwetter*，1956)出现后，世界史便开始用这个名词称呼这个时代。只要他一有机会，他就会帮斯大林治下受迫害的作家争取。他对可能性具有不可思议的敏锐感觉，也因为如此，终其一生深受其害。有时候他也能完成小小的义举。他的回忆录《人·岁月·生活》(*Menschen Jahren Leben*，1961—1966)是描写那个年代的书中最有意思的一本。书中有些句子让人惊异，例如关于伊萨克·巴贝尔那么不可思议的柔情、诗意的篇章中："巴贝尔属于那些把他们的战斗、他们的梦想、他们的死献给下一代的幸福的人。"他最好的朋友将他悲惨的死献给下一代的，是多么可怕的幸福，这对爱伦堡来说，可能永远不思其解。

爱伦堡在一处描写中，好像对自己和生活的变幻多端感到惊讶："我在书里要承认的，不只是一个错误：我太常把我的希望当成现实。"

他的义举之一是收集写作他的《黑书》(*Schwarzbuch*，1980)：这是第一本涵盖范围广大、关于俄籍犹太人大屠杀的报道书籍，他和记者兼作家瓦西里·格罗斯曼(Wassili Grossman)一同撰写，但是多年未能出版。

沙洛姆·阿施
Schalom Asch

这表示，是另一个在名单上的作者**沙洛姆·阿施**（**Schalom Asch**，1880—1957），给他带来写这本书的灵感。

这将我们带到1933年书籍也被焚烧的美国作者身上。1880年阿施出生在波兰小城库特诺（Kumo）。对他的家庭来说，移民美国一直是一个有待实现的梦想："'美国'这个名词属于我孩童时期最早的记忆，"他有一次这么写。"1880年苏俄开始实施迫害政策后，家乡的街道吹起阵阵犹太人移民美国的狂风。移民的人必须偷渡过德国边境。他们在邻近跑运输人家的院子里扎营躲藏的情景，至今还历历在目；他们的行李上都绑着锡制小茶壶。我总是有预感，有一天也会轮到我家。"这段文字他写在短篇小说《小城》（*Das Städtchen*）里，德语版出版在1909年。阿施书写的语言是犹太的语言。少年时期他便开始以德语写作。他偷偷使用父亲书架上一套蓝色德语经典书刊，依照书里的风格书写。他的母亲吓坏了，他早期的德语作品便"有如宗教大审判的案例,被处火刑,而且我的作品有幸与德语经典一起燃烧起舞。为了平抚我稚弱的精神,妈妈还特别煮了一锅马铃薯"。阿施回顾当时,还补上嘲讽自己的言语:"我只看见两种可能性:自杀或者投身广大的世界。"当然他选择了世界。阿施的朋友赫尔曼·凯斯滕(Hermann Kesten),在他的朋友书中回忆:"斯蒂芬·茨威格、热内·席克勒(René Schickele)、约瑟夫·罗特和安妮特·科尔布(Annette Kolb)都在座,而他(阿施)不停地说呀说,时而沉重、时而欢乐,跟大家讲述新的与旧的犹太传说,细节详尽到好像他自己在场似的……他本身充满民族味道和犹太精神,不管跟犹太人、基督徒或是反犹太主义者在一起时,他都默默地、但是有意识地以他的犹太传统为傲,好像全世界都是犹太世界,所有人都应该会说犹太语言,犹太人是上帝的子民,而基督教只不过是犹太教的一支。"

即使是跟他同姓但无亲戚关系,书写语言是英语,1902年在华沙出生,早从1915年就在美国生活的那坦·阿施(Nathan Asch,1902—1964)也在焚书名单上。早年他曾从事证券经纪,1923年返回欧洲,居住在巴黎。在布达佩斯的笔碧罗(Biblo)出版社发表他的小说以前,克劳斯·曼在《合集》(*Sammlung*)中刊载过这些小说的德语版。1936年阿施又返回美国好莱坞,写电影剧本。

此外,在众多美国作者之中,明星作家、社会主义者及和平主义者特意被挑选出来。杰克·伦敦(Jack London,1876—1916)是少数已过世但还被认为他的书危险到必须烧掉的作家。杰克·伦敦的书在德国非常受欢迎,即使是他死前写给美国社会党的退党书(1916),也盛传到欧洲来:"忠诚的同志们,我放弃我的社会党党籍,因为社会党不再有热情和战斗意识,因为它失去了阶级斗争的力量……"

欧内斯特·海明威
Ernest Hemingway

杰克·伦敦这种语气几年后**欧内斯特·海明威**（**Ernest Hemingway**，1899—1961）也可能写得出来，他因为早期的战争小说《永别了，武器》（*In einem anderen Land*）而入焚书之榜，刚刚结束他在龙达（Ronda）的居期，在那里他完成散文《午后的死亡》（*Tod am Nachmittag*，1932），1933年是海明威灰暗的一年，他一边写晦涩的中篇，一边为《战地钟声》（*Der Sieger geht leer aus*）收集资料。11月时，偕同妻子旅行穿越非洲，就是在这次旅行时的1月16日，他第一次见到乞力马扎罗山（Kilimanjaro）上的雪。两年半后伊利亚·爱伦堡（Ilja Ehrenburg）跟他在马德里碰面："他住在格兰比亚山（Gmn Via）上的'佛罗里达'饭店，离老是被极权分子放火的电报局不远。饭店本身也被炸弹炸过。没有人敢继续住在里面，只有海明威。他在酒精炉上煮咖啡，吃橘子，喝威士忌，书写情爱。"海明威应该说过："我对政治不太熟悉，我也不喜欢政治。但是极权主义是什么，我很清楚。这里的人们是为了美好的事物而争战。"

约翰·多斯·帕索斯
John Dos Passos

然而海明威早年的朋友,以《曼哈顿渡轮》(*Manhattan Transfer*, 1925)开创现代大都会小说类型、因《三个士兵》(*Three Soldiers*, 1921)气坏纳粹党人的**约翰·多斯·帕索斯**(**John Dos Passos**, 1896—1970),可没有像他那么确定。诚然,法西斯主义是不好的、危险的,但是西班牙现在的内战让早先狂热于社会主义的多斯·帕索斯左右为难,跟朋友海明威一起,他书写破坏性的文章反对苏联共产党,书写小说《大富豪》(*The Big Money*, 1936),小说中他让一个充满信任的、怀抱理想主义的共产主义青年,最后被党的保守顽固毁灭。

新德国中,罗伯特·卡尔(Robert Carr, 1909—1994)属于出类拔萃的天才之一,15岁他便已经替美国杂志撰写报道,19岁以小说《轻狂岁月》(*The Rampant Age*, 1928)初露头角,一年以后马上有德语版《狂野绽放的青春》(*Wildblühende Jugend*)印行。此外,卡尔异于常人的地方还有他笃信外星人和飞碟,而且他还非常怀疑,美国当局尝试在秘密实验室里挽救一个从宇宙飞船坠毁中幸存的外星人。

厄普顿·辛克莱
Upton Sinclair

名单中还有一个1882年生于柏林的犹太人路德维希·莱维松（Ludwig Lewisohn，1882—1955），1890年举家迁移南卡罗来纳州。还有，是社会革命家的**厄普顿·辛克莱**（**Upton Sinclair**，1878—1968），1905年他为反对美国肉品工业的工作条件所写的控诉书《弱肉强食》（*The Jungle*）引起很大的骚动，而且影响改变了工作法。他拿到第一笔稿费，马上投资到新泽西类似乌托邦的公社，辛克莱投资4个月后公社便烧成灰烬。辛克莱的书在欧洲比在他自己的家乡受欢迎得多。辛克莱是一个理想主义者，第二次世界大战结束后，他还想转让自己新小说的德国版权给盖斯特的小出版社，资助不成功的、爱做梦的、幻想世界大一统的作家鲁道夫·盖斯特（Rudolf Geist）。结果并没有成功。

他是一个"扒粪者"—— 一个喜欢探听揭发丑闻的人——罗斯福总统这么叫他。辛克莱尝试了很多次，想用反贫穷这个议题踏进政治界。一直没有成功。而且他的书在美国也经常是由自己出版社发表。

不在名单上的有 F. 斯科特·菲茨杰拉德（F. Scott Fitzgerald）、福克纳（William Faulkner）等作者。而且 1937 年在柏林的菲舍尔（S. Fischer）出版社还印行了美国短篇文选，收纳在内的有康拉德·艾肯（Conrad Aiken）、托马斯·沃尔夫（Thomas Wolfe）、以及菲茨杰拉德和福克纳的短篇故事。书中的导言几乎亢奋陶醉地说："美国文学新一代作家可说是前所未见的兴盛，它的土地、它的民族，都被这些作品栩栩如生地捕捉下来。新的美国作者以书写美国大陆所有生命内涵的深度和广度作为他们的使命，这是任何之前的世代所不能比的。"

亨里·巴布塞
Henri Barbusse

这是对西方新起势力和它的作者不寻常的赞歌。"捕捉住它的土地、它的民族","书写大陆的深度和广度",这些都是观察自己国家的模范文学时,新近想到的词汇。名单上没有一个英语作者,可知美国和英国在文学政策的初始几年中,被比较友善地对待处理。这时的敌人是苏联和苏联文学。这才是事实真相。而且,不在苏联本土的"苏联文学"也会被拉下水。例如焚书名单上唯一一位来自法国的作家:**亨里·巴布塞**(**Henri Barbusse**,1873—1935),他是共产党以及斯大林传记作家。他取材自第一次世界大战战壕的日记体小说《火》(*Das Feuer*),1915 年便已出版,是那以后德国书写反战题材文学的典范。这本书是欧洲反对战争屠杀一个重大的征兆信号,书里充满惊慌恐惧以及对另一个更好的世界的向往,希望战场上的死亡并非全然没有意义:世界若能了解这些信号,就能够学到这场战争的教训。两个濒临死亡的士兵在故事结尾大声喊出这部小说的中心意旨:"所谓士兵的荣誉是一场欺骗,就像战争中所有看似庄严神圣的事物。"其中一个士兵说,然后他们问自己:"'可是你能跟人说吗?'一个士兵口吐鲜血,他肮脏的脸上盖着一只恶心的手,喘息挣扎着说。'可恶,他们会把你放到柴堆上!他们围着军刀造出了一个宗教,这个宗教和其他的宗教一样卑劣、愚蠢、罪恶!'他挣扎着起身,倒下去,再挣扎起身。污秽的盔甲下,他的伤口不断滴出鲜血,话说完后,他睁着大大的眼睛看着自己的鲜血,这是他为了更美好的世界所做的牺牲……"

雅 罗 斯 拉 夫 · 哈 谢 克
Jaroslav Hasek

像上述这样慷慨激昂的情绪不会在**雅罗斯拉夫·哈谢克**（**Jaroslav Hasek**，1883—1923）的作品中出现。他的《好兵帅克》（*Osudy dobrého vojáka Švejka za světové válkg*，1921—1923），日后成为电影、戏剧作品，是被多次改编以及创作续集的明星，通过他的智慧、几近无赖地反抗，把战争变成一场滑稽的闹剧。"帅克，你是白痴吗？"高级军医长官想知道帅克是不是正常人，所以他问帅克。从这个勇敢的士兵口中，军医长官得到最顺从的回答："报告长官，是的，我是白痴。"这就是帅克，战争爆发以前是一个卖狗的，他卖的狗还有混得最杂的混血纯种证明。他是天生的无政府主义者，自己却浑然不觉。战争期间，他因为过度忠诚和有责任感，几乎使完美组织起来的世界命令执行秩序大乱，几至崩溃。塑造这个英雄的作者和他的英雄有不少共同点。1915年他也必须上前线对抗俄国。他让自己被俘虏，改换阵线，与苏联红军并肩作战。1918年他加入苏联共产党，1920年返回故乡布拉格，开始创作"帅克"。这部小说采取每周一次的连载方式，一开始就受到读者的热烈喜爱。可惜哈谢克没有完成这部小说，1923年1月3日他便过世了。即便如此，10年后，这部作品还是危险到榜上有名，必须被烧毁。而且，他死后替他写续集、并把小说完成的朋友卡雷尔·瓦内克（Karl Vanek，1887—1933），也因此跟着登上焚书榜。

德永直
Sunao Tokunaga

这份名单甚至延伸到日本去。是的,有一位日本作家在名单上。当德永直(Sunao Tokunaga,1899—1958)坐下来,开始书写以京都 1926 年两千名印刷工人大罢工为背景的小说时,他只是一个失业的、默默无名的印刷厂工人。这是一个日本社会主义英雄的故事。两千个人对抗在他们的行业里即将实行的工时缩短,用尽所有的力量对抗所有的暴力、雇主以及警察。他们的斗争没有成功。工时被缩短后,几千个抗议者被解雇。德永是他们其中之一。而他将日本工人运动的英雄史诗记录下来。他命名这部小说为《没有太阳的街道》。后来在京都,印刷厂所在的那条街道便以此为名,印刷厂本身还继续存在了很久。在德国 1960 年的一个版本中,我读到的那一本,后记里记载,这个印刷厂今天仍在运转。而街道的名字也还是"没有太阳的街道"。

22

与莨菪一起飞翔

—
马克斯·巴特尔
从左派换到右派的漫游和孤立。

—
汉斯·海因茨·埃韦斯
与希特勒双手交握,毒品、催眠以及从奇迹精神中跨出的新人类。

—
卡尔·雅各布·希尔施
形成晴朗气象后,又一路向毁灭下滑。

—
莱奥·希尔施
敬爱皇帝,为犹太传统著作礼书。

—
弗里茨·布莱
是殖民大老爷、狩猎之王。

—
阿图尔·吕曼
是误入歧途的艺术史学家。

—
埃娃·莱德曼
巴伐利亚女人的笑柄,导演法伊特·哈兰的女编剧。

马克斯·巴特尔
Max Barthel

他最后一本书叫作《不需要世界史》(Kein Bedarf an Weltgeschichte, 1950),是一部在世间游荡的人自传式的忏悔自白,是一个早年是共产党员、革命家和反战者的故事,书中主人翁1916年在战场上用他的诗集《来自阿尔贡的诗》(Versen aus den Argonnen)来反战,并参与一月起义,1920年和1923年还到他的梦土苏联去旅行。回来时,怀着残破的希望变成梦想破灭的诗人,对破灭的梦想却无法停止渴望。这就是**马克斯·巴特尔**(**Max Barthel**,1893—1975)所经历的。他是一个泥瓦匠的儿子,青少年时期在工厂工作时,便已组织了社会主义青年联盟。之后,战争结束,他在各地漫游,总是在旅途中。他到过德国、奥地利、瑞士、法国和荷兰,发行国际工人援助杂志《镰刀和槌子》(Sichel und Hammer),古腾贝格图书协会出版社使用大开本发表他的漫游见闻。然而,在这些惊人的远行书中,总是出现这个对梦想的思念,他称之为"第二个自我"。他最后一本漫游书《德国》于1926年出版，里面说："同样在布罗肯山（Brocken）上，第二个自我这个理念还是紧抓着他的心，这个自我是在人间便能得到的。工作是第一个自我。常常，这个自我完全不能算是自我，而只是对死亡的恐惧和死前一点可怜的性高潮。但是分享所有超越工作的事物，因为这些事物是从工作中涌出，人可以分享精血的千倍化以及精神升华：起来吧！社会主义！这是第二个自我！"然后他做结语："我们所有的人都活在同一场漫游中。到德国的路还很长。但是那里是我们的心之所系。"他继续往德国前进，成为社会民主党党员，被他以前的共产党朋友所轻视和憎恨。

然后新的帝国崛起，对于新的德国，巴特尔所想所愿是共同合作，然而他的名字却出现在"反德意志"的名单上。也许这是他所要的德国，也许他第二个自我的梦想终于成真。当戈特弗里德·贝恩给流亡者写信时，他也参加。焚书之后不到一个月，他发表短篇《死人磨坊》(Müble zum Toten Mann, 1927)："越过边界的人，实践了他们谈论和书写德国的权利。他们太快便逃走了，绝大多数人根本毫发无伤。"在这个新政权上台的第一个月里，一个小小的漫游作家也气焰高涨，只因在这个新的国家新的时代他被允许可以合作，这不是很令人诧异吗？他自我膨胀到觉得自己有责任替亨利西·曼（Heinrich Mann）、库尔特·图霍尔斯基、雷马克书写德国？这个人在想什么？哪一种万能毒品能导致如此？真叫人不可思议！

他继续写道："对我这个老社会主义者、泥水匠的儿子、长期在工厂工作的人来说，有两件事对我的观点具有决定性：第一点，纳粹统一德国；第二点，将工作调整到观察的中心。"

巴特尔作为一个作家的热心投入，受到已经被纳粹接收的图书协会所奖励。然而，一年后他的梦就醒了。巴特尔遭书会解雇，于是归隐，对政治事件不再置一词。后来发表了几部凭着记忆写出的游记及叙述文章，在1942年出版的小说《永远渴望的街》(*Die Straße der ewigen Sehnsucht*)中，借叙述者之口道出："在国家中个人都能找到满足。他不再是年轻的寻梦者，不再盲目地为国家战斗。他必须做出决定。"

巴特尔陷入无尽的幻灭中。是的，他必须做决定。而且他再一次做了错误的决定，或者更确切地说，他必须意识到，对他来说，没有一个决定会是对的。

战争结束后，他从德累斯顿（在那里新的占领者又禁了他的书）搬到西边莱茵地区的巴特布赖西克（Bad Breisig）。他住在一栋小房子里，与世界几乎没有来往，他谱写教堂诗歌，书写有关他的生活的小品，然后结集发表，取名《世界史无用》。

汉斯·海因茨·埃韦斯
Hans Heinz Ewers

他的书被焚八天之后,德国作家汉斯·海因茨·埃韦斯(Hans Heinz Ewers,1871—1943)在柏林皇宫花园饭店为德国作者和出版家举行的招待会上,对文宣部长约瑟夫·戈培尔发表了小小的演说。埃韦斯称这位1933年5月10日在焚烧的书旁边致辞、也把他自己的小说《曼陀罗》(Alraune,1911)和《吸血蝠》(Vampir,1920)送上火堆的人,是伟大的作家和演说家。埃韦斯请求他对德国作家和出版家伸出保护的手,让大家希望已久的写作与出版之间的统一能够实现。演说结束时,他还献给部长一个柏林雕刻家瓦尔特·沃尔克(Walter Wolk)所雕的希特勒半身像。

多诡谲的一幕!刚刚作品才被戈培尔送进火堆,现在就敬赠他希特勒半身像,握住他的手不放。威尔·费斯佩尔(Will Vesper)这位新国家的大作家,简直不敢相信自己的眼睛。费斯佩尔在《新文学》(Neue Literatur)杂志上发表一篇文章,题目是《还有多久,H.

H. 埃韦斯？——淫秽文学和低级文学的新狂妄》。"在一个所谓'作家'和出版家的集会上，这个人假德国作家代表之名，发表致辞以接近国家部长戈培尔博士，这种行为是一种罪恶，我们以德国正经作家之名必须唾弃这种行为，即使埃韦斯先生怀中捧着希特勒的半身像，也显然是为了保护自己。我们一定要清楚告知必须为这件事负责的人，对所有尊重自己的作家而言，我们领导的名字一跟污秽低劣的文人连在一起，我们看来就会像是反抗文化布尔什维克主义的一场失败的战役。"

埃韦斯在新国家的第一个月中却觉得没人能动得了他，他在权势的这一边非常安全。如何继续刺激费斯佩尔和他的朋友，埃韦斯在一个法国记者访问他时说："大多数纳粹作者都还年轻，才华洋溢，但是还没有名气。在他们之间只有一人真正在国际文坛举足轻重，那就是我。"我们可以想象，当新作家代表费斯佩尔看到这篇文章时，如何面红耳赤、暴跳如雷。他一定会不计一切代价，想要这个人消失。不过，其实不需要费多大力气。埃韦斯即将消失。这件事其他人会办妥。他的书、他的无耻言行、他的傲慢——即将永远消失。

这是一个什么样的人？是一个什么样的作家？这种不可思议的傲慢、妄想、几近疯狂，到底从何而来？也许只是毒品的影响。埃韦斯很早便很享受并推崇使用毒品。大麻！鸦片！莨菪[1]！这一切都是艺术所需！"在艺术创作时，几乎没有一种因素比麻醉剂引发的迷醉更为重要。"这在他早期便已经宣告。他具体的解释是："艺术家从迷醉中能够获得一些想法，然后在创作时转成艺术：脑海中好主意不断涌现；记忆之门大开，让你能够直接走进最早的孩童记忆（大麻）；成串的图像，丰富的色盘（某种仙人掌碱）；事件发生可笑的扭曲，产生绝佳的新形式（毒菌碱）；稳稳抓住一种气氛，让这个气氛可以在空间里持续回荡一个星期之久；人格形成分裂、生活分成两半以及许多自我（大麻）；节奏的存在、舞蹈核心重要性的掌握（醉椒根）；所有感官最敏锐的探索、引发艺术创作过程中最深的感受能力、单纯的幸福（大麻）；见事立体、淋漓的肉欲快感（鸦片）；时间感的延缓、飞翔（莨菪跟所有的药结合）；以及其他；等等。"

与莨菪一起飞翔！这个人经验丰富。他早年也对催眠术、巫毒和招魂术感到莫大的兴趣。很早时，一场招魂大会几乎给他带来可怕的厄运。也是在皇宫花园饭店，这次在杜塞尔多夫，1895年12月11日，参加招魂大会的人围着一张桌子坐，气氛非常适合招魂所需，作曲家肖邦的鬼魂走了进来，一会儿说法语、一会儿说德语，让桌子飘浮在空中，最后还带进来一张假造的千元马克大钞。

---

[1] 莨菪，即天仙子，多年生草本植物，有毒，根可提制莨菪碱，全草入药。

情景就像是《魔山》(Zauberberg)"最可疑的"(Fragwiirdigst)一章中,世界在战争开始前,在能见幽冥的眼睛前面崩溃毁灭。埃韦斯在大会后被控欺骗和违背保守秘密的誓言。接着是决斗挑战以及诉讼官司。事情的结局是他被判处四个星期牢刑,并且被免除国家公务。他当时攻读法律,正在诺伊斯(Neuss)写博士论文。这个判决令他再也无法步入正轨公务员生活。埃韦斯开始写作,一开始他在无政府主义杂志《可怜虫》(Der arme Teufel)以及第一本同性恋杂志《自己的》(Der Eigene)写评论、发表诗篇,因为淫荡猥亵的文辞被处以罚金。他替柏林餐厅秀剧院"毋俘德"(Überbrettl)写剧本,迎娶他同居已久的女朋友伊尔娜·文德瓦尔德(Una Wunderwald)后,1902年11月带着她到卡普里岛住了两年,在那里他决定倡导和推动天体文化(Freikörperkultur)。同时在岛上他发现了美丽的岩洞——他和妻子从25米高的悬崖拉着绳索下到岩洞的照片非常壮观,而且两人都例外地穿着衣服。他们对推行天体文化非常认真,在卡普里岛他们几乎24小时都在为此工作。这个岩洞也由于他们的介绍,变成观光胜地。埃韦斯和妻子文德瓦尔德可惜并没有从中获益。

他们就这么过着日子,1904年离开小岛,出发去环游世界。他们去了南美、印度,旅行的花费由赫伯轮船公司(Hapag)赞助,条件是轮船公司的名字必须以正面形象出现在他的小说和旅游报道文章里。这是很早的一个产品植入(Product Placement)在文学里的合作案例。但是当他太严格批评旅游景点时,例如阿根廷,双方的合作便自然告终了。而且,即便是印度,精神探寻之旅也令他失望。有如他在游记《印度和我》(*Indien und ich*, 1911)所写:"印度!神秘学者说出这个词时,几乎是带着神圣的颤抖!瑜伽大师!当他传说瑜伽大师的奇言异行时,自己也被吓得半死!但是他自己还从来没去过印度,也没见过任何一个瑜伽大师!——的确,这才是保存幻想最好的办法。"

他突破瓶颈获得世界成果的是一部神秘的未来小说《曼德拉草》(*Alraune*),1911年完成。像一阵旋风,这部小说随即成为最畅销小说,并且被翻译成世界28种语言。这是一个人工受孕的故事,一个从古老的曼陀罗传说中诞生的人。传说一个吊死的人在死亡那一刹那最后一滴精液能供养曼陀罗。如果在满月那一天的午夜,将这株曼陀罗的根拔出来(拔的人要好好塞住耳朵,据说将听到的喊叫声会让人丧失心智),一切进行顺利的话,一个人造人,一个新的人类便会诞生。这个神话埃韦斯将它放在未来——效果惊人。

在这样的基础上,他们生活得很好。当第一次世界大战爆发时,埃韦斯刚好在布拉格。他继续旅行到美国,逗留在美国直到大战结束。这件事德国人对他很不谅解。虽然他一直解释,在那种时候,坐船回来已经不可能。但没有人相信他。

魏玛共和时期时,他一直红不起来。他把所有的希望都放在外交部部长瓦尔特·拉特瑙身上,瓦尔特·拉特瑙和他已经是很久的朋友了。可是部长被刺杀以后,他就失去特权,再没有一个大人物可以给他撑腰。他很快便注意到希特勒。"他是这个新国家的良知,是这个国家的灵魂。"他着手书写 1931 年出版的小说《德国之夜的骑士》（*Reiterin deutscher Nacht*）。1923 年希特勒啤酒馆政变失败时，他显出无限遗憾。

如果把他跟传统的刻板印象摆在一起，他一生里没有多少东西是一致的。例如，埃韦斯从不放过机会，赞美犹太人是优秀的，犹太人是民族的同志。同时，在其他种族议题上，他又是个不折不扣的种族主义者，种族主义在当时并不寻常。1912 年多次环游世界之后，他写道："我完全不承认所有的种族都是平等的，相反，我绝对自信我的种族是最优越的。我对待黄种人和黑人的态度是，他们在我之下。我甚至不承认罗马尼亚人跟我们是平等的，因为他们不像法国人或是北意大利人，血统中混有强壮的日耳曼血液。我绝对不是妄自尊大的沙文主义者，我的爱国主义是我在世界各地旅行时，经由所见所闻渐渐形成的……我必须承认与我们平等的，唯一一个种族，是犹太人。"

1931 年他有一次拜访纳粹棕色大楼[1]（Braunes Haus）时，希特勒跟他握手表示欢迎。希特勒委托他写一部霍斯特－韦塞尔[2]（Horst-Wessel）的小说。所有他所需要的资料，纳粹党都会替他收集。埃韦斯此时并不知道，他即将接下的任务是一个烫手山芋。霍斯特－韦塞尔的家人和纳粹党将会不断干预他的写作。这部小说必

---

[1] 纳粹棕色大楼，1930—1945 年纳粹党的总部，位于慕尼黑。
[2] 霍斯特－韦塞尔，德国纳粹活动家，1930 年被刺杀，死后被追封为纳粹运动的英雄。

须成为党的英雄史诗。埃韦斯感叹无法反映事实真相。霍斯特－韦塞尔钟爱一名妓女，虽然这件事在德国人尽皆知，却不允许被写入小说中。当小说出版时，评论家马上陷入混战。争论重点是这本书，是埃韦斯这个人、他的过去，以及他与犹太人的友谊，稍后连跟他的好朋友恩斯特·勒姆（Ernst Röhm）的友谊也被牵扯进来，因为埃韦斯喜欢跟勒姆一起在同性恋圈子里交谊，"经常跟他在一起吃早餐"。事实表明，戈培尔对埃韦斯和他的小说态度摇摆不定，没有表达立场。这本小说被拍成电影，戈培尔安排这部电影在私人场合试映后，便禁止电影发行，对外宣告禁止是因为"艺术性的原因"。埃韦斯终于还是被新政权甩了。先是这部小说被禁，随后他所有的作品都被禁止。

一个高潮不断、荒诞有趣的奇异生命，悄悄地、无声地走向尽头。1943年6月12日他在柏林自己的寓所临终前，据说最后一句话是对他的秘书燕妮·古尔（Jenny Guhl）说的："我真是一头笨驴！"

卡尔·雅各布·希尔施
Karl Jakob Hirsch

他的出版人萨穆埃尔·菲舍尔（Samuel Fischer）说，他写的"德语是自冯塔内（Fontane）以来最好的"。《晴天》（*Kaiserswetter*，1931）是**卡尔·雅各布·希尔施**（**Karl Jakob Hirsch**，1892—1952）的成名小说。《晴天》一书的语言也是让菲舍尔将希尔施比拟为冯塔内的语言。在汉诺威天气晴朗，当远离势力中心的世界瓦解的时候。"从正常秩序脱轨的城市，依旧万里无云，在六月的骄阳下展现身姿。"小说结束在第一次世界大战第一枪响起时。封建世界注定要走向毁灭，这么一个到处是大人物、欺骗和虚伪的悲惨世界，而在这些之上：艳阳高照、天气晴朗。这部小说1931年出版，当续集正在印刷时，纳粹成功夺权，续集的出版便无疾而终。比这更糟的是，续集下落不明，原稿也不见了。身为犹太人的希尔施首先逃到丹麦，然后到达美国，在美国他很快便申请到美国国籍，在政府机关做信件检查工作。他继续创作，以连载方式在德语报纸《新民族报》（*Neue*

Volkszeitung）发表小说作品。在这份报纸上，他还写每周一次的专栏。虽然如此，他心里很明白，他的文章、他的书已经没有读者了。"我在《新民族报》的工作，"他写道，"带给我居然还能够书写的满足感。的确，每周写一次名为'我们责无旁贷'（Es geht uns an）的专栏，令我开怀，但是我却感觉不到我的文字能够引起任何共鸣。"

"二战"结束后，希尔施再一次发表传记式自白小说《回家见上帝》（Heimkebr zu Gott, 1946），书中他描述皈依新教的过程："我从犹太教转往基督教的路上，感觉只是喜乐，一丝怨怼都没有。我踏出这一步，因为我不愿意以别的方式存在。这是所有犹太人都该走的路。"这本书一出版，他也跟着失去了在美国原来就很少的犹太支持者和犹太朋友。1948年希尔施回到德国，他在德国尝试恢复旧日的光辉，并没有成功。他旧有作品没有出版社愿意出版，甚至《晴天》这部小说也一样。虽然他已经给寄予厚望的新版本写好前言，其中有这样的句子："我移民出去，经历了流亡的惊恐、被人遗忘、远离故乡、说着陌生的语言。我经历饥饿，在世界上最富有的国家变得一贫如洗。我看见并且理解，现在我知道我真正的归属之处。"希尔施如此认为，他也如此希望。然而，他错了，德国不再是他的故乡。写完这篇怀抱希望的前言后，他便在慕尼黑过世。

莱奥·希尔施
Leo Hirsch

后人总是将卡尔·雅各布·希尔施和**莱奥·希尔施**（**Leo Hirsch**）混淆在一起。例如美术学院的目录上，印的是不在名单上的希尔施的生平。但是这位希尔施的人生和作品是如此独树一帜、特立独行而且非比寻常，所以我想在此特别介绍他一下：

"莱奥·希尔施已经不在人世。他的生命有如其他无数人，在某地的某个时刻便会消失。"这是汉斯－约阿希姆·舍普斯（Hans-Joachim Schoeps）1962年为莱奥·希尔施（Leo Hirsch, 1903—1943）重新出版、但早在1935年即应他邀请写的《犹太人的信仰世界》一书所写的前言。1935年时所用的书名是《实用犹太民族学》(*Praktische Judentumskunde*)，由柏林佛图（Vortmpp）出版社出版。一本这种标题的书，出现在那个时代，作者还是一个虔诚的犹太教徒？真是惊人！这是一个多么特殊、另类、大胆、勇敢的主意。舍普斯写道，这是对"1933年在犹太文化中所掀起的肯定传统、民族自决浪潮"的反应。总之这本书的内容客观、富有教育意义,并具启发性,可以看出也是为非犹太读者所书写的。然而,读起来仍然不可思议地令人毛骨悚然,郁闷不安。作者在书写这本书时,好像已经清楚知道一切,也知道未来命运会如何。这些都是一个生于后世、一切都已经发生过后的读者,才能读得出来的。但是事后发生的一切,都已经写在书上了。知道会灭亡、知道有瓦解的威胁,这些莱奥都写进他的书里了。这本书似乎是最后一本书,所有的焚书之后,以及犹太人进瓦斯房之前,假设一切会太迟以前,这本书再一次收集人类所知,在一切都太迟以前。

所以书是这么开始的:

很久以前有一个异教徒,传说里是这么说的,发誓要让犹太人灭亡。他问一个智者,如何才能给犹太人制造灾难,智者回答:你只需让他们的神背弃他们。好,异教徒想,但是我怎么到他们的神那里去?智者描述路径给他知道,最后补充:但是你必须在犹太人开始他们的一天之前到达。

异教徒动作很快,太阳一出来,他就起身。可是他到达的时候,已经太晚,犹太人早已开始一天的活动。他日复一日,不断尝试,但总是无法成功,因为犹太人的一天,总是在前一天晚上就开始了。"每当有异族的人也想来,他总是到得太晚。犹太人的一天永远都是前一天晚上就开始了。"

语调冷峻却隽永、富含哲理、自信、具教育意义而且充满智慧，整部书都是如此。书中一再出现激励鼓舞人心的讯息，例如有关"死亡的消息"这个章节中，讲述一个犹太人如何接受死亡的消息："在死亡面前，犹太人证明了自己的活泼。"最后，最后的最后："如果这本书能帮助几个人成为犹太人，能成为一道通往犹太文化日常生活的桥梁，如果它能给丢掉犹太文化的人一丝灵光，让他知道他所丢弃的，是多么珍贵的东西，那么故乡便真正被发现了。"

莱奥·希尔施1903年在波森（Posen）出生，20世纪20年代时，担任《柏林日报》（*Berliner Tageblatt*）副刊编辑，1929年发表一部相当凄美、关于埃莉萨·拉齐维尔（Elisa Radziwill）的小说《年轻的皇帝威廉一世》（*Der Jugendliebe Kaiser Wilhelm I.*），1939年担任柏林犹太文化协会剧院的戏剧顾问，协会解散后成为犹太教会的图书馆管理员。这个职务也无法长久。1942年他被判决劳改。在美术学院1983年的焚书名单目录中，他的卒年和死亡地点分别是1943年1月6日、柏林。

弗里茨·布莱
Fritz Bley

弗里茨·布莱（**Fritz Bley**，1853—1931）会被列在名单上，一定是一个人为的错误。为纪念焚书 50 周年而编纂焚书作者生平目录的研究学者们，仍旧把弗里茨·布莱列在名单上。弗里茨·布莱，在今天，几乎没有人知道他是谁，但是当一个国家主义者、骄傲自大的德国作者，被列在焚书名单上，这可能只是一个错误。然而图书馆员沃夫冈·赫尔曼还特地在弗里茨·布莱一栏里加注："所有的书，除了动物和狩猎故事。"令人不禁怀疑，也许这并不是一个错误。因为动物和狩猎故事正是弗里茨·布莱的强项。他的狩猎诗也写得很好："野雉，野外的贵族，居住峻岭峭壁，春天若不发情，永远不能得见。"——啊哈，布莱 1853 年 5 月出生在奎德林堡（Quedlinburg），32 岁成为殖民公司主管，1887 年出公务到德国东非殖民地，两年后又回到德国，在理论上继续研究德国的殖民主义问题。"德国文化在世界上的地位"在他而言是："上帝，将自己的气息吹入人类体内的，在我们的里面思考……他要所有的人都参加战斗，才能从中产生最优秀的、最勇敢的胜利者，然后由最强壮的来统治世界。他应该把他的优点传给后代，扩大延伸到家族、民族，最后至整个人类。"不可理解的是，一个准纳粹对这些彻底的达尔文主义为什么会产生不满？而且在第一次世界大战期间，布莱描写法国邻居的诗句是："法国民族的核心还是伊比利亚凯尔特的高卢（Gallien）文化，它的自卑心态在恺撒大帝的时代就已经人尽皆知……这个民族是世界历史的包袱。"

在他晚期的狩猎故事中，布莱把他轻视弱者、血淋淋的世界观，从描写动物的秘密，机敏地转移到描写人类、聚焦在对各民族的看法和这些民族的统治机制上。

"布耶洛维奇（Bjelowitsch）1909年已看见的欧洲野牛的命运，现在已经毫无保留地实现了。沙俄时代的皇家猎区中，已经没有野牛的踪迹。甚至它的保护者也被刺杀。"这是他的狩猎故事集《阿瓦隆》（*Avvalrn*，1914）前言中的一段。"不论猫头鹰的叫声在森林里多么诱人地回响着：老沙皇啊，怎么没有知情的人告诫你！"

布莱知道，而且他发出警告了。然而，布莱死了——刚好在纳粹掌权前一年。他一定也想知道，纳粹对他到底哪里不满意。

阿图尔·吕曼
Arthur Rümann

然后，名单上还有一个"吕曼"（Rümann），就这么简单，没有名字，没有指示任何作品、任何生活、任何过错，只有一个姓氏"吕曼"。这会是谁呢？有线索把他跟**阿图尔·吕曼**（**Arthur Rümann**，1888—1963），一个艺术史学家和儿童文学研究学者连起来吗？他在第一次世界大战之后，写了很多有关画家汉斯·贺尔拜因（Hans Holbein）、伦勃朗（Rembrandt）和杜米埃（Daumier）的专题论述，替霍多维茨基（Chodowiecki）的绘画作品编制图书目录，搜集了数量庞大的18、19世纪的德国儿童书籍。他自己则在1962年发表图画集《开启无名家乡的钥匙》（*Schlüssel zur unbekannten Heimat*），书中介绍了他被禁止工作时，纳粹统治时代慕尼黑附近的教堂建筑。1937年他还是被允许发表了一部作品《古代儿童文学》（*Alte deutsche Kinderbücher*），书中大部分内容都是他自己的收藏。战争结束之后，1945年10月他便被任命为慕尼黑市立伦巴赫美术馆（Lenbachhaus）的馆长。相对于艺术之家（Haus der Kunst），伦巴赫美术馆没有被没收，也没有被炸毁，因此慕尼黑战后第一个现代艺术展览在此举行。吕曼证明了自己是一个很合适的现代艺术推动者，尤其是展览法国现代绘画乃至世界当代艺术作品。

他退休之后，兴趣大多放在教堂建筑，积极鼓励他的同胞一起造访历史圣地："所以我再次强调，去看一看我们家乡的宝藏，好好享受它们，后世不但不会忘记你们——还会爱戴你们。"他在这里也将巴伐利亚的古老建筑艺术与艺术性的、自我经验的现代艺术结合，当他说："堪丁斯基刚好也对在他穆尔瑙（Murnau）家附近弗罗施豪森（Froschhausen）的教堂——在我和加布里埃莱·明特尔（Gabriele Münter）谈过这个题目10年后——以及慕尼黑北部他在自行车之旅中发现的大理石装饰感兴趣，这完全可以看作是他对穆尔瑙学校已经几百年历史的彩绘玻璃风格的借鉴。"

然后他将他的生活经验，融合传统和现代，并与当下的思想结合，继续思考和发展艺术史上的重大事件："因为我很想证明，到处都是古老和现代结合，要能够克服面对这件事情时敌对的态度，我们必须从人道主义出发，来重新思考这些关系、这些结合，来赢得新的精神态度。如果我们这么做，那么在我们眼里，比起只是怀古或是审美，到处都会活泼生动得多。"

埃娃·莱德曼
Eva Leidmann

当我降生到这个世界上时,没有人欢迎我。我的母亲也不例外。他们用尽地球上所有的办法让我消失,都失败了以后,我的母亲和祖父母——也许我的父亲也在内,关于他我不是知道得很清楚——是宫廷里的工匠,便求助于专职这件事情的圣者。能做的都做了,但是万能的主并没有兴趣再把我收回去。那个时候,在另一个世界,小孩的位置可能已经被占光了。

这本人性扭曲的书《我的母亲也不高兴》(*Auch meine Mutter freute sich nicht*),埃娃·莱德曼(Eva Leidmann,?—1938)所写,1932年出版,就是这么开始的。我手上的版本里,第一页空白的地方,标有所有者姓名藏书签的那一页,贴着一张笑着的50岁女子的照片,帽子斜斜戴着、穿着有长带子蝴蝶领结的白色衬衫。她的腋下还抱着一只腊肠狗。下一页手写的献词是:"给'亲爱慈祥的爸爸'和亲爱的慕尼黑!你们的埃娃,1932年4月",当我看着这飞舞的"埃娃",围着爸爸两字的引号,读这本绝妙的、欢乐的、一个不被接受的女儿所写的天真烂漫的童书。随着书揭发这个世界的谎言、美丽、独特和堕落,我几乎相信,照片里的爱娃以及写献词的埃娃,就是那个几乎不为人知的埃娃·莱德曼。只是她的书,以及她来年的下一本书《如何安排自己的命运》(*Wie man sich bettet*)是这么的受欢迎,致使一个读者在1933年9月埋怨普鲁士文化部几个月前烧掉了莱德曼的书:"对我来说这是一本以自然感性抒发的小说。我真的不明白,埃娃·莱德曼的《如何安排自己的命运》怎么可能会上黑名单?"这个读者已经说明了原因,因为它"充满感性",因为它语调自信,描写并且见到一个自由的、嘲讽的、轻视男人的全知观点,而这个观点完全反对新时代(纳粹)。

可是,埃娃·莱德曼明显的还是受欢迎,不是她早期的书,而是她现在所书写的轻松愉快的诗,例如《喔唷——施纳达逗乐歌的奇遇》(*Hoppla—Ein Scbnadabüpfel-Abenteuer*,1936)——内容讲述一个慕尼黑人第一次去汉堡旅行的故事,生动有趣,书里还加上也给埃里希·克斯特纳(Erich Kästner)的童书画插图的埃尔温·埃斯佩米勒(Erwin Espermüller)的水彩插画,非常丰富。埃娃·莱德曼让这个慕尼黑人用诗体给家里的妻子写信:"我说,事态紧急,妻子啊!整个汉堡市没有小肉丸吃。最好就是,你给我寄来一箱,大体全部都是肉丸。"

然而，在这部诗篇里，会发觉她早期作品中最好最自由的狡黠恶毒不复存在。这以后，她转投另一条跑道，开始写电影剧本。一共有四部有名的电影剧本出自她手，其中一部是《克罗采奏鸣曲》(*Kreutzersonate*)，导演是法伊特·哈兰（Veit Harlan），这部电影出品后三年，导演拍摄后世引起很大争议的电影《可爱的犹太人》(*Jud Süß*)。

她最后一部电影剧本是《一个女孩的登陆》(*Ein Mädchen geht an land*)。这部电影 1938 年在德国放映。同年埃娃·莱德曼过世。

23

恐怖统治!

一
斯蒂芬·茨威格与约瑟夫·罗特
书信情谊。

这是一个有关友谊的伟大故事,一个爱的故事。这个故事讲述严格的道德理念和腐朽的妥协,明确清晰的政治观和一心只盼苟安的乐观。这个故事有关金钱、道德和坚决追求真相的意志,有酒瘾、苦难、光辉和灭亡,有关犹太是缺点和骄傲的故事,有关两个人的生活,在德国焚书那一天,永远分道扬镳。

斯蒂芬·茨威格与约瑟夫·罗特
Stefan Zweig Joseph Roth

茨威格的书在焚书之前已经被焚烧。那是 1933 年 4 月 28 日，**约瑟夫·罗特**（Joseph Roth，1894—1939）从巴黎写信到萨尔茨堡给他的朋友**斯蒂芬·茨威格**（Stefan Zweig，1881—1942）："我意识到，我们将无法平息德国的骚动。您的书在布雷斯劳（Breslau）被焚毁。德国学生组织的宣告您应该已经看过。"在布雷斯劳焚书行动得比较快，火堆已经燃起，被烧的书里茨威格的也在内。而茨威格对此却怎么也无法理解。约瑟夫·罗特和斯蒂芬·茨威格之间的友谊，是两个作家的故事，一个是自 1933 年开始便尽全力攀附德国权贵、德国市场和德国读者，迂回妥协，却私心希望这场灾难赶快过去；而另一个则从一开始便拒绝跟"德国"做任何妥协，跟在 1933 年宣布代表德国的人不共戴天。

茨威格跟罗特，两个都是奥地利人，两个都是犹太裔。他们之中，茨威格出身古老、富裕、顺应社会环境的维也纳工业世家；而罗特,则出身阶级最外围的一环,在贫穷并远离首都维也纳的环境中长大。茨威格是20世纪20年代世界上读者人数最多的德语作家。读者非常喜爱他注重心理分析的历史人物传记和发现世界的故事,以及他描述人类暗黑灵魂的中篇小说。罗特则是记者,魏玛时期最优秀的记者之一。他替《法兰克福日报》报道柏林和世界,他的语言像玻璃一样可以透视事物,是当年最好的报道语言。自1923年开始,他也写小说,题材取自真实社会,风格先是新即物主义,然后他有计划地宣传"结束新即物主义吧!"他的生活和书的题材逐渐转回当代,书写苦难小说《希奥布》(*Hiob*,1930),又译《一个犹太人的命运》,以及描写奥地利灭亡的《拉德茨基进行曲》(*Radetzkymarsch*,1932)。他总是口袋空空,总是在旅途中,总是在咖啡馆伏案写作,总是来去匆匆。《拉德茨基进行曲》还没写完,就已经开始在《法兰克福日报》上连载。书信里他是这么跟茨威格说的。实际上他如何生活,是有点小天才,总有些创造性。在给茨威格描述他生活的书信中,有一点点内容是他导演编排的。而茨威格就是喜欢他这一点。罗特的日子是在旅店度过的,而茨威格住在萨尔茨堡卡普齐纳山(Kapuzinerberg)上一座气势恢宏的大房子里。"伟大的理智—小小的疯狂",罗特有一次这么形容他们这一对性格互补的朋友。疯狂是指他自己,茨威格则是理智。然而,不幸、错乱和毁灭开始之际,罗特反而是"理智"的,是那个对一切看得清清楚楚的人,而他也用尽一切力量帮助茨威格认清局势:

恐怖统治！

"要在德国继续发表或出版是不用想了！"罗特早在1933年3月17日就告知茨威格，并且4月6日继续补充："我告诉过您的消息是真的：我们的书在第三帝国是绝不会被接受的。连替我们做个广告都不会有。不会刊在书店的文讯报上。书商会拒绝我们。他们如果摆出我们的书，冲锋队会捣毁书店的橱窗。"

事情的发生，如他所言。可是茨威格拒绝去相信这些不可置信的事。1933年5月10日他写信给法国作家罗曼·罗兰（Romain Rolland），信的开头是："我忠诚的朋友啊，我给你写回信的今天，是5月10日，一个光荣的日子，因为我的作品将在柏林被放上柴堆焚烧，地点位于我曾在千人面前发表过关于你的演说的广场上。"这封信中，语气发颤，而且可以明显感觉他的不知何以自处。信中有巨大的惊惧，至今还不能置信，在他的身上，在他的作品上，发生了何事。信中有错愕，在这个世界上居然发生这种事而没有人管。没有人义正词严地抗议，没有人阻止这个愚蠢的行为："没有一个德国作家发起抗议，抗议对韦费尔（Werfel）、瓦塞尔曼（Wassermann）、施尼茨勒（Schnitzeler）以及对我所处的火刑！没有一个人！一个人都没有！没有人！甚至一封私人的信也没有。"好好的生活破碎成两半，一辈子的心血，短短几小时，被永远烧成灰烬，只是因为几个大学生拿到一个利用世界局势扩展势力的乡下图书馆员所列的名单，来决定哪一些作品符合德国精神，哪一些不是："我还是同样的人，和14天前一样的那个作家，从那以后我

407

没有发表过一行字。而且，从那以后起，因为我的名字列在那个18岁可笑的小丑的名单上，没有人敢再冒险跟我说：'亲爱的朋友，你好吗？'"德国境内一个字都没有，他抱怨。恐惧紧紧抓住了每个人的咽喉。而出于自身恐惧的控制，远远比出自官方的控制，如他在第一次世界大战期间所经历的，来得有效。他继续写道，内心深处他已经跟萨尔茨堡的家、跟他所收藏的书籍、跟奥地利道别了。然而，他仍然不愿相信，还存在一定要乐观的意志，信的最后他写道："现在再会了！再过几小时柏林的柴堆便要开始燃烧。但是我会活下去，而且我希望，我的书也是！"

"幻想！"一开始罗特便这么说。这两个作家之间的争执，是典型的观看世界两种可能性争执范例，揣测政治局势的两种可能性，一是时代的危险，一是未来的希望。约瑟夫·罗特知道，这个世界已经无法解救了，他没有救，他的书没有救，救赎不会在他还将要经历的这个时代来临。所以，他在只存在于梦中的、像梦境一样美丽的奥地利过去的君主专制，寻找他的安慰。在一封信中，他告诉茨威格："对我来说，我觉得我需要，而且根据我的直觉和信仰，成为一个绝对的君主主义者。"也是在同一封信里，他通知茨威格，茨威格的书在布雷斯劳被烧的事情。抱着像个孩子跺脚般坚决的态度，他命令，而且得马上实现："我要再回到君主专制，我要大声说出来。"

他放纵自己这个幻想，幻想过去，因为现在对不可避免的政权他看得一清二楚："现在你该明白了，大灾祸在逼近我们。"1933年

2月他写给茨威格："先不看私人方面——我们的文学和物质的存在都被毁灭了——整个局势在往新的战争移动。我们的生活再没有光明。让野蛮人执政，这点是成功了。不要再心存幻想。恐怖统治即将来临。"

茨威格还无法想通。很长一段时间，他相信会有某种理智出现，纳粹瞄准的只是政敌、左派人士、共产党人、好斗人士，而不是安静的、本分的人。如果嘴巴闭得紧紧的，也许可以得到某种妥协，保住德国市场。纳粹掌权的开始几个月，有一次在可怕的抓捕行动中，斯蒂芬·茨威格被误以为是阿诺尔德·茨威格（Arnold Zweig），他对此反应非常激烈。他想，是啊，这可能就是答案。当然，他们要抓阿诺尔德·茨威格，这是有原因的：犹太扩张主义者、共产党人、政治斗士，想当然尔，纳粹会憎恨这种人。而别人把他跟这种人搞混，他必须去澄清。噤声！罗特把他悄悄拉回来，解释新时代的基本状况给他听："您被认错的原因，不是因为您姓茨威格，而是因为您是犹太人，是文化布尔什维克主义者、和平主义者，是文明的文人、自由主义者。您所抱的希望都是无意义的。这个'国家维新'荒谬到极点。"说得再清楚一些："犹太人被迫害，不是因为他们做错什么事，而是因为他们是犹太人。"罗特费尽力气才将茨威格的误解化开，茨威格的误解也是那几年很多在德国和奥地利已与环境融合的犹太人的误解。错误的希望，他们自己在日常生活都已经不太感觉到的犹太文化，敌人更不可能感觉到。

茨威格还是在寻找妥协之道，在最后的真相面前，不愿睁开眼睛。他1933年秋天写信给他的出版社，意欲与克劳斯·曼的流亡杂志《文集》(*Die Sammlung*)保持距离，因为跟克劳斯·曼之前告诉他的不一样，这份杂志第一期便带有强烈的政治色彩。这时罗特眼看让朋友认清事实的机会成熟，便说："您不是得跟第三帝国断绝关系，就是得跟我断绝关系。您不能既跟某位第三帝国的代表人物亲近，同时又跟我保持关系。我不喜欢这样。这样我无法负起责任，不管是为了你，还是为了我。"这是一封誓书，没有第二条路。罗特在信中又气，又骂，又急。指那些至今还在德国境内做事的人，是"地狱的泡沫残渣"、"畜生"、"不是人"。罗特气急败坏地再三强调，最后自己也感觉到过于激动，才补充附言："为了打消你所有的疑虑，我写这封信给你时，是清醒的，并没有喝酒。我现在几乎只喝白葡萄酒。"然后他又开始直言不讳，要茨威格发誓，现在马上跟德国一刀两断，才不愧茨威格在罗特心目中的形象。

那是一个没有多余空间妥协的时代。在德国没有阳奉阴违这种事。那是一个迫使人下决定的时代。没有人像罗特一样，写得这么恶毒、这么明确，而且常常是无法想象的不公（在这封信里，他诅咒菲舍尔和小岛（Insel）出版社应该被关进集中营，在另一处他则解释，奥西茨基（Ossietzky）被抓进集中营是活该、罪有应得）。多么大快人心。他写给出身阿尔萨斯的热内·席克勒（René Schickele）的信也是大快人心和亘古恒真的，因为席克勒也是由于其出版社施压而跟《文集》保持距离："从什么时候开始，一个作家被允许说：我必须说谎，因为我妻子得过日子，还要有帽子戴。

从什么时候开始，说谎是可以被赞同的？从何时起，荣誉比生活更廉价？而谎言成为救命理所当然的办法？"

流亡的第一年，罗特是"上帝之剑"（Gladius Dei），他分辨良恶是非。"上帝之剑"是他对自己的称呼。茨威格很快便追随他而来，反正也别无选择了。他的和平主义、他的财富、他的成就，他是犹太人这点让他已经罪无可赦，还因为钦慕弗洛伊德使他成为那些年中德国最被憎恨的作家。最初，他还有奥地利可依，但是奥地利情势也愈来愈危急，最后他只能逃走。他先到达英国。和罗特的友谊仍然亲密，他们在书信中互称"兄弟"、"最好的朋友"，有时候他们为了共同写作而见面；没有人能像罗特一样，可以给予茨威格象征意义丰富的风格，友善而不嫉妒的批评（"您充满联想的腴美辞藻有时候凌驾在您的意志之上。"）。茨威格非常钦佩罗特，每次都承认自己确实偏向辞溢于情，而听从罗特的建议；同样的，罗特也需要茨威格的建议："没有和您讨论过的话，我无法开始动笔写'天下绝对没有新鲜事'（Absolut Nichts Neues）的专栏。您的睿智善良，是我羡慕的。"

"流亡生涯"最终还是害死了他们。罗特酒不离手，无法自拔，直到1939年在巴黎一家医院过世。而茨威格1942年在巴西流亡时，在佩特罗波利斯（Petrópolis）自杀身亡。在这之前，流离颠沛早已将这段伟大的友谊侵蚀殆尽，两个人之间的平衡早不复存在。罗特无法再给茨威格任何建议，他痛苦、酗酒、沉浸在过去和桌上酒瓶与玻璃杯里不同颜色的毒液中。他毫不吝惜花掉大把大把的钱，虽然他所拥有的钱很少。一见到危急或者需要帮助的人，他马上伸出援手。斯蒂芬·茨威格成为他的赞助人、银行，成为他的父亲和顾问。他建议罗特使用账本，他预先支付罗特的旅馆费用，禁止罗特常去吃饭的餐厅给他酒喝，送罗特去勒戒所，给他安身的公寓。这一切都没有用。罗特不要建议劝告，他要钱。"您是聪明的人，我不是。但是我能看到您看不到的，因为您的聪明阻止您去看。您有理智给您的恩惠，我有的，却是理智给我的不幸。请别再劝我了，帮我付钱或者替我杀杀价。我快不行了。"像这样的字句现在几乎出现在每一封信里。茨威格帮了一次又一次，实在再无可帮。或者，再帮几天。罗特埋怨，茨威格来拜访他时，总是唠叨他太少去看望茨威格，太少帮助茨威格。罗特开始厌烦，愈来愈严重。茨威格好像紧紧箍着他的脖子，他的罗特，他所爱的罗特："不要啊，罗特，别在艰难的时期自己变得艰难，如此一来反而是赞同这个时期，增加时期的艰难！不要变得好勇逞强，不要麻木不仁、宁愿与众不同来驳倒麻木不仁，要能够自嘲，而不是否认自己的天性。罗特，请不要变得愤世嫉俗，我们需要您，因为这个时代，不管这个时代喝了多少鲜血，它在精神力量上还是贫血的。保存您自己！让我们团结在一起，我们这些少数人！"

1937年年末，两人互相坦承，前一天夜里服用了安眠药，很多的安眠药。即使是茨威格，现在也不得不认清："不会再有我们的书以德语出版了。"

罗特愈写愈少。两个人的友谊破碎了，虽然茨威格还不愿意相信:"您怎么样反对我都行,私下的,公开的贬低或者敌对,但是您逃不开我对您不幸的爱,您痛苦我也痛苦,您的仇恨令我难过。您反抗吧,但是不会有帮助的!罗特,我的朋友,我知道您有多么难过,而这令我更加爱您。如果您恶意、不耐烦地、像跟我有地狱般的仇恨一样对待我,我只感觉到,生活在折磨、吞噬您,而您只是出于本能的反抗,击打也许是唯一一个不恨您的人,一个不计一切留在您身边、对您忠诚的人。不会有帮助的,罗特。您绝不可能把我从约瑟夫·罗特的身边赶走。没有用的!您的褚。"

然而,一切还是过去了。在他最后一篇短篇《神圣酒徒的传奇》(*Der Legende vom heiligen Trinker*, 1939)里,罗特留下了这些年来这场伟大独特友谊的形象。这个故事叙说一个相信奇迹的酒徒安德烈亚斯(Andreas),多次被一个富裕、上了年纪的先生从物质困境中救出。两人同时扎营夜宿桥下,两人都失去了家园,善良、衣着讲究、把奇迹带到桥下的世界来的先生也是。奇迹和金钱。"我该对谁呼喊?如果不是您的话。您知道,上帝的回答总是来得很晚,通常是死了以后。我不想死,虽然我对死亡并不惧怕。"这是罗特1935年12月时写给茨威格的信。完全相同的,作为一个能够创造奇迹、传达上帝讯息的人,罗特让茨威格在他最后的文章中再一次出现。最后的奇迹后,罗特结语:"上帝,请给我们,给我们这些酒徒,一个轻盈、甜美的死亡吧!"

那是1939年5月27日,当约瑟夫·罗特在巴黎一家医院过世时,斯蒂芬·茨威格正在写一封信给罗曼·罗兰;他抱怨他在伦敦、他现在的居住之地,"难民潮"朝他蜂拥而来。"是的,我给他们建议和金钱。但是我的脑、我的心再也承受不住这些悲告。"斯蒂芬·茨威格一辈子是一个悲天悯人——这有点滥情了——的同情者,在他的时代没有一个作家能够像他这样。他的书也是,充满对人的爱,理解所有的一切。他唯一完成的一部小说《心急如焚》(*Ungeduld des Herzens*, 1939),写的就是有关逃亡和真正同情者悲天悯人的祝福。

而现在,1939年5月27日,当他继续写信给罗兰,在书写之际,他忽然中断,在信中画上一条线跟之前所写的相隔,然后继续写道:"我的朋友,此刻我收到一封电报,我挚爱的老朋友罗特在巴黎身亡!一星期中拖勒尔(Toller)走了,罗特也走了(他是真正伟大的作家,但是健康却被希特勒的所作所为拖垮)。我们不会老去,我们这些流亡者!我爱他如我的手足。"

他生命中的最后一封信里,死去的那一天写给他的前妻弗里德利克(Friderike)的信,茨威格再一次回忆罗特:"你还记得那个好约瑟夫·罗特和里格尔(Rieger),我真是为他们高兴,他们不需要再经受这些考验了。"

然后,他书写最后的声明,感谢巴西政府,用有名的一句话结束:"我祝福我所有的朋友!希望你们在长夜之后,能够见到破晓的曙光!我,没有耐心的人,先走一步了。"

后记：格非芬一所房子里

就是这样，焚书给这许许多多作者的影响，正是放火的人所希望达到的目的：永远被遗忘。把这些书籍和作者从这个国家所有人民的脑海中彻底删除。这些书、这些作者似乎从不曾存在过。当然当时的大明星，这些人里面最优秀的，不在此列。对图霍尔斯基、对克劳斯·曼和亨利希·曼、对约瑟夫·罗特和斯蒂芬·茨威格，都不是这样。对这些人来说，在这特殊的1933年5月10日，对他们的意义不是作品被遗忘，作品被堆到随便哪个仓库里，消失在迷雾中。对他们来说，"只是"（可惜括号无法更大更粗）生活被劈成两半。他们的读者、他们习惯的生活、他们的国家、他们的故乡、他们的幸福都被抢夺。最后，对大部分的人都是：他们的生命被扼杀。"我们不会老去，我们这些流亡者！"

75年后，一个上了年纪的先生坐在他慕尼黑近郊格非芬（Gräfelfing）房子里的皮沙发上，他的周围散落着书籍，很多很多的书籍。这些书散落在成套的椅子上,散落在沙发茶几上、饭桌上、地上、橱架上。往楼上卧室去的楼梯上,堆满了书。厨房里堆满了书,还有地下室、墙上、桌上、书房里。书房里也摆着一张小沙发,沙发上躺着一个塑料做的行李箱,箱子是开着的,里面是书,除了书还是书。他刚刚旅行回来,格奥尔格·P.萨尔茨曼(Georg P. Salzmann)说。他发表了一篇关于作品被焚烧的诗人的演说。那时,1933年5月,萨尔茨曼才3岁大。如今他已经78岁了,而他正是拥有最多"焚书"的私人收藏者。这些年来,他搜集了12500册。这是一个崇高的、无价的珍品收藏。萨尔茨曼收藏的还是第一版。他的野心是,坐拥那时作品被焚烧的所有作家所有作品的第一版。可是他也无法从重重混乱中查清楚,当时真的被焚烧的书究竟有哪些,所以他决定把焦点锁定在90位作家身上,把心力花费在收集这90个人的作品上。

12月,天空铅灰。萨尔茨曼的房子里很冷,又冷又阴暗。萨尔茨曼坐在他的书堆之中,棕色的针织夹克、灰色的头发往后梳、嘴上灰色的胡须,一支雪茄在手,叙述当时他是如何开始收集这些书的。如何有一天这个想法紧紧抓住他,令他不得脱身,直到今天。从最早开始讲起,他讲他的父亲、他的祖父,这两个人在刚开始时都是纳粹党人。他自己则在战争的尾声时,还投身军旅,15岁当信差,来往前线和柏林军事最高指挥处之间。1945年3月,他休假回家时,父亲把他叫到旁边,告诉他德国所将面临的失败、灭亡和随之而来的不幸,这些都是他们即将经历的。战争结束时,他父

后记：格非芬一所房子里

亲本来要杀死全家。结果，只有他自杀。

他父亲的画像，小小的一幅，今天仍是房子里唯一的人像画，悬挂在他的书桌之上。那个时刻，在那个时代，在格奥尔格·P. 萨尔茨曼的生命里，他所相信的一切，几乎全部瓦解。德国、胜利、父亲。战争之后，一个英国士兵带领他到布痕瓦尔德集中营（Buchenwald）。他在那些年里，总是看见途中经过他的家乡、被送往集中营的囚犯，他以为他们是普通罪犯，蓬乱邋遢、胡须满面、穿着囚衣。对年轻的萨尔茨曼来说，没有理由需要大惊小怪。但是英国士兵安排他与集中营的一个囚犯谈话过后，他极度不安。"我的整个世界观完全颠倒过来了。"萨尔茨曼今天对我说道。

不过，有关书的收集，那是很晚很晚以后的事。萨尔茨曼先是在图林根州（Thürigen）的瓦尔特斯豪森（Waltershausen）继承父业，1953年他和妻子一起搬到联邦德国，从事信用贷款业务。某一天，20世纪70年代中间，他的工作迫使他离开家庭，到不来梅（Bremen）去几个月。下班后他除了喝苹果酒，无事可做。直到有一天晚上，古董商邻居带他去参加朋友组成的聚会，一小群人在一起轮流发表演说，互相介绍没有名气的诗人和好书。萨尔茨曼听完后，得到一个任务，做一个关于恩斯特·怀斯（Ernst Weiß）的演讲。萨尔茨曼开始准备，在旧书店和跳蚤市场搜寻他之前未曾听过的这个诗人的书，故事就这么开始了。那是1976年，也是这一年，记者于尔根·泽尔克（Jürgen Serke）在《星》周刊上发表焚书中幸存的作家专访。萨尔茨曼很喜欢这些专访文章，并且找到了他的人生课题。

从那时起,他便利用休闲的每一分钟,还有他所有的钱来买书,渐渐建立起一个收藏。要有像萨尔茨曼三十年来收藏的规模,这个人必须着魔深入膏肓。还要有一点疯狂。这点萨尔茨曼很愿意承认。对一个家庭来说,爸爸不跟妈妈和孩子一起去度假,而是独自走遍全国,去寻找失落的书籍,把钱都花在他的收藏上,也很无趣。"别人去里米尼(Rimini),"萨尔茨曼说,"而我却在跳蚤市场上,同时,我的家人没有我的陪伴,正在里米尼到处逛玩呢。"

今天一年里大部分时间他仍是到处去寻找这些书。从一个城市到另一个城市,从一个跳蚤市场到另一个跳蚤市场。网络对他的搜寻几乎帮不上忙。对他来说,跟旧书店老板的谈话,或无意间在跳蚤市场寻获的幸运,都是他收藏中的必要过程。现在,数量已经达到12500册了。他的书堆几乎无法移动。跟着他走过这些通道,真是无上的享受,在地下室中的约瑟夫·罗特书架前站定观看,有些版本珍贵到连我都还没有看过。《神圣酒徒的传说》他正好外借给一个展览,但是《基督之敌》(*Antichrist*)在,《海怪》(*Leviathan*)也在,所有的书都在。作家格奥尔格·赫尔曼(Georg Hermann)的作品他也搜集完全。一个研究赫尔曼的博士候选人刚刚才离开,她惊讶地站在书橱前面,愕然发现,如果她早知道,这些书的第一版全部都在这里的话,她从一个图书馆到另一个图书馆披星戴月的旅途、她的研究、从这本书到那本书所费的工夫,都可以节省下来。还有多纳尔德·A.普拉特(Donald A. Prater),托马斯·曼、

后记：格菲芬一所房子里

里尔克和斯蒂芬·茨威格的传记作者，当他几年前拜访萨尔茨曼时，站在斯蒂芬·茨威格书橱前全身一震。茨威格的作品收藏是萨尔茨曼收藏中最庞大的。每一本书、每一场演讲词、每一部特刊、每一部朋友送给茨威格的书，萨尔茨曼都有。连《象棋的故事》(Schachnovelle)的第一版他都找到了，当时在布宜诺斯艾利斯只编号出版了300本。这是茨威格最珍稀的一部作品。只有茨威格致弗洛伊德的悼词，现在跟弗洛伊德一起躺在棺材里，他没有拿到。但是萨尔茨曼很确定，他终究会找到的。

然而，当萨尔茨曼有一天不在人世了，这个收藏将何去何从？"我快80岁了，"萨尔茨曼说，"当然我正在考虑这件事。"他的孩子对这些收藏并没有兴趣。"他们没有这么说，但是我可以感觉得出来。"他的孩子们怎么可能对这些书会有好感，这些书长年占据他们的父亲，左右他们的家庭生活，对这些书的爱如何能够传达给下一代？这个要求太不合理。8年前萨尔茨曼的太太过世。从那以后，书在这个房子里便无止境地增长。"今年圣诞节，全家无法在我这里吃圣诞烤鹅大餐了。"他一边说，一边指着堆满书的餐桌。"您自己看，烤鹅要放在哪里？"

比起烤鹅有无位置可放，更重要的问题是，这个收藏的命运将会如何。几年前，当埃尔福特（Erfurt）大学重新改组之际，出于对自己家乡图林根省（Thüringen）的感情，他愿意把收藏送给埃尔福特大学，一分不取。然而大学却拒绝他。不用，谢谢，大学的研究重点在别的领域，对这个收藏不感兴趣。

这个收藏怎么办？这些书会有什么下场？萨尔茨曼尤其希望，这些书能够继续活下去。他想要一座开架式图书馆，来存放所有他所收集的真本副本，一起供人阅读。他要保持对这些书和对几乎被遗忘的作者的记忆。费尽心力、投入所有的精神，他将一整个世界重新建立起来，一个即将失去、遗散各地的世界。他把这个世界重新组织起来，在他的房子里，格非芬（Gräfelfing）这座焚书之屋。

现在是把这个世界放出去的时候了。格赖夫斯瓦尔德（Greifswald）和纽伦堡（Nürnberg）两个城市都表示了接收这些收藏的兴趣。萨尔茨曼觉得纽伦堡最好。纽伦堡市长和他谈过，萨尔茨曼说，市长把藏品的转移列为优先事项，已经计划将收藏纳入纳粹资料中心。它有独立的展览区域、配有图书馆员和档案负责人，是个活泼的、开放的空间。

听起来像美梦成真，完全是萨尔茨曼想象的那样。当一切准备就绪，这些书便要搬迁到纽伦堡。在格非芬他什么都没有留下。他必须留在这些书的附近。"每一本书都有一个故事，"他说，"我并没有把所有的故事都记载下来。我必须要叙述这些故事，每一本书自己的故事。跟图书馆员说、跟图书馆的访客说、跟每一个对这个世界有兴趣的人说，告诉他们这些作品、这些诗人、这些被焚烧的人，为了不让他们被遗忘，告诉他们在那个 5 月的那一天发生了什么事。而这就是为什么不能允许他们被人遗忘的原因，绝不！"